Verliebt in einen Tollpatsch

VERLIEBT IN EINEN TOLLPATSCH

JOY TYLER IVORY

Copyright © 2020 Anja Fielenbach
In der Schleeharth 17
53809 Ruppichteroth
E-Mail: mail@anjafielenbach.net
Coverdesign: László Zakariás [tsg]

Herstellung und Verlag:
BoD - Books on Demand, Norderstedt
ISBN: 9783750499379

Bibliografische Information der Deutschen Nationalbibliothek:

Die Deutsche Nationalbibliothek verzeichnet diese Publikation in der Deutschen Nationalbibliografie; detaillierte bibliografische Daten sind im Internet über http://dnb.d-nb.de abrufbar.

KAPITEL 1

Es war ein guter Schlag gewesen.

Einer der Art, der abends im Golfclub bei den angestaubten Mitgliedern, die bei einem Glas Scotch den Tag resümierten, weil sie nicht zu ihren gelangweilten Frauen nach Hause gehen wollten, für Gesprächsstoff sorgen würde.

Liza Keener zog die Nase kraus und blinzelte in die Sonne dem Ball hinterher, der kurz hinter dem Fairway aufschlug. Die letzten Tage waren schwül gewesen. Regenwolken hatten mit der Sonne um den blauen Himmel gekämpft. Heute hatte diese den Kampf allerdings gewonnen. Es wurde Sommer in Maryland. Die einzige Jahreszeit, die in Lizas Augen eine Daseinsberechtigung hatte. In Südkalifornien war es immer warm gewesen.

»Mit ein wenig mehr Schwung wärest du bis zum

Green gekommen«, sagte ihr Vater, der hinter ihr stand und ihren Schlag aufmerksam verfolgt hatte.

»Das sagst du nur, um mich nervös zu machen«, entgegnete Liza. »Ich weiß zufällig, dass du hier am 18. Loch nie weniger als sechs Schläge gebraucht hast. Das schaffe ich locker.«

»Ich wusste doch, dass Glenn mich verraten würde«, sagte Robert Keener, aber er klang fröhlich. »Wenn eine Tochter vor ihrem Vater noch nicht einmal mehr auf dem Golfplatz Respekt hat, dann ist es um unsere Welt schlecht bestellt.«

Glenn Bullock war der Anwalt der Familie Keener, der sich um alle *geschäftlichen Belange* kümmerte, wie Robert Keener es ausdrückte.

»Er kann mich einfach besser leiden als dich«, entgegnete Liza gelassen. Sie saß bereits im Golfcart und wartete, dass ihr Vater das Golfbag im Heck verstaute. Robert Keener ließ sich schnaufend neben sie fallen.

»Du solltest nicht rauchen«, sagte Liza milde.

»Wenn du mir jetzt auch noch meine Zigarren verbieten willst, kann ich gleich mit dem Leben abschließen.«

Vor zwei Wochen hatte Liza die basische Ernährung im Hause Keener eingeführt, was die Köchin, die liebend gerne Sloppy Joes mit Barbecue-Sauce und selbst gemachten Pommes Frites kochte, schier zur Verzweiflung trieb. Trotzdem konnte ihr Vater nicht abstreiten, dass er bereits zwei Kilo abgenommen hatte.

Auch wenn er kein dicker Mann war, tat ihm das verlorene Gewicht gut und er ließ sie gewähren. Daher verzichtete sie darauf, seine letzte Aussage zu kommentieren.

Das Golfmobil schaffte fast 15 Meilen pro Stunde. Daher hatte Liza es ausgesucht. Sie kannte alle Wagen auf dem Golfplatz, denn sie begleitete ihren Vater schon seit Jahren, auch wenn sie selbst erst vor einem Jahr mit dem Spielen begonnen hatte. Der Wagen mit der Nummer 17 an der Scheibe und den roten Schrammen am hinteren Kotflügel war der schnellste. Sie liebte Geschwindigkeit. So hatte sie das Gefühl vorwärtszukommen, zumindest auf der Straße und nun auch hier auf dem Golfplatz. In ihrem sonstigen Leben haperte es damit ein wenig.

Sie fuhr rasant eine Kurve, was ihren Vater veranlasste, sich am Rahmen festzuhalten.

»Vorsicht«, sagte er unnötigerweise.

Er wusste genauso gut wie sie, dass sie niemals freiwillig langsamer fahren würde. Dennoch ließ er sie immer wieder ans Steuer. Damit zeigte er das Vertrauen, das er in sie und ihre Fahrkünste hatte.

Sie stiegen aus und Liza schätzte die Strecke vom Ball zum Grün ab. Sie bedeckte ihre Stirn mit der Hand, um sich vor der Sonne zu schützen, und schaute auf den roten Wimpel am 18. Loch, der fröhlich im Wind flatterte. Das satte grüne Gras und der strahlend blaue Himmel weckten eine Sehnsucht in ihr, gepaart mit dem Gefühl, dass etwas Aufregendes in ihrem Leben auf sie wartete. Etwas, dessen Eintreffen sie manchmal verzweifelt herbeisehnte, aber nicht genauer bestimmen konnte.

»Vielleicht noch zwei Schläge«, sagte ihr Vater, der ihrem Blick zwar gefolgt war, jedoch ihren Gesichtsausdruck falsch gedeutet hatte. »Gut gemacht.«

»Lob mich erst, wenn ich hier fertig bin«, entgegnete Liza und konzentrierte sich auf ihren Schlag. Diesmal mit mehr Schwung, wie ihr Vater es ihr empfohlen hatte.

»Wer sagt's denn«, meinte Robert zufrieden.

Er trat neben sie und beide schauten zu, wie der Ball circa drei Meter von dem Loch entfernt aufschlug. Zwei Schläge, konstatierte Liza zufrieden.

»Wie geht es bei den Tiny Houses voran?«, fragte ihr Vater, scheinbar im Plauderton, aber Liza war sich sicher, dass er genau auf den Moment gewartet hatte. Er plante sein Vorgehen immer sorgfältig.

»Damit habe ich letzte Woche aufgehört«, erwiderte Liza. Sie war überzeugt davon, dass er es schon wusste. Es passierte selten etwas in seiner Umgebung, von dem er nichts mitbekam.

Dem Verein, der winzige mobile Häuser für Obdachlose baute, war Liza mit viel Enthusiasmus beigetreten. Ihr gefiel der Gedanke, Werte zu erschaffen, und eine Weile hatte es sich auch richtig angefühlt. Es hatte diesmal nur vier Monate gedauert, bis sie wieder von der inneren Unruhe getrieben wurde, die ihr zu eigen war, lauernd im Hintergrund und nur darauf wartend, wieder an die Oberfläche zu kommen. In diesen Momenten wusste Liza, dass es keinen Sinn mehr hatte weiterzumachen.

»Es war sowieso nicht das Richtige«, sagte sie, obwohl ihr Vater nichts verlauten ließ. Keine Vorwürfe, keine Ermahnungen. Das war nicht seine Art. Dennoch hatte sie ihm nichts davon erzählt. Sie wurde das Gefühl nicht los, dass sie sich mehr dafür schämte, aufgegeben zu haben, als sie laut zugeben würde.

»Schade«, sagte Robert Keener nur. »Es ist ein sinnvolles Projekt. Das kann man nicht von allen dieser Art behaupten.«

Er hob Lizas Golfbag wieder in das Golfmobil und schob den Putter, den Liza nur nachlässig hineingesteckt hatte, tiefer in die Tasche. Sie überlegte, ob sie noch etwas sagen sollte, aber es wäre ihr zu sehr wie eine Rechtfertigung vorgekommen. Sie wollte sich nicht rechtfertigen. Ihr Vater verlangte es auch nie. Das war einer der Gründe, warum sie ihn so liebte.

»Ich werde etwas Neues finden«, sagte Liza dennoch.

»Natürlich wirst du das«, erwiderte ihr Vater und blickte erneut in die Richtung, in die sie den Ball geschlagen hatte. »Noch ein Schlag, dann hast du es. Du machst deinem alten Vater noch Konkurrenz.«

Robert Keener war bereits 43 Jahre alt gewesen, als Liza geboren wurde. Er hatte ihre Mutter auf einer Fachmesse für Elektrotechnik kennengelernt. Sie kümmerte sich dort um die Bar und untersagte ihm, die

Pistazien aus der Knabberschale für das Personal zu essen. Es war Liebe auf den ersten Blick gewesen. Vorher hatte er nie an Heirat und Familie gedacht. Davon erzählte er oft, und Liza wurde nicht müde, sich diese Geschichte immer wieder anzuhören. Auch, wie ähnlich sie ihrer Mutter sei mit ihrem schwarzen Haar und den mandelförmigen Augen.

Sie stiegen wieder in den Wagen und fuhren zum 18. Loch. Den Abstand dorthin von circa drei Metern hatte sie richtig geschätzt. Es war unmöglich, den Ball nicht zu versenken. Robert hob die Flagge aus dem Loch und beobachtete Liza, wie sie konzentriert Maß nahm.

»Diesmal nicht ganz so viel Schwung«, sagte ihr Vater.

Liza hätte gerne geantwortet, sie wüsste das sehr wohl, musste aber zugeben, dass seine Sorge nicht von der Hand zu weisen war. Sie stürmte immer gerne los, ohne sich im Vorfeld Gedanken über die Konsequenzen zu machen. Daher hielt sie inne und überdachte ihren Schlag noch einmal. Es gab ein leises *Klock*, als der Putter den Ball traf. Der rollte erst zügig an, verlor aber genau im richtigen Moment an Fahrt und kullerte ins Loch.

»Strike«, sagte Liza zufrieden und sah großzügig darüber hinweg, dass es sich hier um einen Begriff aus dem Bowling handelte.

»Ich sehe, es war kein Fehler, dich von der Driving Ranch zu holen«, stellte ihr Vater wohlwollend fest.

Er verbrachte fast seine komplette Freizeit auf dem Golfplatz, seit seine Frau und Lizas Mutter vor 19 Jahren gestorben war. Liza dachte mit Zärtlichkeit an sie zurück, obwohl die Erinnerung immer mehr zu verblassen schien. Sie war acht Jahre alt gewesen, als Charlotte Keener nach einer schweren Lungenentzündung starb.

»Wurde auch höchste Zeit«, murmelte Liza und hoffte, dass Robert Keener es nicht hörte. Er legte sehr viel Wert auf eine vernünftige Vorbereitung, wenn man eine Sache in Angriff nahm. So hatte er seine Firma aufgebaut, die führend in der Herstellung von Halbleitern gewesen war, bis er sie vor fünf Jahren plötzlich verkaufte.

»Ich finde, es ist der richtige Moment«, hatte er nur gesagt, als Liza ihn damals nach seinen Gründen fragte. Der Verkauf brachte ihm so viel ein, dass er und nachfolgende Generationen nicht mehr würden arbeiten müssen. Bei dem Ausdruck *nachfolgende Generationen* hatte er Liza bedeutungsvoll angeblickt, woraufhin diese umgehend das Thema wechselte. Ihr Leben war sorglos. Sie wünschte sich, dass sie diesen Zustand noch möglichst lange aufrechterhalten konnte.

»Es wurde Zeit, da du so schnell so gut geworden bist«, erwiderte Robert Keener milde. Er hatte sie offenbar doch gehört. »Du bist eine Kämpferin. Wenn du etwas anfängst, was dir richtig erscheint, machst du es mit Leib und Seele. Das ist eine sehr nützliche Eigenschaft, Liza. Darin bist du mehr sehr ähnlich.«

Liza lächelte ihren Vater an, als sie den Putter zurück in den Golfsack steckte. Er hatte ihr nie übel genommen, dass sie nach dem College kein Interesse daran zeigte, irgendeinen langweiligen Job in einem noch langweiligeren Büro anzunehmen. Als Teenager hatte sie sich oft vorgestellt, der CEO von Keener International Inc. zu werden. Als dieser die Firma verkaufte, wusste sie nicht, was sie sonst mit ihrem Leben anfangen sollte. Robert Keener ließ sie gewähren, als ob er insgeheim wüsste, dass sie ihre Bestimmung noch finden würde.

Sie hievte ihr Golfbag auf den Wagen und setzte sich ans Steuer. Eigentlich hatten sie einen Caddie bestellt, der sich morgens jedoch krankgemeldet hatte. Donald Thomas, der Leiter des Golfclubs, hatte mit sehr vielen überflüssigen Worten sein Bedauern ausgedrückt, bis Liza seinen Wortschwall abkürzte, indem sie sich kurzerhand an das Steuer des Golfwagens setzte und so unvermittelt losfuhr, dass ihr Vater in letzter Sekunde gerade noch aufspringen konnte.

Robert Keener nahm neben ihr Platz. Er hielt sich krampfhaft am Holm fest. Der Wagen fuhr zwar nur 15 Meilen pro Stunde, aber selbst bei dieser Geschwindigkeit schaffte Liza es, ihn halsbrecherisch über ein paar Bodenwellen zu lenken.

»Ich muss etwas mit dir besprechen«, sagte ihr Vater, während er sich offensichtlich bemühte, sein Gleichgewicht zu halten.

»Nur raus damit«, antwortete sie fröhlich.

Blauer Himmel, Sonne und Sommer schafften es immer, sie übermütig werden zu lassen. Das Leben fühlte sich dann so einfach an. Einfacher als sonst schon.

»Ich möchte Geld spenden. Ich weiß, viele fragen mich nach so etwas«, sagte Robert schnell, als Liza ihn skeptisch von der Seite anblickte. Seit sie nach Fine Falls in Maryland gekommen waren, waren solche Bitten an der Tagesordnung. Fine Falls war die Heimatstadt ihres Vaters gewesen. Eine verschlafene Kleinstadt im Süden von Maryland. Nichts war hier von dem kalifornischen *Easy Way of Life* zu spüren. Die Menschen waren bodenständig und arbeiteten hart.

»Fünf Millionen Dollar«, sagte er, was Liza dazu bewegte, eine Vollbremsung hinzulegen. Der Fahrer des Golfwagens hinter ihnen hupte empört, als er an ihnen vorbeifuhr.

»Wie viel?«, fragte sie ungläubig, als sie zum Stehen kamen.

»Du hast mich schon verstanden, Liza«, antwortete ihr Vater ruhig. »Hier gibt es ein Institut für Archäozoologie. In Rose Haven, um genau zu sein. Sie sind auf Fördergelder angewiesen. Die letzte Stiftung hat nicht so viel gezahlt, damit sie ihre Forschung weiter finanzieren können. Die Assistentin des leitenden Paläontologen ist an mich herangetreten und hat mich um Hilfe gebeten.«

»Institut für was?«, fragte Liza. Sie hatte diesen Ausdruck noch nie gehört. »Was machen die?«

»Sie erforschen den Lebensraum der Kuckucksfalken. Der Kuckucksfalke ist eine Vogelart, die in Maryland so gut wie ausgestorben ist. Das Ziel des Institutes ist die Erforschung und die Erhaltung dieser Art, die sich seit der Erdneuzeit – dem Tertiär – nicht nennenswert weiterentwickelt hat und daher ein wichtiger Zeitzeuge dieser Epoche ist.«

»Und das ist wichtig.«

Es war eine Feststellung. Keine Frage. Liza hatte bereits früh von ihrem Vater gelernt, dass ein verantwortungsvoller Umgang mit der Natur die Grundlage für die Zukunft war. Aber musste der sofort ein Viertel seines Vermögens kosten?

»Und du glaubst, dass dieses Institut Potenzial hat?«

»Da bin ich mir nicht sicher«, erwiderte ihr Vater, sehr zu ihrer Beruhigung. »Das möchte ich herausfinden. Aber es gibt noch eine weitere Sache, die ich mit dir besprechen möchte.«

»Die wäre?«, fragte Liza.

Sie war wieder angefahren und drückte das Gaspedal bis zum Ende durch. Sie dachte kurz an ihren Tesla, der auf dem Parkplatz stand. Mit dem wäre sie sicher schon fast in Baltimore angekommen. Sie liebte schnelle Autos.

»Den gleichen Betrag möchte ich dir überschreiben«, sagte Robert Keener.

»Mir?«, fragte Liza erstaunt.

Worauf wollte ihr Vater hinaus. Es kam ihr vor, als sollte sie aus dem Nest gestoßen werden. Sie hatte einen kurzen Moment das Gefühl, neben einem vollkommen Fremden zu sitzen.

»Aber ich brauche das nicht«, antwortete sie dann. »Mir geht es doch auch so gut.«

»Wie kann es dir gut gehen? Du hast keine Richtung. Kein Ziel. Das ist es, was ein Leben ausmacht.«

»Worauf willst du hinaus?«

In Liza machte sich das vage Gefühl breit, dass ihr Leben zu zerbrechen drohte. Zumindest das, was sie kannte. Komischerweise erschreckte es sie weniger, als es hätte tun sollen. Ihr Vater hatte etwas vor. Eine Herausforderung. Liza liebte Herausforderungen, aber irgendwie konnte sie sich des Gefühls nicht erwehren, dass ihr diese nicht gefallen würde.

»Ich werde nicht jünger«, sagte Robert.

Liza vergaß oft, dass ihr Vater bereits 70 Jahre alt war. Ein unangenehmer Gedanke, den sie immer beiseiteschob.

»Wenn deine Mutter noch da wäre, hätte sie dich auf den richtigen Weg gebracht. Vielleicht bin ich zu alt. Sicher zu nachsichtig. Aber dein Leben hat eine Richtung genommen, die mir nicht gefällt.«

»Was tue ich denn Schlimmes?«, fragte Liza.

Verdammt, ihre Zunge schien auf das Doppelte ihrer Größe angeschwollen zu sein.

»Es geht mehr darum, was du nicht tust. Liza, du bist 27 Jahre alt und hast seit dem College nichts mehr gemacht, was dich in deinem Leben irgendwie weiterbringt. Daher halte ich es für sinnvoll, wenn du in

Zukunft auf eigenen Füßen stehst. Das Geld ist dein Startkapital. Du wirst es selbst verwalten und Verantwortung dafür übernehmen.«

Liza hatte seit dem Tod ihrer Mutter Charlotte nicht mehr an irgendetwas gedacht, was sie *weiterbringen* würde. Es gab einfach keinen Grund. Sie schlief abends in der festen Gewissheit ein, dass es ihr nie an etwas mangeln würde. Das würde es ihr mit fünf Millionen auch nicht, aber sie müsste dann selbst für ihr Leben verantwortlich sein. Denn darauf wollte ihr Vater offenbar hinaus.

»Ich spiele immerhin Golf. Darüber warst du sehr begeistert, wenn ich mich richtig erinnere.«

»Golf spielen ist nicht das Leben«, entgegnete ihr Vater und strich ihr über den alabasterweißen Unterarm. Liza mied die Sonne und die Sonne mied sie. Auch wenn sie sich nicht daran erinnern konnte, jemals einen Sonnenbrand gehabt zu haben, weigerte sich ihre Haut, mehr als nur einen Hauch von Farbe anzunehmen. Eine Eigenschaft, die in Kalifornien Aufsehen erregte, hier in Fine Falls aber nicht weiter auffiel.

»Solche Antworten bringen mich nicht weiter«, erwiderte sie.

Sie spürte Trotz in sich aufsteigen. Ein seltenes Gefühl. Seit dem Tod ihrer Mutter war sie mit ihrem Vater immer ein Herz und eine Seele gewesen.

»Du bist der einzige Mensch, der schlechte Laune entwickelt, wenn er so viel Geld geschenkt bekommt.«

Die Sonne war hoch an den Himmel gewandert und brannte jetzt gnadenlos. Das war ungewöhnlich in

Maryland, wo die Temperaturen auch im Sommer selten 29 Grad überschritten. Liza merkte, wie die Schweißtropfen ihren Rücken herunterrannen. Sie fragte sich, ob wirklich das Wetter daran schuld war oder ihre innere Unruhe, die sich immer mehr ausbreitete.

»Du willst mich loswerden«, sagte sie und ärgerte sich darüber, wie schwach ihre Stimme auf einmal klang.

»Keineswegs«, betonte Robert Keener. »Zumindest nicht, bis ich tot bin. Und diesen Zustand möchte ich so schnell noch nicht erreichen. Bis es so weit ist, werde ich dich ins wirkliche Leben entlassen. Damit ich später beruhigt sterben kann.«

»Ich bin also dein Experiment«, sagte Liza nüchtern.

Sie waren längst am Clubhaus angekommen. Doch beide blieben sitzen.

»Nimm es als Chance.«

»Ich dachte, du hättest mehr für mich übrig.«

Das sollte ihren Vater verletzen und tat es auch. In seinen Augen schimmerte die Traurigkeit, die sie zuletzt vor 19 Jahren in ihnen gesehen hatte, als ihre Mutter starb. Liza schämte sich sofort. Sie hätte gerne etwas gesagt, um ihre Worte zu entkräften, aber in ihrem Kopf herrschte Leere.

»Liza, ich liebe dich«, sagte ihr Vater sanft. »Das ist der einzige Grund, warum ich das hier veranstalte. Ich habe das Gefühl, dein Leben entgleitet dir. Du hast keine Idee, wie sich deine Zukunft gestalten könnte.«

»Und du glaubst, mit deinen krausen Ideen würde sich das ändern?«

Sie war unnötig verletzend. Liza wusste das. Aber sie konnte nicht anders.

»Ich gehe ins Clubhaus, und du solltest nach Hause fahren«, sagte Robert Keener, als hätte er ihre letzte Bemerkung nicht gehört. »Ich treffe mich heute Nachmittag noch mit Mr Gillham, dem Leiter des Archäozoologie-Instituts. Unter den jetzigen Umständen halte ich es nicht für sinnvoll, wenn du ihm begegnest.«

»Weil ich ihn mit Sicherheit erwürgen würde, wenn ich herausfände, dass er dich ausnehmen will«, entgegnete Liza ironisch. »Für so etwas bin ich ja bekannt.«

»Vielleicht. Auf jeden Fall bist du zu aufgebracht, um objektiv zu sein. Denk nur über das nach, was ich dir gesagt habe. Mehr verlange ich nicht. Noch nicht.«

Mit diesem bedeutungsschwangeren Schlusswort stieg er aus und wanderte den kiesbestreuten Weg hinaus zum Clubhaus.

»Soll ich dich nachher abholen?«, rief Liza ihm hinterher.

Aber Robert Keener reagierte nicht mehr.

Charles Gillham stand neben dem Arbeitstisch und betrachtete die Lücke unter dem Gabelbein, in der eigentlich der Brustbeinkamm sitzen sollte. Er war nicht zufrieden.

Die Suche nach den Knochenfunden, die er

brauchte, um das Skelett des Kuckucksfalken zu komplettieren, war nicht annähernd so erfolgreich, wie er es sich gewünscht hätte. Am liebsten hätte er eine Expedition von Archäologen bezahlt, die gezielt nach Knochenfragmenten suchten, aber daran war bei der momentanen Finanzlage nicht zu denken.

Vor drei Wochen hatte er mit Frederic Fowler, dem Chef des National Museum of Natural History Fund in Washington D.C. telefoniert. Das Gespräch erwies sich nicht als dazu geeignet, seine Sorgen zu zerstreuen, wie es mit dem Institut weitergehen sollte. Die Stiftung des Museums unterstützte sie seit zwei Jahren. Mr Fowlers Stimme war zu entnehmen, dass sie nicht vorhatten, das noch weitere zwei Jahre zu tun.

»Als wir uns damals dazu bereiterklärt haben, Sie zu unterstützen, sind wir davon ausgegangen, dass es sich um maximal zwei Jahre handeln würde«, hatte Fowler gesagt. »Mein Gott, Gillham, dieser Vogel ist nicht der Tyrannosaurus rex. Es sollte doch möglich sein, die Knochen schneller zusammenzubekommen.«

Charles hätte ihm gerne erklärt, dass es nicht auf die Größe des Lebewesens ankam. Der Kuckucksfalke hatte zwar nur einen Bruchteil der Größe des T-rex, mit der Anzahl der im Körper vorkommenden Knochen hatte das jedoch wenig zu tun. Er befürchtete nur, es würde Fowler nicht besonders beeindrucken. Die Stiftung beschäftigte sich mit den Spezies im Allgemeinen. Sie war nicht auf Paläontologie spezialisiert. Hätte Charles Frederic Fowler etwas von Temnospondyl und

Konkretion erzählt, würde dieser kein Wort davon verstehen.

»Ihre Verlobte hat uns damals etwas von einem Jahr erzählt. Das zweite verdanken Sie nur unserem guten Willen und der Hoffnung, nicht gutes Geld schlechtem hinterhergeworfen zu haben.«

»Der Erhalt einer Art ist nie schlecht investiertes Kapital«, hatte Charles geantwortet und dabei die Kaffeetasse umgeworfen, da er zu schnell nach dem Hängeordner gegriffen hatte. Darin befanden sich die neuesten Entwicklungen, mit denen er Fowler beeindrucken wollte. Die braune Flüssigkeit kroch langsam, aber stetig über das Papier und griff mit ihren gierigen Fingern nach den Buchstaben, um sie unleserlich zu machen.

»Man sollte mit der Sache aber auch im selben Jahrhundert fertig werden, in dem man damit angefangen hat«, erwiderte Fowler ätzend.

Charles wünschte sich von Herzen, so schlagfertig wie seine Schwester Sheila zu sein. Diese hätte umgehend die richtige Antwort parat gehabt und Fowler mit Sicherheit mundtot gemacht. Er merkte nur, wie er rot anlief, obwohl der ihn gar nicht sehen konnte. Hilflos starrte er auf das mit Kaffee getränkte Papier in seiner Hand, während er versuchte, die Flüssigkeit über eine gefaltete Rinne in den Papierkorb laufen zu lassen. Das misslang gründlich. Das Rinnsal änderte den Weg und ergoss sich auf seiner grauen Anzugshose.

»Bis Ende August«, redete Fowler weiter. »Länger kann ich Sie und Ihr Institut nicht unterstützen.«

Er hatte aufgelegt, bevor Charles fragen konnte, was sie ab September machen sollten. Im Endeffekt war es sowieso egal. Der National Museum of Natural History Fund hatte ihnen nur Stiftungsgelder zur Verfügung gestellt, damit er diese nicht versteuern musste. Das Ergebnis interessierte ihn nicht.

Diese Woche sah Charles optimistischer in die Zukunft. Theresa hatte jemanden gefunden, der bereit war, sie weiter zu unterstützen. Robert Keener, der CEO von Keener International Inc., der 2015 seine Firma verkauft hatte und zurück in seine Heimat gekommen war. Auch wenn Theresa nicht den Liebreiz besaß, den Charles sich manchmal gewünscht hätte, bewunderte er ihre Hartnäckigkeit und den Antrieb, nicht aufzugeben, auch wenn die Lage bereits hoffnungslos war.

Er ging einen Schritt zurück und betrachtete das Skelett des Kuckucksfalken, dessen Knochen mit Drähten und Kleber verbunden waren. Der fehlende Brustbeinkamm störte das Bild. Den hoffte er nun zu bekommen. Auf der Post lag ein Päckchen von Brent Williams, dem Archäologen, der auf seiner Suche einen vielversprechenden Fund gemacht hatte. Immer wieder hatte Charles sich das Bild auf dem uralten PC in seinem winzigen Büro angesehen und mit seinen Aufzeichnungen verglichen. Er war sicher, diesmal etwas Spektakuläres zu bekommen.

Er hörte die Vordertür zufallen und zuckte zusammen. Wenn er mit seiner Arbeit beschäftigt war, gab es um ihn herum nichts als Stille und Konzentration. Er hasste Störungen. Das konnte er Theresa allerdings schlecht sagen. Sie war seine Assistentin im Institut und hatte vor zwei Jahren beschlossen, dass Charles der Partner war, mit dem sie ihr Leben verbringen wollte. Bevor sich Charles überhaupt die Frage gestellt hatte, ob er das ebenfalls wollte, hatte sie bei einer Feier des Paläontologen-Verbands ihre Verlobung verkündet. Die Nachricht wurde von den Mitgliedern des Verbands verhalten, aber freundlich aufgenommen. Wahrscheinlich, weil nichts in ihrem Umgang miteinander die Leidenschaft aufwies, die man nach so kurzer Zeit erwarten konnte. Charles überlegte eine Weile, ob er aufbegehren sollte. Da Theresa jedoch nichts von ihm forderte, was irgendwie mit Romantik und Erotik zu tun hatte, beschloss er, es sei den Aufwand nicht wert. Am liebsten war ihm sowieso, dass er ungestört seinen Forschungen nachgehen konnte, und im Organisieren und Abwimmeln war Theresa eine Koryphäe. Da sie ihm Ruhe und Frieden verschaffte, freundete er sich mit dem Gedanken an, sie könne vielleicht die Richtige sein. Beständigkeit war das im Leben, was er schätzte und einschätzen konnte. Vielleicht war das alles, worum es im Endeffekt ging.

»Wieso bist du noch hier?«, fragte Theresa, die einen Stapel Kartons auf dem Arm balancierte und ihn vorsichtig neben ihm auf dem Arbeitstisch absetzte.

»Wo sollte ich denn sein?«, fragte Charles vorsichtig.

Er überlegte angestrengt, was sie meinen könnte, und erinnerte sich vage, dass sie heute Morgen etwas von einem Termin gesagt hatte. Was und wo, daran konnte er sich beim besten Willen nicht mehr erinnern.

»O Gott, Charles«, seufzte Theresa mit dem Tonfall, der durchblicken ließ, dass Charles ein Mensch war, den es galt, vor sich selbst zu beschützen. »Das kannst du unmöglich vergessen haben. Du solltest schon längst auf dem Shadyacre Golfplatz sein, um Keener und seinen Anwalt zu treffen.«

»War das fest ausgemacht?«, fragte Charles beunruhigt. Er spielte kein Golf.

»Ja, von mir. Keener weiß nichts davon. Deshalb hielt ich es ja auch für eine gute Idee. So hättest du Gelegenheit, ihn ganz ungezwungen kennenzulernen.«

Charles fragte sich, wie er Keener beim Golf *ungezwungen kennenlernen* sollte, wenn er nicht mal in der Lage war, den Ball zu treffen.

»Ich bin nicht so gut bei Gesprächen mit anderen Leuten«, sagte er beunruhigt. »Vielleicht wäre es besser, wenn du das machst.«

»Ich bin aber nicht die Paläontologin«, erwiderte Theresa logisch. »Du kämpfst für deine Sache. Deswegen solltest du das schon selbst machen. Was für einen Eindruck hinterlässt das denn sonst?«

Charles befürchtete, dass der Eindruck, den er bei Robert Keener hinterlassen würde, eventuell nicht der war, den Theresa sich vorstellte. Jedoch wusste er, dass es zwecklos war, gegen sie aufzubegehren. Sie hatte sich entschieden, sein Leben in die Form zu pressen, die sie für erfolgversprechend hielt. Alles Weitere würde in einer überflüssigen Diskussion enden.

»Was trägt man denn beim Golf?«, fragte er und blickte hilflos an sich herunter. Unter seinem Kittel blitzte der Kragen seines blütenweißen Oberhemds hervor.

»Das haben wir doch gestern schon besprochen, Charles«, erwiderte Theresa und vage erkennbare Ungeduld schwang in ihrer Stimme mit. »Hörst du mir nicht zu?«

Er hatte tatsächlich nicht zugehört, da er in Gedanken bei dem Brustbeinkamm des Kuckucksfalken war und was das für seine Forschung bedeuten konnte. Aber er hielt es für nicht hilfreich, ihre Frage zu bejahen. Also schwieg er. Gott sei Dank schien sie keine Antwort zu erwarten.

»Im Anzug bist du auf jeden Fall overdressed«, sagte sie stattdessen. »Doch jetzt geht es nicht anders. Nach Hause fahren, um die Kleidung zu wechseln, würde viel zu lange dauern.«

Charles trat zum Spind an der Längsseite des Raumes und zog seinen Kittel aus, den er immer trug, um seine darunterliegende Kleidung nicht zu beschmutzen. Er hängte ihn auf einen Bügel und diesen dann an die Stange.

»Shadyacre Golfclub?«, fragte er noch einmal zur Sicherheit.

»Die Adresse habe ich dir bereits im Navi eingespeichert«, sagte Theresa und bückte sich, um seinen vom Bügel gerutschten Kittel wieder aufzuheben.

Charles hatte nichts anderes erwartet. In den letzten zwei Jahren hatte er sich daran gewöhnt, dass sie sein Leben organisierte und ihn davor bewahrte, allzu großen Unsinn anzustellen. Im Grunde war das recht angenehm, aber er kam sich oft vor, als entwickle er sich zu einem zu großen unmündigen Kind, das nicht in der Lage war, eigenständige Entscheidungen zu treffen. Manchmal würde er das gerne. Es hatte eine Zeit gegeben, in der er es noch getan hatte. Er gab es dann aber schnell auf. Es war den Streit nicht wert.

KAPITEL 2

Der Parkplatz des Shadyacre Golfclubs war immer gut besucht, aber der schöne Tag hatte ihm noch mehr Besucher als sonst beschert. Seit die verschworene Gemeinschaft letztes Jahr beschlossen hatte, auch Einwohnern aus der Umgebung die Möglichkeit zum Golfspiel zu geben, war der Besucherstrom stetig gewachsen.

Lizas Tesla parkte normalerweise neben dem Abfallcontainer des Golfplatzes. Das gab ihr die Möglichkeit, direkt geradeaus auf die County Road zu preschen, ohne sich mit mühsam erzwungener Geduld durch die Gassen des Parkplatzes zu schlängeln. Liza mochte keine Verzögerungen. Was ihr im täglichen Umgang mit anderen Menschen bereits schwerfiel, manifestierte sich beim Autofahren als ungestüme Urgewalt. Wenn man die Menschen in Lizas Umfeld befragt hätte, wäre sie eher als *gefährliche Irre* durchgegangen. Sie wusste das. Sie nahm es aber auch keinem übel.

Heute hatte sie wegen des großen Andrangs an der Ecke bei den Weiß-Eichen parken müssen. Sie ließ sich hinter das Steuer fallen und startete den Wagen. Das Geräusch eines Benzinmotors vermisste sie am allermeisten, seit sie sich für ein Elektroauto entschlossen hatte. Wenigstens ließen sie die 450 PS des Tesla nicht im Stich. Der Wagen schoss aus der Parklücke. Dafür musste sie nur leicht auf das Gaspedal treten.

Die Strecke zur Ausfahrt war eng in diesem Teil des Parkplatzes. Liza steuerte geschickt aus der Parkbucht, um an der Ecke der Eingangstreppe wieder mehr Gas geben zu können. Wo dieser Mann herkam, dessen entsetztes Gesicht sie auf einmal durch die Windschutzscheibe sehen konnte, war ihr ein Rätsel. Er schien aus dem Nichts aufgetaucht zu sein. Sie bremste abrupt. Das hatte ihr gerade noch gefehlt.

»Können Sie nicht aufpassen?« Sie hatte das Fenster heruntergelassen und steckte den Kopf hinaus. »Warum laufen Sie mir einfach vors Auto?«

»Sie haben mich angefahren«, sagte der Mann mit einem Gesichtsausdruck, als könne er es nicht fassen. Er rieb sich mit der linken Hand mit schmerzverzerrtem Gesicht das Knie, während er mit der rechten ein in braunes Packpapier eingeschlagenes Paket fest umklammert hielt. »Sie waren viel zu schnell.«

»Papperlapapp«, erwiderte Liza.

Sie musste aussteigen. Wenn sie sich noch eine Anzeige einhandelte, würde ihr Vater ausflippen. Das tat er eigentlich nie, aber Lizas Fahrkünste trieben ihn regelmäßig zur Weißglut. Wahrscheinlich war es besser, auszusteigen und Schadensbegrenzung zu betreiben.

»Haben Sie sich wehgetan?«, fragte sie überflüssigerweise.

»Das sehen Sie doch.«

Liza traf mit ihren 1,86 Metern nicht oft auf Männer, die mit ihrer Größe mithalten konnten. Sie konnte ihm gerade in die Augen schauen. Es war ein intelligentes Gesicht mit einem hervorstehenden, ein wenig zu spitzen Kinn, weit auseinanderliegenden Augen und ein bisschen zu großen Ohren. Es wirkte irgendwie – unfertig. Auf der Straße wäre der Mann Liza nicht aufgefallen.

»Brauchen Sie einen Arzt?«, fragte sie mehr aus Höflichkeit.

»Ich weiß noch nicht.«

Er rieb sich erneut das Knie, fast so, als wolle er das überprüfen. Wie konnte man so etwas nicht wissen?

»Hören Sie, ich gebe Ihnen meine Karte«, nahm Liza ihm die Entscheidung ab.

Sie wusste, dass es gefährlich war. Eigentlich sollte sie mit ihm ins Krankenhaus fahren, um sich dort von einem Arzt bestätigen zu lassen, dass ihm nichts Schlimmes fehlte. Mit ihrem Verhalten bot sie ihm die Möglichkeit, sie vor Gericht auf ein nicht unerhebliches Schmerzensgeld zu verklagen. Aber der Tag hatte sich nicht nach ihren Vorstellungen entwickelt. Stundenlang in der Notaufnahme eines Krankenhauses zu verbringen, würde das nicht besser machen.

Sie ging um den Wagen herum und öffnete die Beifahrertür. Ein Stapel Papiere und Brötchentüten fielen heraus. Liza warf gewöhnlich fast alles in den Fußraum, was sie im Moment nicht brauchte. Mit der Zeit sammelte sich dort einiges an. Sie suchte im Handschuhfach nach ihren Visitenkarten, die sie sich nur hatte anfertigen lassen, weil sie das Design mit den geprägten Buchstaben so schön fand. Eigentlich brauchte sie die nie. Der Fremde war neben sie getreten und blickte missmutig in das Chaos im Innenraum.

»Sie halten nicht viel vom Aufräumen«, stellte er fest.

»Ich muss mich um wichtigere Dinge kümmern«, entgegnete sie so hoheitsvoll wie möglich.

»Harmlose Fußgänger anzufahren, zum Beispiel?«

»Wollen Sie die Karte jetzt oder nicht?«

Er nahm sie ohne weiteren Kommentar und studierte sie genau. Sein Blick hatte einen konzentrierten Ausdruck angenommen. Die Stirn legte sich in leichte Falten. Sein Gesicht wirkte auf einmal viel ausgewogener.

»Liza«, sagte er dann. »Haben Sie keinen Nachnamen?«

»Liza reicht. Mehr müssen Sie nicht wissen. Meine Telefonnummer steht drauf. Wer garantiert mir denn, dass Sie kein verrückter Stalker sind, der mir Tag und Nacht nachstellt?«

»Die Gefahr besteht nicht«, sagte der Fremde humorlos.

Etwas an der Art, wie er es sagte, ärgerte Liza. Sie

war es nicht gewohnt, dass Männer nicht auf sie reagierten.

Der Fremde stellte sein Paket vorsichtig neben Lizas Auto und nestelte an seiner Jackentasche.

»Ich schreibe Ihnen auch meinen Namen, Adresse und Telefonnummern auf«, sagte er, als er einen schmalen Notizblock und einen Bleistiftstummel hervorgezogen hatte.

»Die brauche ich nicht«, erwiderte Liza und warf ihre verstreuten Sachen wieder in den Wagen. Trotzdem nahm sie den Zettel, den der Mann ihr hinhielt. »Rufen Sie mich an, wenn irgendetwas ist.«

Sie warf den Kopf in den Nacken, ging so schnell wie möglich auf die andere Seite des Wagens und stieg ein.

Diesmal hätte sie einen aufheulenden Motor wirklich gebrauchen können. Sie beobachtete durch den Rückspiegel, wie der Fremde wild hinter ihr her gestikulierte. Das würde noch Ärger geben, das spürte sie.

Charles senkte seine Arme und blickte der impertinenten Fahrerin mit ihrem Tesla fassungslos hinterher. Sein Schienbein schmerzte. Zeitgleich merkte er, dass der Zusammenstoß mit dem Wagen und seiner Fahrerin seinem Magen nicht gutgetan hatten. Er hasste Konfrontationen. Nicht nur, weil er sie nicht gewinnen konnte. Sie machten irgendetwas mit seinem Körper.

Seine Hose war beschmutzt. Charles bückte sich und versuchte, den klebrigen Staub von Fine Falls abzuklopfen. Der erwies sich als hartnäckig. Als er seinen Oberkörper zur Seite drehte, um die Rückseite seines Beines zu überprüfen, bemerkte er, dass an seinem Ärmel ebenfalls Dreck klebte. Konnte er so zu Keener gehen?

Charles prüfte seine Optionen, stellte jedoch fest, dass er keine hatte. Hier, außerhalb von Fine Falls, gab es kein Bekleidungsgeschäft, außer dass man im Club Bekleidung zum Golfen kaufen konnte. Fast hatte er sich mit dem Gedanken angefreundet, als ihm einfiel, dass er seine Geldbörse nicht eingesteckt hatte. Er probierte erneut, den Schmutz abzuklopfen, jedoch war der noch feucht vom Regen der letzten Tage und verschmierte nur noch mehr. Er gab auf und machte sich auf den Weg zum Clubhaus.

»Sind Sie Mitglied?«, fragte der Angestellte hinter dem Tresen, der mit seinem dunklen Anzug und dem gegelten Haar aussah wie ein Angehöriger der Mafia, der jeden Moment nach Schutzgeld fragen würde.

»Nein«, antwortete Charles und schüttelte vorsichtig sein linkes Bein. Er hoffte, so noch etwas von dem Dreck loszuwerden, aber es war zwecklos. Stattdessen stieß sein Fuß an die untere Leiste des Tresens. Die Schlüssel in einer Glasschale auf der Ablage klimperten.

»Wenn Sie kein Mitglied sind, dürfen Sie hier nicht rein«, sagte der Mafioso mit strengem Blick von oben herab.

»Ich möchte gar nicht spielen«, erwiderte Charles. Sein Sockenhalter war jetzt zu seinem Knöchel gerutscht und verhedderte sich in seinem Absatz. »Ich möchte nur mit Mr Keener sprechen.«

»Hat er Sie eingeladen?«, fragte der Mann.

»Nein, er weiß nicht, dass ich heute kommen wollte.«

»Dann kommen Sie auch nicht rein.«

Leider hatte die Antwort eine bestechende Logik. Charles ärgerte sich, dass er Theresa nicht richtig zugehört hatte und zu dem Treffen mit Keener nicht früher erschienen war. So hätte er die Möglichkeit gehabt, draußen auf dem Parkplatz auf ihn zu warten.

»Können Sie Mr Keener nicht vielleicht fragen, ob er mich empfängt?«, bat Charles, der langsam verzweifelte. Er wollte Theresa nicht beichten müssen, dass er es verbockt hatte. Sie schimpfte zwar nicht, sah ihn aber auf eine Art an, die ihn immer an seine Fehlbarkeit erinnerte.

»Das würde nichts bringen«, erwiderte der Angestellte. »Mr Keener hat den Club bereits vor fünf Minuten verlassen.«

Es war ihm anzusehen, dass er die Situation genoss.

»Warum sagen Sie das nicht gleich«, entfuhr es Charles lauter, als es normalerweise seine Art war. Aber es gab tatsächlich Menschen, die ihn auf die Palme bringen konnten. Diese unmögliche Person vorhin auf dem Parkplatz gehörte dazu. Umso höher, je mehr er über sie nachdachte. Doch das musste warten.

»Sie haben nicht gefragt«, war die süffisante Antwort.

»Natürlich nicht«, seufzte Charles.

Er rief sich das Gesicht der Frau ins Gedächtnis, der er den Umstand zu verdanken hatte, nicht den Mann treffen zu können, der den Fortbestand des Instituts sichern konnte. Charles war nicht zornig – das lag nicht in seinem Naturell. Vielmehr enttäuschte ihn das Leben an sich. Es war nicht fair.

»Es besteht auch keine Möglichkeit, ihn anzurufen?«, fragte er, obwohl er sich von der Antwort nichts erhoffte.

»Ich werde unsere Mitglieder sicher nicht belästigen«, lautete die Antwort, mit der er insgeheim bereits gerechnet hatte.

Mehr instinktiv schüttelte er noch einmal sein Bein und griff geistesgegenwärtig nach dem Schirmständer, bevor dieser umkippte. Vergebens.

Auf dem Parkplatz vor dem Institut stand immer noch Theresas Auto, obwohl sie eigentlich nur bis mittags arbeitete. Das beunruhigte Charles. Er kam sich vor, als würde er mit offenen Augen in den Schlund eines Drachen laufen.

Einen kurzen Moment überlegte er, ob er sich wieder ins Auto setzen und nach Hause fahren sollte, schimpfte sich jedoch einen Feigling. Dass er Keener auf dem Golfplatz nicht mehr getroffen hatte, war nicht seine Schuld. Was hätte er tun sollen, nachdem ihn diese offensichtlich irre Person angefahren hatte? Im hintersten Winkel seiner Gedanken wusste er zwar, dass er dennoch zu spät gekommen wäre, wollte diese Überlegung jedoch nicht vertiefen. Um für Theresa die Schuldfrage zu klären, würde es wohl reichen.

Er schloss die Tür des Seiteneingangs auf, der nur über einen unbefestigten Weg zu erreichen war. Zweige eines Magnolienbaums schlugen ihm ins Gesicht und ein Brombeerstrauch streifte die Hose seines Anzugs. Brombeeren gaben Flecken, das wusste er, obwohl er kein Botaniker war. Ihn störte das mehr als Theresa. Sie würde ihn mit hochgezogenen Augenbrauen anschauen, was er verabscheute, leider jedoch auch fürchtete. Damit brachte sie ihr absolutes Missfallen zum Ausdruck, egal ob es sich um Zuspätkommen, Vergesslichkeit oder schlechte Angewohnheiten handelte. Ein Gesichtsausdruck für alle Abneigungen. Charles fragte sich, ob er der Einzige war, der das komisch fand. Ein Mensch sollte mehr Ausdrucksmöglichkeiten haben, seine Empfindungen zu äußern.

Er hätte den Eingang an der Vorderseite nehmen können, eine breite holzvertäfelte Tür mit Glasornamenten. Doch er hatte die Hoffnung, dass Theresa schon vor ihm das Institut verlassen würde, damit er es noch hinausschieben konnte, sich rechtfertigen zu müssen. Als er sich den Ärmel seiner Jacke an einem Nagel am Türrahmen aufriss, bemerkte er die Schwäche seines Plans. Theresa würde sicher nicht fahren, wenn sie sein Auto sah, das er unter dem Baum des kiesbedeckten Parkplatzes abgestellt hatte. Nie beachtete er solche Dinge. Meistens war er so in seiner Welt versunken, dass ihm die einfachsten Zusammenhänge des Lebens nicht klar wurden.

Das Schloss an der Hintertür gehörte zur selben Schließanlage wie vorne, daher passte sein Schlüssel. Das hatte er einfach vorausgesetzt, es aber nicht gewusst und sich auch keine Gedanken darüber gemacht. Wieder einmal wurde ihm bewusst, wie wenig er sich für strategische Aktionen eignete.

Hier hinten war offensichtlich lange keiner mehr hineingegangen. Charles drückte die Tür gegen ein Hindernis, das er zwar langsam, dafür aber umso mühseliger beiseiteschieben konnte. Der Praktikant aus der Universität von Maryland kam zweimal die Woche, um die zugeschickten Knochenfunde der Fauna Marylands zu katalogisieren. Die leeren Kartons stapelte er anscheinend hier im Raum hinter der Tür. Wahrscheinlich, weil ihm der Weg zum Mülleimer auf dem Parkplatz zu weit war.

Obwohl Charles äußerst behutsam vorging – eine Eigenschaft, die sein Beruf mit sich brachte und die er zur Perfektion beherrschte –, geriet der Kartonstapel ins Wanken und fiel um. Etwas schepperte. Während Charles noch hoffte, dass keine unersetzlichen Exponate zu Bruch gegangen waren, hörte er auf der anderen Seite des Raumes eine Tür aufgehen. Einen Moment überkam ihn der Drang, die Flucht nach hinten anzutreten, sich wieder in sein Auto zu setzen und einfach nach Hause zu fahren, jedoch haderte er zu lange mit dem Gedanken. Theresa zog die Hintertür auf und blickte ihn missbilligend an.

»Was um alles in der Welt tust du hier?«, fragte sie und bückte sich, um einen Knochen aufzuheben. Sie blies den Staub ab und inspizierte ihn gründlich. Der Knochen war heil geblieben. Es war zwar kein seltener Fund, aber Charles waren alle gleich wichtig.

»Ich komme vom Golfplatz«, antwortete er folgerichtig, zweifelte allerdings daran, dass Theresa sich mit dieser Antwort zufriedengeben würde.

»Das denke ich mir«, erwiderte Theresa.

Ihr Blick deutete jedoch an, dass ihr diese Antwort nicht reichte.

»Und?«, fragte sie, als Charles keine Anstalten machte weiterzureden.

»Es ist nicht ganz so gelaufen, wie wir es uns gewünscht haben«, sagte Charles hilflos.

Er fühlte sich in einen Strudel hineingezogen, dem er aus eigener Kraft nicht mehr entkommen konnte.

»Du hast es also vermasselt.«

Eine Feststellung, keine Frage. War das gut? Wenn sie bereits vorher davon überzeugt gewesen war, dass es schiefgehen würde, konnte das doch keine zu große Überraschung für sie sein.

»Ja und nein«, sagte er.

»Charles, so schwierig kann das doch nicht zu beantworten sein. Hast du Keener verärgert oder irgendetwas Dummes gesagt?«

»Ich habe gar nicht mit ihm gesprochen«, antwortete Charles kleinlaut.

Theresa atmete hörbar ein und wieder aus, um die ganze Last, unter der sie zu leiden hatte, auch akustisch zu untermalen. Einzelne Strähnen ihrer braunen Haare hatten sich aus ihrem Zopf gelöst und wehten wegen des Durchzugs, der durch die geöffneten Türen strömte, vorsichtig zur Seite, als könnten sie mit ihrer neu gewonnenen Freiheit noch nichts anfangen.

»Du hast ihn also verpasst.«

Wieder eine Feststellung. Charles nickte. Es gab keinen Grund, das zu leugnen.

»Es wäre eine wunderbare Gelegenheit gewesen, Keener von dir und unserem Projekt zu überzeugen«, sagte sie.

Es klang keine Anklage in ihrer Stimme mit. Das tat sie niemals. Theresa war ein praktischer Mensch. Sie wusste, mit Vorwürfen kam sie bei den Menschen nicht weiter, wenn sie etwas erreichen wollte.

»Es gibt bestimmt noch andere«, erwiderte Charles und hoffte, er hörte sich überzeugter an, als er sich fühlte.

»So viel Zeit haben wir aber nicht«, entgegnete sie. »Es war Glück, dass ich herausgefunden habe, dass Keener heute auf dem Golfplatz ist. Es sei denn, du willst die nächsten Wochen auf dem Parkplatz des Shadyacre Golfplatzes kampieren, um ihn abzufangen.«

Kampieren an sich war für Charles bereits eine grauenhafte Vorstellung. Er schätzte einen warmen Schlafplatz ohne irgendwelches Getier oder klamme Kleidung am Morgen.

»Also stehen wir wieder am Anfang«, fuhr sie fort,

während sie an ihm vorbeigriff und endlich die Tür zuzog. Das Tageslicht verschwand und die Neonröhre warf einen kalten, flackernden Schein in den Raum.

»Aber nein, wieso? Keener möchte uns das Geld doch geben.«

»Ich weiß aber zufällig, dass sich das Methodistic Museum of Art ebenfalls um seine Stiftung beworben hat«, sagte Theresa und schob energisch die losen Strähnen wieder in den Haargummi.

»Und die haben es nicht mit alten, dreckigen Knochen zu tun, sondern mit bildender Kunst. Skulpturen und Gemälde. Etwas, mit dem man sich bei einer Gesellschaft durchaus brüsten kann. Förderer der Kunst genießen immer ein hohes Ansehen. Förderer von Paläontologen wahrscheinlich weniger.«

Es schmerzte Charles, dass sie so wenig an die Außenwirkung ihrer Arbeit glaubte. Gab es etwas Herrlicheres als das Skelett eines Kuckucksfalken, blank und abgeschrubbt in seiner fahlen Schönheit?

»Ich werde Keener noch mal aufsuchen«, sagte er und griff nach den heruntergefallenen Siebeinsätzen neben der Tür. »Ich rufe ihn an und bitte um einen Termin.«

Bei dem Gedanken, Keener in einem Gespräch zwischen vier Augen zu begegnen, fühlte er sich wohler. Alles war besser, als unkontrolliert nach Bällen auf einem Rasen zu schlagen.

»Morgen«, sagte Theresa mit Nachdruck.

»Ja, morgen.«

Charles nickte bekräftigend. Der Sturm war an ihm

vorbeigezogen und hatte ihn nicht zu sehr aus seiner Komfortzone gerissen. Er kam sich fast ein wenig verwegen vor. Morgen würde er Keener von Mann zu Mann davon überzeugen, dass ihr Institut die beste Entscheidung sei.

»Gut«, sagte Theresa nur. Sie klang friedlich und mit sich im Reinen. »Dann solltest du jetzt mit den Pygostylen weitermachen.«

»Wir könnten doch etwas essen gehen«, schlug Charles vor.

Sein eigener Vorschlag überraschte ihn. Im Schrank seines Arbeitszimmers lag eine Box mit Sandwichen und Obst. Essen war für ihn normalerweise kein gesellschaftliches Ereignis. Charles aß, damit er nicht verhungerte. Dabei achtete er darauf, es ausgewogen zu tun und alle wichtigen Bestandteile einer Mahlzeit in sich aufzunehmen. Aber heute fühlte er einen merkwürdigen Antrieb, als sei er auf eine Kraft getroffen, die sein Innerstes mitgerissen hatte.

»Essen gehen?«, echote Theresa. »Was sind das für Dummheiten? Wir können nicht essen gehen, wenn noch so viel Arbeit auf dich wartet.«

Das Beruhigende an seiner Arbeit war, dass sie ihm auf keinen Fall weglief, hatte Charles immer gefunden. Den Knochenstücken eines Kuckucksfalken aus der letzten Etappe des Juras war es egal, ob er sie heute oder nächste Woche zusammensetzte. Jedoch brachte er nicht den Mumm auf, Theresa von seiner Art, die Dinge zu sehen, in Kenntnis zu setzen.

Also griff er nach den Kartons mit den Siebeinsätzen, um sie vor weiteren Stürzen in Sicherheit zu bringen, und folgte seiner Verlobten, die bereits auf dem Weg zurück in sein Arbeitszimmer war.

Das Gebilde aus übereinandergestapelten Kartons wackelte unschlüssig, um ihm dann aus den Händen zu fallen, als er mit dem Ellbogen an den Türrahmen stieß.

Liza fuhr nach dem Golfspiel nicht direkt nach Hause, sondern machte einen Abstecher zu dem Bagelshop in der Jefferson Street. Dort gab es die wahrscheinlich besten Bagels an der Ostküste. Das kleine Geschäft mit den gemütlichen plüschbezogenen Stühlen und der Theke aus warmem Kirschholz versöhnte sie an manchen Tagen mit dem Gedanken, nicht mehr an der Westküste zu wohnen.

Sie kaufte zwei Bagels mit Lachs und Frischkäse sowie ein Stück Apfelkuchen und schlenderte zurück zu ihrem Wagen, den sie auf dem Bürgersteig geparkt hatte. Offenbar ging man in Fine Falls davon aus, dass man seine Einkäufe zu Fuß erledigte, da Parkplätze entlang der Jefferson Street rar gesät waren. Liza parkte nicht das erste Mal auf dem Bürgersteig und hatte auch mehr als einmal einen Strafzettel kassiert. In der Geschwindigkeit, mit der das passierte, lag die Vermutung nahe, dass in den Fluchten der roten Backsteinfassaden der spätviktorianischen Häuser die Politessen auf der Lauer lagen und nur darauf warteten, dass jemand falsch parkte. Heute hatte sie allerdings Glück. Der

Effektlack des Tesla reflektierte die Strahlen der steil am Himmel stehenden Mittagssonne, sodass sie einen Moment die Augen schließen musste. Sie drückte auf den Knopf der Fernbedienung und die Türen entriegelten sich lautlos.

Liza stieg ein und legte die Tüte mit den duftenden Bagels neben sich auf den Beifahrersitz. Sie würde den Innenraum dringend noch einmal entrümpeln müssen. Sie nestelte an der Tüte und brach ein Stück vom Apfelkuchen ab. Es war reines Glück gewesen, dass der Zusammenstoß vorhin auf dem Parkplatz nicht schlimmer ausgegangen war. Nicht nur einmal hatte ihr Vater sie ermahnt, nicht so schnell zu fahren und mehr auf den Verkehr zu achten. Mit dem Golfmobil ließ er ihr das noch durchgehen, jedoch betonte er immer wieder, wie wichtig es sei, seine Warnungen zu beherzigen.

»Wenn du schnell fahren willst, flieg nach Austin auf die Rennstrecke. Dann gefährdest du wenigstens keine unschuldigen Menschen«, hatte er einmal verärgert zu ihr gesagt, als sie auf der Main Street beim Abbiegen fast ein Motorrad gestreift hatte. Er sprach nicht oft so streng mit ihr und es wirkte nach. Zumindest eine Zeit lang.

Sie hielt das Stück Apfelkuchen in ihren schlanken Fingern mit den dunkelrot lackierten Nägeln und knabberte nachdenklich daran. Der unauffällige Mann mit dem dunkelblonden Haar war mit seiner ungelenken Art und dem altmodischen Auftreten irgendwie süß gewesen. In der Regel hatte sie es mit Männern zu tun, die entweder aus einem reichen Elternhaus kamen wie sie oder mit einem Start-up für selbst genähte Schuhe oder Nahrungsergänzungsmittel plötzlich reich geworden waren. Beides traf auf ihn offensichtlich nicht zu. Der Anzug war aus Schurwolle, nicht aus einem edlen Stoff wie Leinen. So etwas erkannte sie auf einen Blick. Auch seine Schuhe sahen eher so aus, als hätte er sie bei Foot Locker gekauft.

Liza war kein Mensch, dem Äußerlichkeiten besonders wichtig waren. Dafür hatte sie ein zu großes Selbstbewusstsein und ein fast übermächtiges soziales Bewusstsein. Zum Standesdünkel war sie nicht erzogen worden. In ihrer Kindheit hatte sie immer mit dem Sohn der Putzfrau gespielt und war kaum wieder zu beruhigen gewesen, als Rodrigo und seine Mutter nach Mexiko zurück mussten, um seiner erkrankten Großmutter zu helfen. Liza hatte eine öffentliche Schule besucht und war immer gewohnt gewesen, sich nicht nur unter *ihresgleichen* aufzuhalten, was immer das auch bedeuten sollte. Dennoch hatte sie ein Auge für edle Materialien, Stil und Integrität. Die beiden Letzteren hatte der Fremde durchaus besessen.

Sie beugte sich vor, um eine Schachtel Zigaretten aus dem Fußraum zu fischen. Sie rauchte nicht oft, wollte aber noch eine Weile über das Vorgefallene und Mr Unbekannt nachdenken. Ohne zu rauchen wussten ihre Hände nicht, was sie tun sollten. Lange still sitzen behagte ihr nicht. Warum beschäftigte sie das so? Es war gerade noch einmal gut gegangen, den Anzug würde sie ersetzen und sogar eine noch unbestimmte Summe Schmerzensgeld überweisen.

Sie zündete sich eine Zigarette an und betrachtete das Stillleben von Kassenzetteln und Tüten im Fußraum der Beifahrerseite. Ihr Blick schweifte über Tüten mit Konfekt, längst vergessene Kinokarten und Coupons. Trotz der bunt gemischten Kombination wusste Liza von jedem Teil, wann es seinen Weg in ihr Auto gefunden hatte. Nur das Päckchen im braunen Packpapier kam ihr fremd vor.

Sie beugte sich nach vorne und streckte ihre Finger danach aus. Es war mit einem faserigen Packband umwickelt, das an den Enden ausfranste. Sie klemmte die Schlaufe des Bandes zwischen Zeige- und Mittelfinger und zog es näher an sich heran, bis sie das Päckchen greifen konnte. Es war so leicht, dass sie fast glaubte, es wäre nichts darin. Sie versuchte einen Moment, den Knoten zu lösen, gab das aber rasch auf und benutzte ihr Feuerzeug, um ihn einfach durchzubrennen.

Undamenhaft steckte sie die Zigarette in ihren Mundwinkel und blies den Qualm aus dem geöffneten Autofenster. So hatte sie die Hände frei, um das Band vom Paket zu ziehen. Ihr Vater sagte immer, dass sie wie ein Bauarbeiter wirkte, wenn sie das tat. Ihr Körper war schlank und biegsam und ihre Züge feingliedrig und aristokratisch. Liza liebte den Kontrast, den ihre grazile Gestalt mit diesem Verhalten zeigte.

Sie klappte den Deckel des Päckchens auf und wühlte mit den Fingerspitzen durch die Holzwolle, bis sie etwas Raues mit glatten Kanten zu packen bekam. Sie zog es heraus und blies verbliebene Späne ab, die sich auf den Ledersitzen verteilten. Unschlüssig drehte sie das Teil ein paarmal. War es ein Knochen? Sie hob es höher und betrachtete es genauer. Es war ziemlich sicher ein Knochen. Wie kam der in ihr Auto?

Sie legte ihn zurück in den Karton und nahm die Zigarette wieder zwischen Zeige- und Mittelfinger. Die Glut näherte sich bereits dem Filter. Sie öffnete die Tür, beugte sich nach vorne und drückte die Zigarette auf dem Pflaster aus. Heutzutage wurden keine Autos mehr mit Aschenbecher gebaut, wenn man es nicht ausdrücklich verlangte. Leider hatte sie bei der Bestellung des Wagens darüber nicht nachgedacht. Sie schabte den Filter mehrmals über den Boden, um sicher zu sein, dass die Zigarette auch wirklich aus war, und steckte ihn in eine leere Papiertüte, in der sie Apfelreste, Bonbonpapier und Strafzettel sammelte. Nie wäre es ihr in den Sinn gekommen, den Stummel draußen einfach auf das Pflaster zu werfen.

Währenddessen dachte sie nach und kam zu dem Ergebnis, dass es nur einen Weg gab, wie das Päckchen in ihren Fußraum gekommen war. Mit ziemlicher Sicherheit hatte der Unbekannte es bei ihrem Zusammenstoß verloren. Sie erinnerte sich daran, einen Notizzettel von ihm bekommen zu haben, den sie in ihre Schultertasche gesteckt hatte, ohne ihn sich näher anzuschauen. Sie suchte routiniert alle Fächer und Falten ab, bis sie ihn gefunden hatte.

Charles Gillham, Paläontologe, Institut für Archäozoologie, Maryland.

Irgendein Schalter rastete in ihrer Erinnerung ein. Das kam ihr bekannt vor. Nicht der Name, sondern das Institut, bei dem er arbeitete. Hatte ihr Vater nicht genau diese Einrichtung vorhin erwähnt?

Sie rief sich ihr Gespräch noch einmal ins Gedächtnis und kam zu dem Ergebnis, dass es stimmte. Ebenfalls gab dann die Anwesenheit von Charles Gillham am Golfclub Sinn. Sie hatte ihn dort noch nie gesehen. Wahrscheinlich wollte er sich mit ihrem Vater treffen.

Sie drehte den Zettel immer wieder zwischen den Fingern und zündete sich eine zweite Zigarette an. Das war ungewöhnlich. Normalerweise rauchte sie höchstens eine am Tag. Ihr erster Impuls war gewesen, das Päckchen mitsamt seinem bizarren Inhalt in den Mülleimer an der Ecke zu werfen. Doch dessen Inhalt war diesem Gillham mit Sicherheit wichtig. Paläontologen arbeiteten schließlich mit Knochen. Was war, wenn sie etwas wirklich Wertvolles zerstörte?

»Dann geschähe es ihm recht«, meldete sich ihre innere Stimme, die immer dann ertönte, wenn Liza zornig war.

»Nein«, entgegnete sie laut, als würde eine Reaktion von ihr erwartet. »Dafür gefällt er dir zu gut.«

Ein Passant, der aus dem Bagelladen an ihrem Auto vorbeikam, schaute sie irritiert an.

Wenn ihr Vater sich dazu entschieden hatte, dem Institut Geld zu geben, war das nicht Gillhams Schuld.

Liza wusste zwar nicht viel über Paläontologie, war jedoch sicher, dass es nicht der bestbezahlte Beruf war, der darüber hinaus anscheinend noch von der Großzügigkeit anderer Menschen abhing. Die Frage war nur, wie sie ihr Wissen so einsetzen könnte, dass sie ebenfalls etwas davon hätte. Sie hatte ihrem Vater gegenüber einen entscheidenden Vorteil, wenn sie wusste, wer Charles Gillham war.

Kurzentschlossen griff sie zu ihrem Smartphone und suchte im Browser nach der Adresse des Instituts.

»Mr Gillham«, sagte sie zu sich. »Ich habe etwas, das Ihnen gehört. Wir sollten uns treffen.«

KAPITEL 3

Wenn Liza nicht das Navigationssystem des Tesla gehabt hätte, wäre sie sicher nie in Rose Haven angekommen.

Sie lebten jetzt seit fast einem Jahr hier, dennoch hatte sie nie die Umgebung außerhalb von Fine Falls erforscht. Wenn sie von Baltimore nach Los Angeles flog, ließ sie sich von einem Chauffeurdienst zum Flughafen fahren. Es war spannend zu entdecken, was sich im Umland von Fine Falls verbarg. Die Landschaft entpuppte sich als wesentlich reizvoller, als Liza es vermutet hatte. Sie beschloss, sich der Umgebung näher zu widmen, wenn sie alle Ereignisse in ihrem Leben wieder dort hatte, wo sie sie haben wollte.

Das Institut für Archäozoologie lag an einer unbefestigten Straße und war von dieser aus nicht sofort einsehbar. Das stellte sie leider erst fest, als das Navi sie bereits zweimal aufgefordert hatte zu wenden. Diesmal fuhr sie im Schritttempo die Straße entlang, wobei sie hinter den Bäumen einen Schotterparkplatz und zwei Autos erkennen konnte. Durch zwei zugewachsene Pfeiler, an denen früher wahrscheinlich ein Tor befestigt war, führte eine circa sieben Fuß breite Einfahrt. Die Sträucher am Rand waren so weit in den Weg gewachsen, dass Liza sich nicht sicher war, ob der Tesla ohne Kratzer durchkommen würde. Eigentlich nahm sie solche Dinge nicht allzu genau, wollte aber ihrem Vater heute keinen Anlass mehr geben, den Sinn ihrer Existenz anzuzweifeln. Sie parkte so nahe am Straßengraben, dass der Wagen bereits eine gefährliche Schieflage einnahm.

Sie lief vorsichtig auf den Fußspitzen und ihre Sneaker waren vorne staubig von rotbrauner Erde, als sie auf dem Parkplatz ankam. So bezaubernd der Schmetterlingsflieder, der den Platz umwucherte, mit seinen kräftig orangefarbenen Blüten auch war, desto trostloser wirkte das Gebäude aus schmutzig-grauem Beton, vor dem sie nun stand. Die Scheiben waren staubig, ein Kabel hing verloren von der Decke des Überdachs und sie meinte, Spinnweben unter der Traufe zu sehen.

»Uff«, murmelte sie und fischte den Zettel von Charles Gillham erneut aus ihrer Tasche.

»Institut für Archäozoologie«, las sie fast lautlos vor und verglich diese Information mit dem Schild über dem Eingang. Sie war eindeutig richtig.

Es gab offenbar keine Klingel, daher zog sie die Handschuhe aus, die sie beim Autofahren trug, und hämmerte ohne zu zögern mit der Faust gegen die Tür. Vertrockneter Kitt löste sich aus dem Rahmen der Scheibe und fiel zu Boden.

Ihr Handballen schmerzte aufgrund der rüden Behandlung und sie hielt inne, um ihre Hand auszuschütteln. Sie meinte, drinnen ein Klappern zu hören, daher versuchte sie es noch einmal, bis ihr eine Frau mit strengem Gesicht und einer unvorteilhaften Frisur die Tür öffnete.

»Wir haben geschlossen«, sagte sie, bevor Liza etwas sagen konnte.

»Wenn ich das richtig sehe, haben Sie gar keine offiziellen Öffnungszeiten«, konterte sie.

»Weil wir kein öffentliches Gebäude sind«, erwiderte die Frau mit dem Zopf und klang mühsam geduldig.

Liza konnte es auf den Tod nicht ausstehen, wenn sie herablassend behandelt wurde. Aber, fairerweise gesagt, passierte das auch nicht sonderlich oft. Ihr Name öffnete ihr in der Regel Tür und Tor.

»Ich bin Liza Keener«, entgegnete sie daher hoheitsvoll und schob ihre Schiebermütze, die sie immer beim Golf trug und die meistens keck-schief auf ihren schwarzen Locken saß, wieder gerade. »Die Tochter von Robert Keener. Das sagt Ihnen sicher etwas.«

Sie sah ihrem Gegenüber nicht an, ob ihre Worte die richtige Wirkung gehabt hatten, jedoch öffnete die Frau die Tür nun ganz und trat zurück.

»Kommen Sie doch bitte rein«, sagte die Torwächterin dann, allerdings ohne ihren Tonfall zu ändern.

Wenn Lizas Anwesenheit sie beeindruckte, zeigte sie es nicht.

Liza zog den Sommermantel enger um ihren Körper, damit er nicht in Kontakt mit der Tür kam. Diese sah aus, als wäre sie vor Kurzem stellenweise überstrichen worden und Liza hatte Sorge, sich Farbe auf den Mantel zu schmieren. Es war ihr Lieblingsmodell des Designers und nirgendwo mehr zu bekommen.

Als sie über die Schwelle in den Flur trat, zog sie unwillkürlich den Kopf ein. Mit ihrer Größe von über sechs Fuß überragte sie ihre unfreiwillige Gastgeberin um mehr als einen Kopf.

»Ich möchte Professor Gillham sprechen«, sagte Liza, nachdem sie in einen Raum mit Regalen und undefinierbaren Werkzeugen getreten waren.

»Charles«, ergänzte sie noch und suchte nach einem Zeichen in den Augen der Frau, ob sie sich darüber ärgerte, dass sie ihn beim Vornamen genannt hatte. Falls ja, ließ diese sich nichts anmerken.

»Ich bin Theresa Rice, die Assistentin von Professor Gillham«, sagte sie stattdessen. »Ich hätte eher Ihren Vater erwartet.«

Ihr Blick ruhte auf Lizas teurem Mantel mit den pinkfarbenen Blumen und bot Grund zu Spekulation. Liza hatte den Verdacht, Theresa Rice nahm sie nicht ganz ernst. Sie würde sich noch wundern.

»Ist Professor Gillham nun hier oder nicht?«, fragte sie und bemühte sich, so weit wie möglich von oben herab zu wirken. »Oder ist das Institut nicht mehr an unserem Geld interessiert?«

»Ich hole ihn«, lautete die prompte Antwort.

Theresa verschwand hinter einem Regal. Liza konnte ihre Schritte auf dem Linoleum hören, anschließend Stimmengemurmel und das Rücken eines Stuhls. Sie schritt zu den Regalen und betrachtete neugierig ein Maßstabslineal. Sie drehte sich erst wieder um, als Theresa sich hinter ihr räusperte.

»Sie?«, entfuhr es Charles Gillham.

Er sah alles andere als glücklich aus.

»Ihr kennt euch?«, fragte Theresa.

»Flüchtig«, sagte Liza schnell. »Wir haben uns eben auf dem Parkplatz des Golfclubs getroffen«, fuhr sie fort, obwohl sie sehen konnte, dass Charles etwas erwidern wollte.

»Mein Vater lässt sich entschuldigen, dass er so schnell wegmusste«, wandte sie sich direkt an Charles. »Er würde das gerne wiedergutmachen.«

»Das ist sehr nett von ihm«, entgegnete Theresa an seiner Stelle. »Aber ich glaube, die Schuld lag doch eher bei uns.«

Bei wem sie glaubte, dass die wirkliche Schuld lag, konnte Liza ihr sehr genau ansehen. Doch gegen ihr Naturell schwieg sie. Warum, konnte sie sich auch nicht erklären.

»Er hätte aber gerne die Gelegenheit, Professor Gillham besser kennenzulernen«, sagte sie stattdessen. »Daher lädt er ihn über das Wochenende in unser Haus in Fairhaven ein.«

»Wie außerordentlich nett von ihm«, sagte Theresa. Es klang, als ob sie es ernst meinte.

Liza konnte sie nicht einschätzen. Das wurmte sie. Instinktiv wusste sie aber, dass Theresa Rice jeden Vorteil ergreifen würde, der es ermöglichte, die Arbeit des Instituts fortzuführen.

»Mein Vater würde es begrüßen, wenn Professor Gillham bereits heute Abend zu uns stoßen könnte. Unser Anwalt ist ebenfalls da, was eine gute Basis für die weiteren Gespräche sein dürfte.«

Professor Gillham selbst hatte offenbar nicht viel zu sagen. Wahrscheinlich fragte er sich immer noch, in welche Zwickmühle er hier geraten war.

»Selbstverständlich«, antwortete Theresa für ihn.

»Sehr schön«, entgegnete Liza gönnerhaft. »Professor, Sie fahren mit mir. Wäre 16 Uhr recht?«

Triumphierend verließ sie das Institut fünf Minuten später.

~

»Ich weiß nicht, was ich tun soll«, sagte Charles, als er eine Stunde später bei seiner Schwester Sheila an der Tür klingelte.

»Was hat Theresa jetzt schon wieder gemacht?«, fragte die, während sie ihre Jacke auszog.

Sheila arbeitete als freie Journalistin bei der *Baltimore Sun*. Sie war immer die Anlaufstelle für ihren Bruder, wenn das Leben ihm übel mitspielte, was häufiger der Fall war, seit er Theresa kannte.

»Es hat nichts mit Theresa zu tun«, erwiderte Charles und ging an ihr vorbei ins Wohnzimmer. »Ich habe dir doch erzählt, dass der Millionär Robert Keener uns Unterstützung angeboten hat.«

»Ein- oder zweimal vielleicht«, antwortete Sheila spöttisch.

Sie war drei Jahre jünger als Charles, eine schlanke, schlaksige Frau mit pink gefärbten Haaren und nahezu überwältigender Vitalität. Neben ihr fühlte sich Charles meistens steif und verknöchert, suchte jedoch immer ihre Nähe. Irgendwie hatte er die Hoffnung, dass dadurch etwas von ihrer Lebensfreude auf ihn abfärben würde.

»Was ist denn passiert?«, fragte Sheila versöhnlich, als sie sich setzte, nachdem sie zwei Gläser und eine Flasche Brandy aus dem Schrank genommen hatte.

»Ich kann jetzt nichts trinken«, erwiderte Charles und schob sein Glas zurück.

»Solltest du aber. Vielleicht nimmst du dann nicht mehr alles so schwer.«

Sie goss sich einen Scotch ein und leerte ihr Glas in einem Zug.

»Hier geht es um etwas Wichtiges«, entgegnete Charles. »Alkohol hilft mir da auch nicht weiter.«

»Wie auch, wenn du ihn noch nicht einmal probierst«, murmelte Sheila und seufzte.

Mit ihrem spitzen Kinn und den weit auseinanderstehenden Augen sah sie Charles sehr ähnlich. Es passierte häufig, dass sie für Zwillinge gehalten wurden.

»Keener hat mich für das Wochenende in seine Villa in Fairhaven eingeladen. Wir werden kein Geld von Keener erhalten, wenn er an diesem Wochenende keinen guten Eindruck von mir bekommt. Du weißt, wie schlecht ich in solchen Dingen bin. Und dann ist noch etwas anderes passiert.«

Charles verbarg sein Gesicht in seinen Händen.

»Was ist denn passiert?«

Sheilas Aufmerksamkeit war geweckt. Sie beobachtete ihn gespannt. Es hatte etwas von Katastrophentourismus.

»Ich habe das Paket mit dem Knochen verloren, nach dem ich so lange gesucht habe«, antwortete Charles. »Ich habe es heute von der Post geholt und jetzt ist es weg.«

»Das ist übel«, gab Sheila zu und goss ihm jetzt doch ein Glas ein. Er nahm es und kippte es hinunter. Der ungewohnte Alkohol brannte in seiner Kehle.

»Wir brauchen das Geld unbedingt«, kam Charles wieder auf sein dringlicheres Problem zurück und blickte trübsinnig in sein leeres Glas. »Wenn wir es nicht bekommen, ist ab September Ende im Institut. Ich kann meine Arbeit am Kuckucksfalken nicht fertigstellen und weiß auch nicht, wo wir unsere Sachen unterbringen können. Keeners Geld würde unser Überleben auf Jahre sichern.«

»Keine Möglichkeit, bei dem National Museum of Natural History Fund einen Aufschub zu bekommen?«

»Nein. Das hat mir Frederic Fowler relativ deutlich zu verstehen gegeben. Ich bin froh, dass er noch bereit ist, uns bis Ende August zu unterstützen.«

»Wer sagt denn, dass das mit Keener nicht klappt?«

»Du weißt, wie schwer es mir fällt, auch nur zehn

Minuten einen guten Eindruck zu machen.« Charles lachte kurz und bitter auf. »Jetzt reden wir von einem ganzen Wochenende. Daran ist nur seine Tochter schuld.«

»Seine Tochter? Was hat die damit zu tun?«

Charles rief sich Liza Keeners Gesicht ins Gedächtnis. Klare Augen und hohe Wangenknochen. Schwarz gelocktes Haar, das zu einem kunstvollen Knoten in ihrem Nacken verschlungen war. Ein heller Nacken mit einem sanften Schwung, der ihrer Haltung etwas Edles gab. Sie wirkte wie ein Gemälde von Gustav Klimt. Irgendwie unwirklich und kostbar. Er hätte sie stundenlang ansehen können, wenn sie in der Lage gewesen wäre, wenigstens für ein paar Minuten den Mund zu halten.

»Sie hat mich heute Mittag auf dem Parkplatz vom Golfclub angefahren. Halb so schlimm«, winkte er ab, als er sah, dass Sheila erschrocken die Augenbrauen hob. »Leider habe ich Keener deswegen nicht nur verpasst, sondern dabei wahrscheinlich auch mein Paket verloren. Jetzt soll ich das Wochenende mit den Keeners verbringen. Vermutlich als Wiedergutmachung.«

Sheila lachte auf.

»Ein ganzes Wochenende bei fremden Leuten? O Mann, ich kann mir vorstellen, was du davon hältst.«

»Das kann ich dir sagen. Ich halte es für moralisch falsch. Ich werde ihn irgendwie beeindrucken müssen. Dabei sollte es nur um meine Forschung gehen.«

»Wie ist diese Tochter?«, fragte Sheila.

»Anstrengend«, antwortete Charles aus tiefstem Herzen.

»Hübsch?«

»Ich denke, es gibt Männer, die sie durchaus attraktiv finden.«

»Aber du nicht?«

»Warum sollte ich? Ich bin mit Theresa verlobt, wie du hoffentlich noch weißt.«

»Ach ja«, sagte Sheila, als hätte sie das kurzfristig vergessen. Sie hasste Theresa wie die Pest, auch wenn sie das nie laut ausgesprochen hatte. Manchmal funktionierten seine Antennen für zwischenmenschliche Beziehungen durchaus.

»Ich halte das für eine wunderbare Idee«, sagte seine Schwester, ohne noch einmal auf Theresa einzugehen. »Wenn dir dieser Ausflug das Geld bringt, das du so dringend benötigst, warum nicht?«

»Ich bin eigentlich zu dir gekommen, damit du mir das ausredest«, sagte er.

»Pech gehabt«, entgegnete Sheila herzlos. »Das ist deine letzte Möglichkeit, noch mal aus deinem Trott herauszukommen, bevor du diese Frau heiratest.«

Diese Frau war in dem Fall Theresa. Sheila weigerte sich von Anfang an konsequent, ihren Namen in Zusammenhang mit ihrer Hochzeit auszusprechen.

Charles dachte an das, was ihm bevorstand. Ihm wurde schlecht, und das lag sicher nicht nur am Alkohol. In Keeners Landhaus würde er sich in Gesellschaft bewegen müssen. Was hatte Liza gesagt? Mein Vater und sein Anwalt. Wer weiß, wer sonst noch. Diese ganze

Tragweite wurde ihm jetzt erst so richtig bewusst. Womit vertrieb man sich die Zeit in so einem Landhaus? Was würde von ihm verlangt werden?

All das hätte er gerne seine Schwester gefragt, aber die machte nicht den Eindruck, als würde sie eine Diskussion darüber zulassen.

»Und wenn es schiefgeht?«, fragte er stattdessen.

»Dann hast du es immerhin versucht«, erwiderte Sheila bestimmt.

Liza wohnte in der Main Street von Fine Falls, eine von Ahornbäumen umsäumte schmale Hauptstraße, deren Backsteinfassaden mit dem bereits satten Grün der Bäume und dem blauen Himmel in einen Wettstreit traten. Selbst während des Tages ging alles hier einen gemütlichen, unaufgeregten Gang, der sie oft dazu animierte, an den Geschäften vorbeizuflanieren und neugierige Blicke in die Auslagen der Schaufenster zu werfen. Hinter denen sah sie nur selten mehr als einen Kunden und dennoch schien es den Besitzern blendend zu gehen.

Ganz besonders gefiel ihr das kleine Geschäft von Nancy Coleman, die an der Ecke der Jefferson Street neben der Reinigung einen winzigen Laden besaß, in dem sie selbst genähte Kreationen verkaufte. Manchmal betrat sie Nancys Reich, über dessen Tür eine Glocke hing, die Besucher mit einem fröhlichen Klang ankündigte. Dann plauderten sie und jedes Mal kaufte Liza etwas, ein Kleid oder einen Hausanzug, was sie wahrscheinlich nie tragen würde. Beide wussten das, aber es störte sie nicht.

Liza hatte vor Kurzem eine Wohnung direkt gegenüber bezogen, um ihrem Vater zu beweisen, dass sie selbstständig war. Ein Studio mit einem winzigen Balkon, der gerade genug Platz für einen Stuhl und einen Beistelltisch bot, auf dem Liza ihren Cocktail abstellte, als sie an den ersten warmen Abenden des Jahres dort saß, eine Zeitschrift las und das abends eher beschauliche Treiben auf der Hauptstraße beobachtete. Sie hatte diese Wohnung nur bekommen, weil sie bereits unter der Hand vermietet wurde, bevor sie überhaupt auf dem freien Markt auftauchte. Wohnungen in der Main Street waren sehr begehrt. Sie boten einem die Annehmlichkeit schnell erreichbarer Geschäfte gepaart mit dem Gefühl, dennoch in einer ruhigen Seitenstraße zu wohnen.

Sie parkte den Tesla in der Garage neben der Reinigung, die zwar deren Besitzerin gehörte, von ihr jedoch bereits lange nicht mehr genutzt wurde. Es hatte einen Augenaufschlag und 500 Dollar gekostet, dorthin einen Stromanschluss für den Elektrowagen zu legen. Das machte ihr ein wenig Angst. Es hatte so etwas Endgültiges, als hätte sie beschlossen, sich auf Fine Falls einzulassen und auf Dauer hierzubleiben. Allerdings schwand diese Angst mit jedem Tag ein wenig mehr. Sie würde nach Kalifornien zurückkehren, da war sie sich sicher, sie wusste nur noch nicht, wann.

Sie griff nach ihrem Schulterbeutel und nach der

Tüte mit dem verbliebenen Bagel, während sie ihre langen Beine aus dem Wagen schwang. Zuvor hatte sie einen Stopp an der Touristeninformation eingelegt, wo sie sich ausgiebig an dem Gratiskaffee bedient und den ersten Bagel gegessen hatte.

Sie hatte den Wagen bereits abgeschlossen und sich zum Gehen gewandt, als ihr Gillhams Päckchen wieder einfiel. Sie klappte den Deckel zu und verknotete die durchgebrannte Kordel wieder darum. Als sie über die Straße ging, sah sie Charles Gillham vor dem Haus stehen, den Blick nach oben gerichtet, als gäbe es dort etwas Spannendes zu sehen.

»Charles, hier bin ich«, rief sie über die Straße.

Der Angesprochene drehte sich zweimal, bevor er Liza sah, die im Schatten einer Litfaßsäule stand. Etwas an seiner Haltung rührte sie.

»Charles, was machen Sie denn schon hier?«, fragte sie und konnte den leisen Vorwurf in ihrer Stimme nicht unterdrücken. »Sie sollten doch erst in zwei Stunden kommen.«

»Ich hatte die Hoffnung, Sie hätten mein Päckchen gefunden. Offensichtlich haben Sie das auch. Wenn Sie so damit umgehen, wie Sie Auto fahren, kann ich es gar nicht früh genug holen.«

Er streckte seine Hand aus, um den Karton an sich zu nehmen. Liza zog ihren Arm zurück.

»Bitte kommen Sie mit rauf. Dann können wir uns in Ruhe unterhalten«, sagte sie.

»Wozu? Geben Sie mir doch einfach mein Paket. Ich verspreche, ich werde Ihnen keinen Strick aus dem drehen, was heute Mittag auf dem Parkplatz passiert ist.«

Liza unterdrückte den Impuls, ihren Arm mit dem Paket hochzuhalten, weil sie die Befürchtung hatte, er würde dann wie ein Hund an ihr hochspringen, um danach zu greifen. Im Moment wirkte sie ein wenig größer als er, weil er so zusammengesunken vor ihr stand.

»Ach, davor habe ich keine Angst«, erwiderte sie mit einer unbeschwerten Handbewegung. »Das lässt sich regeln. Wenn Sie einen Arzt brauchen, werde ich ihn natürlich bezahlen. Kommen Sie, ich mache uns einen Kaffee.«

Sie ließ ihn stehen und ging die drei Stufen zur roten Eingangstür hoch. Aus dem Augenwinkel konnte sie erkennen, wie er zwar einen Moment zögerte, ihr dann aber folgte. Sie verbuchte das als kleinen Sieg.

Lizas Wohnung lag über einem Laden für Umstandsmode, der fast über die komplette Breite der Hausfront lief und lediglich eine schmale Lücke für eine Treppe ließ, auf der man nur hintereinander nach oben steigen konnte. Alle Häuser in der Main Street waren durch die Kombination von Geschäften und darüber liegenden Wohnungen auf diese Art gebaut. Als sie die Haustür aufschloss, hörte sie Charles' Schritte auf der Holztreppe.

Sie wollte es sich selbst gegenüber nie laut zugeben, aber sie freute sich jedes Mal, wenn sie den lichtdurchfluteten Raum betrat, der selbst dann hell war, wenn draußen trübe Regenschauer über die Straße getrieben wurden. Die südwestliche Lage bescherte der Wohnung die bestmögliche Lichtausbeute.

Sie drehte sich nach Charles um, der ebenfalls eingetreten war. Er machte nicht den Eindruck, als würden ihm das sonnendurchflutete Wohnzimmer und die geschmackvolle Einrichtung überhaupt auffallen. Sie ging einen Schritt zurück, um ihn hereinzulassen und die Tür hinter ihm zu schließen.

»Setzen Sie sich«, sagte sie und legte das Päckchen in den Schrank neben der Haustür.

Er blickte unschlüssig zu dem Schrank und der Couch mit dem cremefarbenen Bezug.

»Ich weiß nicht, was Sie von mir wollen«, sagte er. Er klang verunsichert.

»Kaffee?«, ignorierte sie seine Frage.

Er nickte kaum merklich, setzte sich jedoch immer noch nicht. Liza legte ihren Beutel auf den Couchtisch und die Tüte mit dem Bagel auf den Kamin. Sie wandte sich zum Gehen, drehte sich aber wieder um, schloss den Garderobenschrank ab und steckte den Schlüssel in ihre Hosentasche.

»Den nehme ich besser mit«, sagte sie leichthin und ging durch den Bogen in die kleine Küche mit der schmalen Esstheke. Sie schaute zurück ins Wohnzimmer und bemerkte, dass Charles den Widerstand aufgegeben und sich gesetzt hatte. Wahrscheinlich wäre er in dieser Sekunde mit seinem Knochen bereits wieder aus der Wohnung verschwunden. Sie beglückwünschte sich für ihre Weitsicht.

Liza ließ zwei Tassen aus dem chromglänzenden

Kaffeeautomaten volllaufen und trug sie auf einem Tablett mit zwei Löffeln, Milch und Zucker zurück ins Wohnzimmer.

»Sie fragen sich, was ich von Ihnen will?«, begann sie im Plauderton, während sie einen Strahl Milch in ihre Tasse fließen ließ.

»Ja«, antwortete Charles nur. Er rührte seinen Kaffee nicht an.

»Ich möchte Ihnen helfen«, sagte Liza und rührte um.

»Warum?« Er hörte sich unterschwellig aufsässig an. Fast so, als stecke hinter der unbedarften Fassade ein Mann, der durchaus in der Lage war, das zu bekommen, was er wollte.

»Weil ich Sie mag«, erwiderte sie.

Sie hatte auf jeden Fall eine Reaktion erwartet, doch er schien nicht zu begreifen, was er gehört hatte.

»Das freut mich für Sie«, entgegnete er nur.

»Sie begreifen es echt nicht? Ich mag Sie wirklich«, wiederholte sie noch mal und sah endlich einen Funken des Verstehens in seinen Augen.

»Sie haben mich angefahren, weil Sie mich mögen?«, fragte er.

Diesmal hatte sie sein Interesse geweckt. Er beugte sich so rasch vor, dass die Schale mit den Kirschlikör-Pralinen auf dem Teppich landete. Eine zerbrach und lief aus. Liza hoffte, das gäbe keine Flecken, die ihre Putzfrau nicht mehr herausbekommen konnte. Sie hatte lange nach dem Teppich mit dem außergewöhnlichen Muster gesucht.

»Nein«, erwiderte sie trocken. »Normalerweise fahre ich nur Leute an, die ich nicht mag.«

»Ich habe Sie noch nie gesehen«, sagte er. Es klang, als wolle er sich rechtfertigen, bevor sie voreilige Schlüsse ziehen würde. »Ich wusste nicht, dass Robert Keener eine Tochter hat. Ich habe mich nicht absichtlich von Ihnen anfahren lassen.«

»Bis heute wusste ich auch noch nichts von Ihnen«, entgegnete Liza. »Sie können mir glauben, dabei hätte ich es auch gerne belassen.«

»Sie haben mich angefahren und sind dann ins Institut gekommen«, stellte Charles fest. »Und haben mich zum Kaffee in Ihre Wohnung gelockt. Wenn Sie mir einfach geben, was mir gehört, sehen Sie mich nicht wieder. Wahrscheinlich nicht.«

»Sie glauben, ich habe Sie in meine Wohnung eingeladen, weil ich Sie hier verführen will?«

Liza war wirklich überrascht und lachte glockenhell.

»Wer weiß, was Frauen wie Sie vorhaben«, sagte Charles und beugte sich wieder nach hinten. Dabei versuchte er, die Couch ein Stück zu verrücken, wahrscheinlich um Abstand zu ihr zu gewinnen. Er kam der Bodenvase gefährlich nahe.

»Stopp«, rief Liza instinktiv. »Bevor Sie mir hier mein ganzes Mobiliar zerschlagen, kann ich Sie beruhigen. Deswegen sind Sie nicht hier.«

Sie lachte wieder. Es tat gut, das nach so lebensverändernden Nachrichten wie heute Vormittag zu können. Vielleicht war die Zukunft doch nicht so verworren, wie sie sich im Moment noch anfühlte. Was Charles dachte, konnte sie nur ahnen.

»Wissen Sie, mein Vater ist kein einfacher Mensch«, begann sie und wunderte sich, wie leicht sie einen Plauderton anschlagen konnte. Fast so, als hätten diese Treffen nicht etwas Erzwungenes.

»Ich kenne ihn nicht«, entgegnete Charles. »Diese Möglichkeit haben Sie mir heute Mittag genommen. Wenn Sie mich nicht fast überfahren hätten, wäre ich ihm bestimmt noch begegnet.«

»Seien Sie froh, dass Sie es nicht sind«, gab Liza schlagfertig zurück. »Sie wären bei ihm erbarmungslos durchgefallen.«

Charles Gillham schaute sie mit einem Blick an, den sie nicht deuten konnte, und versuchte gleichzeitig, mit der Couch wieder ein Stück nach vorne zu rutschen. Das gestaltete sich nicht so einfach, wie sie wegzuschieben. Der Teppich warf eine Falte und klemmte sich unter den Sesselfuß.

»Passen Sie mit dem Teppich auf«, konnte Liza sich nicht verkneifen. »Bei dem Fleck bin ich mir schon nicht sicher, ob der rausgeht. Aber wenn er Fäden zieht, kann ich ihn endgültig wegwerfen.«

»Den ersetze ich Ihnen«, beeilte Charles sich zu sagen.

»Tatsächlich? Sehr gerne. Es kostet 2.000 Dollar.«

Das bewirkte wenigstens, dass er erneut zurückrutschte und den Teppich wieder gerade zog. 2.000 Dollar schienen außerhalb seiner finanziellen Mittel zu sein. Das war gut zu wissen.

»Was ich sagen wollte«, fuhr Liza fort, »meinen Vater müssen Sie überzeugen. Er steht auf Machertypen, die wissen, wofür sie kämpfen. Er will Ihrem Institut fünf Millionen Dollar geben, weil er glaubt, damit etwas Gutes für die Forschung zu tun. Sie werden ihn mit Ihrer unsteten Art allerdings nicht überzeugen können.«

Heute Morgen wäre Liza noch froh darüber gewesen, dass Charles so war, wie er war. Daher hatte sie sich keine großen Gedanken über eine Schadensersatzforderung gemacht. Aber im Auto vor dem Bagelladen war ihr klar geworden, dass seine einzige Chance, an das Geld zu kommen, war, wenn sie ihm dabei half. Robert Keener wäre gerne ein Mäzen, aber sicher kein Idiot, der sein Geld blind einem tollpatschigen, angespannten Professor geben würde, wenn er nicht fundamentale Ergebnisse erwartete.

»Warum erzählen Sie mir das?«, fragte Charles, der offensichtlich versuchte, selbstbewusst zu klingen. Liza wurde jedoch das Gefühl nicht los, dass er Ähnliches schon einmal gehört hatte. Sie hätte gerne gewusst, von wem.

»Weil mir die Sache am Herzen liegt«, sagte sie. »Ich habe Ihnen bereits gesagt, dass ich Sie mag. Sie werden mich auch mögen, wenn Sie mich ein wenig besser kennenlernen.«

»Ich will Sie gar nicht näher kennenlernen.«

Für einen Augenblick wirkte er überhaupt nicht mehr so verwirrt, sondern klar, voll bei der Sache und einigermaßen empört. Das überraschte Liza. Die Leute wollten sie immer kennenlernen.

»Ich bin noch nie einem Menschen wie Ihnen begegnet«, sagte sie dann. »Sträuben Sie sich immer so, wenn man Ihnen etwas Gutes tun will? Ich bin sicher, wir sind ein Spitzenteam.«

»Sagen Sie nicht so etwas Verrücktes«, brach es aus ihrem Gegenüber heraus. »Warum sollte ich mit Ihnen fahren?«

»Weil Sie wissen, was gut für Sie und Ihr Institut ist. Fünf Millionen sind besser als gar keine Millionen.«

»Und wie wollen Sie das erreichen?«

»Sie fahren mit mir nach Fairhaven. Dort verbringen Sie das Wochenende auf unserem Landsitz. Mein Vater wird da sein, ebenso sein Anwalt Bullock und wahrscheinlich noch anderer Besuch. Sie kommen als mein Begleiter. So fallen Sie gar nicht auf. Sie werden genug Zeit haben, meinen Vater zu überzeugen. Und wenn es klappt, laden Sie mich auf ein Date ein.«

»Sie sind vollkommen irre«, stellte Charles fest und erhob sich. »Geben Sie mir bitte mein Paket, damit ich gehen kann.«

»Das bekommen Sie erst wieder, wenn wir in Fairhaven sind.«

Einen Moment befürchtete sie, er würde einfach die Tür des Schrankes aufbrechen und es sich holen – jeder normale Mann hätte das gemacht – aber er schaute sie fast verzweifelt an, bevor er sich zum Gehen wandte und ihre Wohnung verließ. Er würde pünktlich zur Abfahrt da sein, da war sich Liza sicher.

KAPITEL 4

»Haben Sie auch wirklich alles dabei?«, fragte Liza vorsorglich, als Charles mit einer Sporttasche in ihr Auto stieg.

»Wie viel kann ein Mensch brauchen?«, fragte Charles. »Wenn ich so viel mitgenommen hätte wie Sie, würden wir sicher einen Anhänger benötigen.«

»Seien Sie nicht so schlecht gelaunt«, erwiderte Liza fröhlich und öffnete durch einen Druck auf das Touchpad das Panorama-Schiebedach des Tesla. »Das Wetter soll herrlich werden am Wochenende. In Fairhaven besonders. Wussten Sie, dass wir dort einen eigenen Golfplatz haben?«

Das wusste Charles natürlich nicht. Es schien diese unmögliche Person aber auch gar nicht zu interessieren. Sie redete einfach weiter.

»Einen 9-Loch-Platz. Mehr Grundstücke bekam

Dad dort oben nicht. Sie können morgen mit ihm Golf spielen, wenn Sie wollen.«

»Ich spiele kein Golf«, sagte Charles. Am besten würde er schweigen und die Fahrt einfach über sich ergehen lassen.

»Dann weiß ich nicht, was Sie in Hillside Manor machen wollen«, entgegnete Liza Keener. »Wollten Sie meinen Vater beim Golf nur beobachten?«

»Nein, mit ihm sprechen.«

Charles ärgerte sich, überhaupt geantwortet zu haben. Er war froh, wenn sie in Fairhaven ankommen und er in der Lage sein würde, ein fundiertes, freundliches Gespräch mit Robert Keener zu führen.

»Beim Golf spricht er nur über seinen Abschlag«, kam die prompte Antwort.

»Wie weit ist es denn noch«, fragte Charles schwach. Gar nicht zu reden war auch keine Alternative.

»Eine Stunde«, erwiderte die Tochter seines Gastgebers. »Also noch viel Zeit, uns besser kennenzulernen.«

»Was ich von Ihnen wissen muss, weiß ich bereits. Sie fahren wie ein Henker und machen auf Parkplätzen Jagd auf unschuldige Menschen.«

»Sind Sie mir deswegen immer noch böse?«

Liza lachte und warf dabei das Ende ihres Sommerschals nach hinten. Das schien eine Marotte von ihr zu sein. Es wirkte irgendwie erotisch. Charles fand sie zwar überaus anstrengend, konnte aber dennoch nicht übersehen, dass sie eine wunderschöne Frau war.

»Nein«, antwortete er einsilbig.

Mit attraktiven Frauen zusammen zu sein war er

nicht gewohnt. Auch wenn er Theresa sehr schätzte, hatte sie nicht diese weiblichen Attribute an sich, die Männer nervös machen. Einmal in zwei Jahren hatte er versucht, sie zu küssen. Theresa hatte ihn zurückgeschoben und ihn mit strenger Stimme ermahnt, doch bitte an ihre Mission zu denken, den Kuckucksfalken von Maryland auf eine neue Stufe der Archäozoologie zu heben.

»Mir geht es nicht um Romantik, Charles«, hatte sie gesagt und ihn dabei gemustert, als wäre er ein Fussel, der in einem Glas Milch herumschwamm. »Romantik macht sehr schnell Platz für etwas anderes im Leben.«

»Vertrauen?«, fragte er.

»Langeweile«, hatte sie geantwortet. »Das hier wird unser Lebensinhalt sein.«

Ihre ausladende Handbewegung umschloss den ganzen Bereich des Instituts mit seinen Exponaten. Danach hatte er es nie wieder versucht.

»Ich mache etwas Musik«, holte Liza Keener ihn aus seinen Gedanken.

Sie tippte ein paarmal auf dem Touchscreen des Cockpits herum. Der Radiosender, den sie fand, füllte mit geradezu überwältigender Lautstärke den Raum. Reflexartig versuchte Charles, das abzustellen. Er kannte sich mit dem Touchpad eines Tesla nicht aus, ebenso wenig wie mit den meisten elektronischen Errungenschaften des 21. Jahrhunderts. Etwas surrte unter der Motorhaube und der Wagen verlor an Fahrt.

»Charles, was machen Sie denn?«, fragte Liza. »Das

ist der Schalter für die Traktion. Den soll man während der Fahrt nicht betätigen.«

»Schalten Sie ihn doch einfach wieder ein«, schlug Charles vor und merkte, wie ihm die Hitze die Schulterblätter hochkroch.

»Das kann ich nicht. Ich weiß nicht, wie das geht.«

»Aber es ist doch Ihr Auto?«, fragte er verständnislos. Sollte man sich nicht mit dem Fahrzeug auskennen, wenn man es schon fuhr?

»Bin ich Automechaniker?«, fragte Liza zurück.

Ihre Augen blitzten, aber sie wirkte keinesfalls besorgt. Ruhig setzte sie den Blinker und bog vom Highway ab.

»Wir werden gleich stehen bleiben«, erklärte sie. »Das würde ich ungern auf dem Highway tun.«

»Und was jetzt?«, fragte Charles und ärgerte sich gleichzeitig, sich nicht als Herr der Lage zu beweisen. Er war so daran gewöhnt, dass Theresa ihm sagte, was er zu tun hatte, dass er das automatisch nun auf Liza übertrug.

»Na, was schon?«, entgegnete Liza. »Ich stelle den Wagen ab und wir besorgen uns ein anderes Auto. Die Werkstatt in Fairhaven kann sich darum kümmern.«

Charles fand es beneidenswert, Probleme einfach so abstreifen zu können wie eine Schlange ihre Haut. Er merkte, wie seine Magenschmerzen sich bei ihm meldeten. Die bekam er immer, wenn das Leben ungemütlich wurde. Besonders oft, seit er mit Theresa zusammen war.

Der Tesla rollte auf den Parkplatz einer verlassenen

Tankstelle und Liza lenkte ihn geschickt in eine Lücke zwischen einem Gastank und einem Schuppen. Als sie den Schlüssel herauszog, erstarb auch der Motor. Es war fast unheimlich ruhig im Wagen.

»Wo sollen wir hier denn ein Auto herkriegen?«, fragte Charles unglücklich und betrachtete zweifelnd die Tankstelle mit den verrosteten Säulen und der leise im Wind quietschenden Fliegentür. Sie wirkte wie ein Relikt in einer verlassenen Welt. Hier hatte schon lange kein Auto mehr tanken können.

»Irgendwo wird man schon ein Auto mieten können«, sagte Liza leichthin. »Schließlich sind wir in Amerika. Hier ist alles nur einen Steinwurf entfernt.«

Sie öffnete die Tür und schwang ihre schlanken Beine hinaus. Man sah nur noch selten Frauen, die vornehme schwarze Stiftröcke trugen. Er verlieh ihr eine besondere Eleganz. Liza Keener hatte ein Gespür für Stil. Charles versuchte, sie sich, wie heute Mittag, in Jeans und T-Shirt vorzustellen, aber das gelang ihm nicht mehr.

Gekonnt stieg sie aus dem Auto, ohne dass ihr Rock hochrutschte, und reckte sich gegen den Himmel, als hätten sie schon eine stundenlange Autofahrt hinter sich. Charles stieg ebenfalls aus.

»Am besten rufen Sie einen Abschleppdienst an«, riet er ihr.

»Das kann ich nicht, ich habe kein Telefon dabei.«

»Haben Menschen wie Sie nicht immer eins am Ohr?«

»Sie kennen wohl nicht viele Menschen wie mich?«

Das konnte Charles nicht abstreiten.

»Rufen Sie doch an«, schlug Liza vor.

»Ich besitze gar kein Mobiltelefon«, erwiderte Charles. »Es ist eine Geißel der Menschheit und ich habe nicht vor, mir von einem elektronischen Gerät meinen Lebensrhythmus diktieren zu lassen.«

»Aha«, entgegnete Liza nur. Ihr Gesichtsausdruck war unergründlich.

»Kann das Auto nicht was machen?«, fragte Charles und fuchtelte mit seinem Zeigefinger in Richtung des Tesla.

»Nun ja, es kann sich vom Auto in ein Raumschiff transformieren, das uns von hier wegbringt«, antwortete Liza und lachte erneut ihr glockenhelles Lachen.

»Ich dachte, diese hoch technisierten Wagen könnten Kontakt mit dem Pannendienst aufnehmen.«

»Normalerweise schon. Aber das habe ich deaktivieren lassen. Mir gefiel der Gedanke nicht, auf Schritt und Tritt überwacht zu werden.«

»Sehen Sie, deswegen habe ich kein Mobiltelefon«, schloss Charles seine vorherige Argumentation.

Er drehte sich im staubigen Sand des Parkplatzes auf der Stelle um und betrachtete erneut die Tankstelle. *We're open* stand auf einem Schild, das an der rechten Seite aus seiner Verankerung gerutscht war und nur noch an einem Haken hing.

»Wir werden ein Stück gehen müssen«, sagte er.

»Charles, ich habe Schuhe mit hohen Absätzen an.«

Wie zur Bekräftigung hob Liza ihren rechten Fuß und zeigte darauf.

»Irgendwo in Ihrem Koffer und den Taschen werden Sie doch wohl ein anderes Paar haben.«

»Nein. Ich trage meistens hohe Schuhe. In Hillside Manor habe ich welche. Aber das nützt jetzt nichts. Gehen wir.«

Sie drehte sich abrupt in Richtung eines Waldwegs und stöckelte los. Charles seufzte und folgte ihr.

Der Wald im östlichen Maryland war geprägt von Zypressen und Pinien. Meistens konnte man sich bei einem Spaziergang in ihrem Schatten auf Wolken und einen gelegentlichen Schauer verlassen. Charles wunderte es bei seinem *Glück* jedoch nicht, ausgerechnet an einem Tag unterwegs zu sein, an dem blauer Himmel, Sonne und Hitze herrschten.

Er merkte, wie ihm bei der ungewohnten Anstrengung bereits der Schweiß ausbrach, der in Rinnsalen über seinen Rücken in den Bund seiner Hose wanderte. Liza Keener hingegen schien das gar nichts auszumachen. Sie schritt zielstrebig über die Baumwurzeln, wich spitzen Steinen aus und machte ansonsten einen unbeschwerten, gelösten Eindruck. Selbst dann, als sie eine Biegung passiert hatten und feststellen mussten, dass sie nicht wie erwartet auf eine Siedlung, sondern auf einen weiteren Weg trafen.

»Das bringt nichts«, keuchte Charles, der zu ihr aufschloss. »Lassen Sie uns zurück an die Straße gehen. Wir warten auf ein Auto, das wir anhalten können.«

»Unsinn«, entgegnete Liza und zeigte auf einen Schornstein, der über einer Bergkuppe auftauchte. »Da hinten ist ein Haus.«

Charles schätzte die Entfernung zu dem Anwesen und verglich sie mit der Strecke, die sie wieder zur Straße zurücklegen müssten. Leider hatte Liza recht. Es war Unsinn. Er seufzte und folgte ihr, nachdem sie sich wieder in Bewegung gesetzt hatte. Die Bäume wurden weniger und der Weg schmaler, war dafür jedoch zunehmend mit Gras bewachsen und das Laufen nicht mehr so anstrengend. Trotzdem fühlte er sich, als hätte er einen Marathon hinter sich.

»Sollen wir eine Pause machen?«, fragte Liza.

Er musterte ihren Gesichtsausdruck, konnte aber nicht entdecken, dass sie sich über ihn lustig machte. Sie klang eher besorgt.

»Ja, eine Pause wäre gut«, gab er zu und ließ sich auf den nächsten Findling fallen, ohne darüber nachzudenken, dass er damit seinen Anzug verschmutzen würde. Als es ihm einfiel, schoss er wieder auf die Beine und klopfte den Stoff akribisch ab.

»Stellen Sie sich nicht so an, es ist nur ein bisschen Staub«, sagte Liza leichthin.

Charles hatte nur diesen einen Anzug und mit dem musste er Keener gegenübertreten. Das würde er dessen Tochter aber auf keinen Fall auf die Nase binden. Alles Geld, was er bekam, steckte er ins Institut. Wenn man ein hehres Ziel verfolgte, scherte man sich nicht um Äußerlichkeiten. Theresa interessierte es nicht, wie er aussah und die Präparate der Tiere ebenfalls nicht. Daher verbrachte er die meiste Zeit des Tages in einem Overall, über den er manchmal einen Kittel zog, wenn er Knochen säuberte oder zusammensetzte.

Durch sein Bein fuhr ein stechender Schmerz. Er war zu schnell aufgestanden. Das Knie nahm seinen heutigen Zusammenstoß mit Lizas Wagen noch übel. Er drehte vorsichtig das Gelenk und zuckte zusammen. Der heftige Stich wurde zu einem dumpfen Ziehen.

»Ich kann nicht mehr weitergehen«, sagte er. »Mein Knie tut weh.«

»Lügen Sie mich nicht an. Wenn Sie keine Lust mehr haben, dann sagen Sie es einfach.«

»Ich lüge nie«, entgegnete Charles verärgert. »Wenn Sie mir nicht meine Knochen zuschanden gefahren hätten, würde ich das Problem jetzt nicht haben.«

»Sie sind ganz schön nachtragend, was?« Liza beschürzte ihre Augen mit der Handfläche, um ihn wegen der mittlerweile tief stehenden Sonne zu sehen. »Aber keine Sorge, Sie können hierbleiben und sich schonen. Ich gehe zu dem Haus und telefoniere, damit unser Gärtner uns abholen kommt.«

Als Gentleman hätte Charles es sicher vehement abgelehnt, sie alleine gehen zu lassen. Aber Liza Keener machte nicht den Eindruck, als ließe sie sich von irgendetwas erschrecken. Er würde bleiben, wo er war. Demonstrativ setzte er sich wieder auf den Findling, nicht ohne vorher ein Taschentuch aus seiner Hosentasche gezogen zu haben, das er auf dem Stein ausbreitete.

Liza fand das anscheinend faszinierend, denn sie beobachtete ihn sehr genau dabei. Sie sagte aber nichts, sondern wandte sich um und ging weiter. Charles schaute ihr nach, bis sie hinter der nächsten Kurve verschwunden war.

Er holte seinen Schlüsselbund aus der Tasche und spielte ein wenig damit herum. Das tat er immer, wenn er wieder klarsehen musste. Das gleichmäßige Klacken beruhigte ihn und ordnete seine Gedanken.

Was war schon groß passiert. Sie hatten eine Autopanne und würden in absehbarer Zeit Hilfe bekommen. Keener würde es mit Sicherheit nicht zum Nachteil auslegen, wenn sie zu spät kamen. Falls er Charles überhaupt zu einer bestimmten Zeit erwartete. Wusste er, dass dieser mit seiner Tochter kam, oder war das ein Blitzentschluss ihrerseits gewesen? Wundern würde Charles sich darüber nicht. Er wünschte sich, so schnell wie möglich nach Hillside Manor zu kommen, um Keener über was auch immer aufklären zu können.

Eine Biene summte um seinen Kopf herum. Er fuchtelte mit der Hand, um sie zu verscheuchen. Dabei bemerkte er, dass seine Hände schmutzig waren. Das musste passiert sein, als er sich vorhin an einem Baum abgestützt hatte. Charles hasste es, schmutzig zu sein. Im Institut arbeitete er bei allem, was er tat, mit Gummihandschuhen. Nach einem langen Tag sahen seine Hände dann zwar aus, als wäre er in der Badewanne eingeschlafen, aber verschrumpelte Finger waren besser als Dreck, der sich in die Furchen seiner Hände grub, um Viren, Bakterien oder Schlimmeres zu verbreiten. Irgendwo auf dem Weg hatte er einen Bachlauf gesehen.

Er erhob sich und faltete sein Taschentuch ordentlich zusammen, bevor er es zurück in die Tasche steckte. Wann Liza wiederkommen würde, wusste er nicht, aber sicher hatte er noch genug Zeit. Er wanderte zurück, bis er an der Weggabelung angelangt war. Durch die Zweige einer Eiche konnte er das Wasser sehen. Der Weg fiel an diesem Teil der Strecke steil ab.

Vorsichtig trat er mit einem Fuß das Gestrüpp herunter und hielt sich an dem dünnen Stamm eines Baumes fest, während er stückweise den Hang hinunterglitt. Seine Mühe wurde belohnt. Das Wasser war klar und verleitete ihn dazu, es in seine gesäuberte Handhöhle zu schöpfen und zu trinken. Er konnte sich nicht entsinnen, das vorher schon einmal gemacht zu haben. Überhaupt konnte er sich an keine Gelegenheit erinnern, bei der er der Natur so nahe gewesen war, außer vielleicht in seiner Kindheit. Doch selbst damals hatte er seine Freizeit lieber im Schutz des Hauses und lesend verbracht.

Er lauschte eine Weile dem stetigen Murmeln des Wassers, das sich seinen Weg durch die Steine und Biegungen suchte, bevor ihm Liza wieder in den Sinn kam. Er sollte besser zurückkehren.

Leider hatte er nicht bedacht, dass er beim Hochklettern keinen Halt mehr an einem Baum oder Gebüsch suchen konnte, ohne sich die Hände erneut schmutzig zu machen. Konzentriert biss er sich auf die Unterlippe und versuchte, sein Gleichgewicht zu halten, während er auf die Sträucher trat, damit deren Dornen keine Löcher in seine Anzughose rissen. Das klappte überraschend gut, sodass er euphorisch die letzte Baumwurzel überspringen wollte.

Leider verließ ihn hier sein Glück. Er rutschte vom Hang ab und merkte, wie er das Gleichgewicht verlor. Hektisch hangelte er mit den Armen und versuchte, nach einem Ast zu greifen, der jedoch schon zu weit entfernt war. Um nicht auf den Rücken zu fallen und sich dabei die Wirbelsäule zu brechen, warf er sich bereits im freien Fall herum. Er kam unsanft auf und schlitterte den Hang hinab, während ihm Steine die Haut und den Stoff seines Anzugs aufrissen. Sein Sturz wurde von einem Strauch abgebremst, der am Rande des Baches stand. Die Erde um ihn herum war aufgeweicht und bildete einen zähen, klebrigen Schlick, in dem Charles endgültig zum Halten kam.

»Verdammt!«, brüllte er laut in die Stille des Waldes.

Er hatte das Bedürfnis, sich sofort eine Hand vor den Mund zu schlagen, um den Fluch wieder dahin zurückzuschieben, wo er hergekommen war. Nur der Anblick seiner matschverklebten Hände hielt ihn davon ab. Er verhielt sich sonst nie so unbeherrscht. Er konnte förmlich sehen, wie Theresa vorwurfsvoll mit dem Kopf schüttelte.

Sein Knie schmerzte mehr als zuvor, dazu noch andere Körperpartien, von denen er nicht gewusst hatte, dass sie schmerzempfindlich waren. Dennoch konnte er hier nicht so einfach liegen bleiben. Er musste wieder hinauf, um sich das Dilemma im

Sonnenlicht anzusehen. Diesmal klappte der Aufstieg wie zum Hohn problemlos.

Sein Aussehen übertraf seine schlimmsten Befürchtungen. Der Dreck klebte an der kompletten Vorderseite seines Anzugs, die Schuhe waren voll mit Schlamm und in seinem Anzug befanden sich unzählige Löcher. Den Zustand seines Gesichts konnte er nur vermuten, war sich aber sicher, dass er dem seiner Hände in nichts nachstand. Er ärgerte sich, beides nicht erneut im Bach gewaschen zu haben, brachte aber nicht mehr die Kraft auf, ein weiteres Mal dort hinunterzusteigen. Was sollte es bringen? Es war sowieso alles verloren. So konnte er Keener auf keinen Fall unter die Augen treten. Er würde Liza bitten, ihn wieder zurück nach Fine Falls zu fahren.

Der Weg zu der Stelle, wo Liza sich von ihm getrennt hatte, war weiter, als er es in Erinnerung hatte. Fast befürchtete er, sie verpasst zu haben. Doch das war nicht möglich. Der Weg hatte sich nirgendwo mehr gegabelt. Er schaute auf die Uhr, aber das Glas war zerbrochen und die Zeiger verschwunden. Wie lange war er unterwegs gewesen? Während er darüber nachgrübelte, hörte er in der Entfernung mehrere Schüsse.

In Charles' Welt gab es keine Schießereien.

Er wusste sehr wohl, dass das in Amerika zur Tagesordnung gehörte. Doch es gehörte nicht zu seiner Welt, und alle Konsequenzen, die damit verbunden waren, lagen jenseits seiner Vorstellungskraft. Einen Moment vergaß er sogar, wie verdreckt und nass er war.

Er trat unschlüssig auf der Stelle und überlegte, was von ihm nun erwartet wurde. Da er keine Vergleichsmöglichkeiten hatte, fiel die Wahl sehr dürftig aus. Also entschied er sich, einfach zu warten, was als Nächstes passieren würde. Das dauerte nicht allzu lange.

Das Motorengeräusch hörte er bereits, bevor er das Auto sehen konnte, das in halsbrecherischem Tempo um die Kurve bog. Die Sonne stand mittlerweile bereits so tief, dass er den Fahrer nicht sehen konnte. Doch der Fahrstil war ihm inzwischen vertraut. Der Wagen bremste scharf und wirbelte Staub auf.

»Steigen Sie ein«, sagte Liza Keener.

Charles betrachtete misstrauisch den Wagen, einen Camaro. Obwohl er sich mit Autos nicht auskannte, war dieser Wagen sicher älter als 30 Jahre.

»Wo haben Sie den her?«, fragte er irritiert.

Das wenige, was er über alte Wagen wusste, bestand darin, dass sie meistens sehr gepflegt waren, wenn sie sich Oldtimer nennen durften. Sein Blick schweifte über den makellosen Lack und den staubfreien Innenraum. Er freute sich, sein rudimentäres Wissen hier bestätigt zu sehen.

»Spielt das eine Rolle?«, erwiderte Liza leichthin.

»Ich denke, ja«, sagte er und dachte beunruhigt an die Schüsse, die er vor wenigen Augenblicken gehört hatte. Trotzdem war er froh, endlich von hier wegzukommen, selbst wenn das bedeutete, diese anstrengende Person weiter ertragen zu müssen.

Er zog an dem Türgriff, der sich nicht so einfach öffnen ließ, wie er es vermutet hatte. Die Tür weigerte sich einen Augenblick, einfach aufzugehen, umso besser fühlte es sich an, als sie es endlich tat.

»Sie wollen doch nicht ernsthaft hier einsteigen?«, fragte Liza ihn plötzlich. »So, wie Sie aussehen.«

»Ich bin gestürzt«, sagte er gekränkt, weil sie ihn nicht zuvor gefragt hatte, was ihm passiert war. Das schien ihr vollkommen egal zu sein.

»Das sehe ich«, meinte sie nur lakonisch. »Aber trotzdem werden Sie nicht das Auto versauen.«

»Woher haben Sie den Wagen?«, versuchte er abzulenken, in der Hoffnung, dass sie ihren ursprünglichen Bannspruch vergaß.

»Was spielt das für eine Rolle?«, konterte sie. »Das ist ein Camaro Z28, Baujahr circa 1980. Den Wagen gab es bereits, bevor Kim Kardashian geboren wurde. So, wie Sie aussehen, können Sie auf keinen Fall hier einsteigen. Was glauben Sie, was sein Besitzer sagt, wenn Sie seine Sitze verschmutzen.«

Charles konnte ihrer Logik nicht widersprechen. Auch wenn es ihm nicht gefiel, wohin sie führte.

»Was erwarten Sie von mir?«, fragte er daher resigniert. »Was soll ich tun? Sagen Sie es mir.«

Liza sah ihn an, als hätte sie ihn endgültig da, wo sie ihn haben wollte. Wollte sie sich dafür rächen, dass er sich heute Morgen so aufgeregt hatte? Genau so musste es sein. Es schien für Ms Keener zweitrangig, dass er an dem Unfall gar nicht schuld gewesen war.

»Sie gehen zurück zum Parkplatz des Diners, auf

dem wir den Tesla abgestellt haben. Ich warte dort auf Sie. Dann können Sie Ihre Sachen wechseln.«

Sie hatte den letzten Satz noch nicht zu Ende gesprochen, als sie wieder Gas gab und Charles in einer Wolke aus Staub und fliegenden Steinchen zurückließ. Er blickte dem Camaro hinterher und wünschte sich, wieder in seinem Institut zu sein. Warum hatte er sich bereiterklärt, Liza Keener zu begleiten? Er wäre schon längst dort, wenn er alleine gefahren wäre.

Tief im Inneren wusste er die Antwort. Weil Liza und Theresa es so beschlossen hatten. Den unteren Weg gehen, um einer Diskussion zu entkommen, hatte sehr offensichtliche Nachteile.

Schüsse waren keine mehr zu hören, aber Charles fühlte sich auf dem vom Wald her gut einsehbaren Weg alles andere als wohl. Wenn Jäger sich im Wald herumtrieben, war es keine gute Idee, zu lange zu Fuß unterwegs zu sein. Er wollte keinesfalls das Opfer eines unglücklichen Jagdunfalls werden.

Der Matsch an seiner Kleidung trocknete allmählich. Größere Klumpen fielen von ihm ab wie geschmolzene Eisstückchen von einer Waffel. Einen Moment hatte er die Hoffnung, der Dreck würde einfach an ihm herunterrutschen und der Anzug sauber bleiben, wenn er nicht weiter an dieser oder jener Stelle herumrubbelte. Ein Blick nach unten zeigte ihm jedoch, dass er darauf nicht vertrauen sollte. So konnte er Robert Keener auf keinen Fall vor die Augen treten. Wenn ihn sein Glück nicht endgültig verlassen hatte, würde sich in Lizas Wagen wirklich etwas finden, das er anziehen konnte.

Ein wenig getröstet machte er sich auf den Weg zurück.

❧

»Da sind Sie ja endlich«, rief Liza Charles entgegen.

Sie rutschte von der Motorhaube des Tesla, auf der sie eine Zigarette geraucht hatte, die sie nun schnell an einem Strommast ausmachte und den Stummel in der Packung verschwinden ließ. Leider hatte sie keine Zeit mehr, sich ein Pfefferminzbonbon in den Mund zu schieben.

»Sie hätten mir mit den frischen Sachen zumindest ein Stück entgegenkommen können«, sagte Charles missmutig.

»Sollte ich alles umpacken?«, fragte Liza. »Woher weiß ich, was Sie anziehen möchten?«

»Die Sachen müssen sowieso umgeräumt werden, sonst können Sie sie nicht mit zum Landhaus nehmen«, erwiderte Charles.

Liza ging nicht davon aus, dass er nur noch für einen Cent Humor hatte. Er sah absolut elend aus in seiner Hose, an der der Dreck als feuchte Flatschen hing, manche Stellen noch nass, andere bereits abgetrocknet. Auf seiner Wange klebte ein Blatt, was ihm einen dämonischen Ausdruck verlieh. Liza musste sich auf die Zunge beißen, um nicht laut zu lachen. Sie war sich sicher, dass er das nachhaltig übel nehmen würde.

»Kommen Sie, wir werden schon was für Sie finden«, sagte sie versöhnlich, als sie ihn an der Hand nahm und mit sich zog.

Fast erschrak sie vor sich selbst. Es war, als hätte sie ein elektrischer Schlag getroffen, der bis ins Innerste vordrang. War das der Moment, von dem Liebesromane sprachen, wenn man den einen Mann fürs Leben fand?

»Aua«, sagte Charles und zog seine Hand unvermittelt weg. »Sie sind elektrisch aufgeladen.«

»So ein Unsinn«, entgegnete sie heftiger, als sie es vorgehabt hatte, aber sie fühlte plötzlich nur eine große Enttäuschung, dass es sich nicht um dem *einen* Moment gehandelt hatte, sondern nur um ein physikalisches Phänomen.

»Natürlich«, beharrte Charles auf seinem Standpunkt. »Das kommt bestimmt daher, weil Sie auf dem Auto gesessen haben. Bei Kunstfasern passiert das oft.«

»Ich trage keine Kunstfasern«, wies ihn Liza empört zurecht. »Also bitte.«

Sie beugte sich in den Fahrerraum des Tesla und suchte nach dem Schalter, der den Kofferraum entriegelte. Wenn er es nicht auch gespürt hatte, konnte sie jetzt nichts machen. Er würde noch die Gelegenheit bekommen, dasselbe wie sie zu fühlen, dafür würde sie sorgen. Charles ging zur Rückseite des Wagens und öffnete die Klappe ganz. Liza trat neben ihn.

»Also, was haben Sie sonst noch mit?«, fragte sie.

»Ich glaube, das habe ich Ihnen bereits deutlich gemacht. Ein paar Toilettenartikel, einen Schlafanzug und etwas Unterwäsche. Sonst nichts.«

»Sie müssen doch wenigstens eine Jogginghose oder ein T-Shirt haben? Ich meine, so etwas nimmt doch jeder mit.«

»Ich nicht«, antwortete er ruhig.

»Das ist problematisch«, sagte Liza und schaute sich seinen Anzug noch einmal ganz genau an. »So können Sie auf keinen Fall in das Auto. Man hat mir den Wagen geliehen. Ich darf ihn auf keinen Fall dreckig machen.«

»Wer leiht einer völlig Fremden einen Oldtimer, der gut und gerne 30.000 Dollar wert ist?«

»Oh, Sie kennen sich mit Autos aus?«

Liza betrachtete ihn mit einer neuen Form von Respekt. Als Mann, der sich auch für *Männerdinge* interessierte, wirkte er noch eine Spur anziehender.

»Nein, kenne ich mich nicht«, antwortete er ungnädig. »Aber ich bin auch nicht so ein derartiger Trottel, dass ich nicht den Wert eines Autos erkennen kann. Ich lebe in derselben Welt wie Sie, wissen Sie?«

Einen Augenblick standen sie sich wie zwei Kampfhähne gegenüber, die abcheckten, ob ihr Gegner den ersten Schritt machte, der zur Eskalation führen würde.

»Dann müssen wir improvisieren«, sagte Liza schließlich leichthin.

Sie beugte sich vor und merkte, wie ihr Rock ein Stück nach oben rutschte. Sie konnte nicht sehen, ob Charles es überhaupt registrierte. Wie sie ihn einschätzte, eher nicht. Sie zog den Reißverschluss ihrer Sporttasche auf. Ein Stoß Blusen und Röcke sprang heraus wie die Füllung eines zu voll gestopften Sofakissens.

»Sie sind schlank«, sagte sie, als sie sich umdrehte und ihn musterte. »Nicht ganz so schlank wie ich, aber ich habe einen Hausanzug, der sehr locker sitzt. Das könnte gehen.«

»Einen ... was?«, fragte Charles in dem Moment, als sie den pinkfarbenen Frottee-Albtraum mit türkisfarbenen Troddeln aus der Tasche zog.

»Einen Hausanzug«, wiederholte sie gut gelaunt. »Das trägt man, wenn man zu Hause ist und es gemütlich haben will.«

»Das kann nicht Ihr Ernst sein«, entgegnete Charles, der sich offensichtlich bemühte, Ruhe zu bewahren. »Das werde ich auf gar keinen Fall anziehen. Selbst meine Schwester würde so etwas nicht tragen, und die ist schon ziemlich ausgeflippt.«

»Entweder das, oder Sie müssen sich nackt ausziehen«, sagte Liza unnachgiebig. Die ganze Angelegenheit machte mehr Spaß, als sie sich erhofft hatte.

»So fahren Sie auf jeden Fall nicht mit«, fuhr sie fort und vollführte mit der Hand eine unbestimmte Bewegung seinen Körper entlang.

Charles presste die Lippen aufeinander und schwieg. Aber er streckte die Hand aus, als sie ihm den Hausanzug reichte.

»Damit werde ich aussehen wie ein Idiot«, murmelte er.

Liza wünschte, sie könnte ihm etwas anderes sagen. Im Moment empfand sie allerdings nur Schadenfreude. Schließlich war er schuld, dass sie hier festhingen. Sie könnte schon längst auf der Veranda in Hillside Manor sitzen und einen Cocktail schlürfen.

»Drehen Sie sich gefälligst um«, sagte Charles, während er mit verbissenem Gesicht begann, sich das Hemd aufzuknöpfen.

KAPITEL 5

»Nur noch sieben Meilen«, sagte Lisa und wandte Charles ihr Gesicht zu.

Sie hoffte, dort wenigstens den Ansatz eines Lächelns zu sehen. Leider vergebens. Charles hatte es ihr nachhaltig übel genommen, dass sie vorhin in Gelächter ausgebrochen war, nachdem sie sich wieder umdrehen durfte.

»Hauptsache Sie haben Ihren Spaß«, hatte er missmutig gesagt, während er seine Anziehsachen in eine Tüte von Walmart stopfte, die ihm Liza reichte, während ihr Körper immer wieder von Lachsalven geschüttelt wurde.

»Nehmen Sie es doch nicht so eng«, sagte sie und musste husten. »Die ganze Sache ist wirklich lustig, nur Sie erkennen das nicht.«

»Können wir jetzt endlich fahren?«, hatte er gefragt

und ihr Gespräch abgewürgt, indem er sich in den Camaro setzte und die Tür hinter sich zuzog.

Selbst wenn er wütend war, gestattete er sich nicht, die Tür einfach zuzuknallen, wie es die Reaktion eines jeden normalen Menschen gewesen wäre. Außerdem war er nachtragend. Auf dem ganzen Weg hatte er nicht ein Wort mehr mit ihr gesprochen. Eigentlich war ihr das ganz recht gewesen. Sie verspürte immer noch einen überwältigenden Drang zu lachen. Der war besser im Zaum zu halten, wenn sie nicht reden musste.

»Ich fahre zum Hintereingang«, sagte sie. »Von dort können Sie ins Haus, ohne dass Sie jemand sieht.«

»Aber ich habe dann immer noch nichts zum Anziehen«, entgegnete Charles. »Natürlich kann ich auch das ganze Wochenende auf meinem Zimmer verbringen.«

»Da fällt mir schon was ein«, sagte Liza lapidar.

Tatsächlich hatte sie bereits überlegt, wie sie das Problem lösen könnte, nur war ihr noch nichts Passendes eingefallen. Hillside Manor lag versteckt in einem Tal. Der nächste Ort war fünf Meilen entfernt und sie bezweifelte, dort ein Geschäft für Herrenbekleidung zu finden. Sie hoffte, ihre Haushälterin Florence Harris würde eine Idee haben.

»Ich habe kein Vertrauen zu Ihren Einfällen. Sie haben sich in der Vergangenheit nicht als besonders hilfreich erwiesen.«

»Wir müssen nur vermeiden, dass Sie meinem Vater in die Arme laufen«, ging Liza über seine letzte Bemerkung hinweg. »Es ist nicht die Art von Humor, die er lustig findet.«

»Ach was«, sagte Charles ätzend. »Meine übrigens auch nicht.«

Das Schild *Fairhaven* tauchte am Horizont auf und Liza setzte den Blinker, obwohl weit und breit kein anderes Fahrzeug zu sehen war. Jedoch wollte sie Charles nicht mit diesen Kleinigkeiten zusätzlich verärgern oder ihn daran erinnern, dass ihre Nachlässigkeit beim Autofahren ihn schon einmal in eine gefährliche Situation manövriert hatte.

»Hillside Manor ist im letzten Jahrhundert gebaut worden«, sagte sie im Plauderton. »Es war das Haus meiner Großeltern und vorher ihrer Eltern. Sie leben heute in Florida an den Keyes. Ich verstehe nicht, wie sie so etwas Wunderbares zurücklassen konnten.«

Sie fuhr um eine Kurve und die Straße gab den Blick auf das Anwesen frei. Wie immer stockte ihr einen Moment der Atem, als sie die beeindruckende Front mit den Säulen und den Türmchen sah. Der Anblick versöhnte sie jedes Mal mit der Tatsache, nicht mehr auf den Strand von Santa Monica blicken zu können.

»Ein schönes Haus«, pflichtete Charles ihr bei.

Sie schielte zu ihm hinüber und sah, dass sein Gesicht den verkniffenen Ausdruck abgelegt hatte. Anscheinend dachte er einen Augenblick mal nicht mehr darüber nach, wie lächerlich er in Lizas Augen aussah. Fast hätte sie wieder gelacht, konnte sich das aber noch rechtzeitig verkneifen. Sie wollte die gelöste Stimmung nicht aufs Spiel setzen.

Überraschend langsam fuhr sie über die Straße, deren Beschaffenheit unvermittelt von Teer zu Schotter wechselte. Sie durfte nicht riskieren, dass an dem Camaro ein Schaden entstand. Schließlich wollte sie ihn Montagmorgen unversehrt zurückbringen.

Sie hatte Charles nicht die ganze Wahrheit über den Wagen erzählt, genau genommen gar nichts, aber er hatte auch nicht mehr gefragt. Sie bezweifelte, dass er die Art, wie sie an ihn gelangt war, gutheißen würde.

Erneut setzte sie den Blinker und bog auf die Zufahrt des Anwesens ab. Von hier aus fuhren sie geradeaus auf den gekiesten Vorplatz zu, auf dem bereits zwei Autos standen. Sie identifizierte einen als den Wagen von Glenn Bullock, dem Familienanwalt, der ebenfalls über das Wochenende eingeladen war.

Sie fragte sich, was ihr Vater von ihrem Blitzentschluss, Charles Gillham nach Hillside Manor zu bringen, halten würde. Er trennte gerne Geschäftliches von Privatem. Aber darüber würde sie sich erst Gedanken machen, wenn es so weit war. Wichtig war nur, dass sie mit Charles das ganze Wochenende verbringen und ihn davon überzeugen konnte, dass sie nicht so fürchterlich war, wie er vermutete. Das Negligé, das sie eingepackt hatte, könnte ihr dabei gute Dienste leisten.

Der Kies knirschte, als sie in Schrittgeschwindigkeit über ihn fuhr. Sie hoffte, dass sich ihr Vater mit dem Besuch im Salon befand. Der lag im rechten Seitenflügel. Von seinen Fenstern aus konnte man die Zufahrt nicht sehen.

Der Kiesstreifen mündete in eine schmale Zufuhr mit Kopfsteinpflaster, über die sie zwischen der Hauswand und einer Blumenrabatte förmlich entlangkroch.

Der Weg war nicht dafür gemacht, um mit dem Auto hinter das Haus zu fahren. Sie schaffte es, ohne einen einzigen Kratzer vor der Hintertür zu halten, die in einen Flur und dann zur Küche führte.

»Ich schaue nach, ob die Luft rein ist«, sagte sie.

»Machen Sie das«, erwiderte Charles. Er klang resigniert.

Offenbar hatte er wenig Hoffnung, dass das hier gut ausgehen würde, und sich in sein Schicksal gefügt.

Liza stieg die drei Stufen zum Podest hoch. Unter der Kübelpflanze neben der Tür versteckte die Haushälterin meistens einen Schlüssel, mit dem sie ins Haus kommen konnte, wenn die Tür mal zugefallen war. Sie kippte den Blumentopf und stellte befriedigt fest, dass er tatsächlich dort lag. Nachdem sie aufgeschlossen hatte, drehte sie sich zu Charles um.

»Kommen Sie«, rief sie leise. »Die Luft ist rein.«

Charles öffnete die Wagentür, blieb jedoch unschlüssig sitzen.

»Seien Sie nicht so feige«, zischte Liza mit gedämpfter Stimme. »Es wird schon alles gut gehen.«

»Natürlich«, erwiderte Charles trocken. »Was auch sonst?«

Trotzdem stieg er aus. Er stand einen Moment vor dem Wagen, als sei er nicht sicher, was er als Nächstes machen sollte, setzte sich aber schließlich doch in Bewegung.

Der Eingang führte in einen schmalen Flur mit getäfelten Wänden, der der Weitläufigkeit des Hauses nicht entsprach und die Frage aufwarf, was sich der

Architekt dabei gedacht hatte. Für Charles und Liza zusammen war hier drinnen gerade genug Platz, um nicht aneinandergepresst zu werden. Liza bedauerte das. Es wäre eine perfekte Gelegenheit, Charles näherzukommen. Am Ende des Ganges führte eine Tür in die Küche, das Allerheiligste von Florence, die immer dann den Weg von Fine Falls nach Hillside Manor antrat, wenn Lizas Vater ebenfalls kommen wollte.

Liza blickte auf ihre Uhr mit dem perlmuttfarbenen Zifferblatt und dem Armband aus filigranen Goldgliedern. Wahrscheinlich bereitete Florence gerade das Abendessen zu. Sie ging vor und öffnete behutsam die Tür zur Küche, um sie nicht zu erschrecken. Ihre Vorsicht war unnötig. Der Raum war leer. Das lief besser als erwartet. Auf Florence zu treffen, hätte Liza zwar keine Sorgen bereitet, aber so konnte sie sich unnötige Erklärungen ersparen.

»Geschafft«, sagte sie glücklich und machte die Tür weit auf.

Die große Fensterfront über der Arbeitsplatte warf die Strahlen der Abendsonne in den düsteren Flur. Charles folgte ihr in den Raum mit von der Decke hängenden Kupferpfannen und dem gewaltigen Kochfeld in der Mitte und wirkte in seiner Aufmachung noch deplatzierter als zuvor im Auto.

»Lassen Sie uns das schnell hinter uns bringen«, sagte er. »Zeigen Sie mir das Zimmer und besorgen mir etwas Vernünftiges zum Anziehen.«

»Zu Befehl«, erwiderte Liza und salutierte.

In dem Moment hörte sie die Stimme ihres Vaters

hinter der Küchentür. Sie öffnete die Tür der Speisekammer und stieß Charles hinein.

Eigentlich betrat Robert Keener die Küche nur selten, und das nicht nur in Hillside Manor, sondern auch im Haus in Fine Falls. Liza wusste, dass ihr Vater eine instinktive Abwehr gegen die in seinen Augen immer noch weiblich geprägte Domäne hatte, ganz egal, wie weit die Emanzipation in den letzten Jahren fortgeschritten sein mochte. Es wäre ihr als Letztes in den Sinn gekommen, dass ihr aus dieser Ecke Gefahr drohen könnte.

Ihr Vater stutzte einen Augenblick, als er eintrat.

»Ich bin gleich zurück«, rief er in Richtung Eingangsbereich und schloss die Tür hinter sich.

»Ich wusste gar nicht, dass du dieses Wochenende kommen wolltest«, sagte er.

»Ich habe mich kurzfristig dazu entschlossen«, antwortete Liza leichthin, während sie hoffte, dass Charles in der Kammer den Ernst der Situation erkennen und sich ruhig verhalten würde. »Wir haben Besuch?«

»Ja«, antwortete Keener und ging zum Weinkühlschrank, in dem reihenweise erlesene Tropfen lagerten. »Bullock und dieser Robbins sind da. Habe ich dir das nicht erzählt? Du wirst dich langweilen, wenn du das Wochenende mit uns alten Männern verbringst.«

Liza ahnte, dass Langeweile nicht das war, was sie

die nächsten zwei Tage befürchten musste. Sie überlegte, wie sie ihrem Vater nun Charles' Anwesenheit im Haus erklären sollte. Wäre ihr Plan aufgegangen und sie hätte ihn ungesehen in eines der Gästezimmer im Obergeschoss bugsieren können, wäre es leichter gewesen. Sie hätte nur sagen müssen, dass Charles sich frisch machen wollte, bevor er zum Abendessen herunterkommen würde.

»Das macht mir nichts aus«, sagte sie und beugte sich vor, um ihrem Vater einen Kuss auf die Wange zu geben. »Zumal ich noch einen Überraschungsgast für dich habe.«

Keener zog die Augenbrauen hoch.

»Deine Überraschungen sind meistens ein wenig gewöhnungsbedürftig«, erwiderte er. »Verrate sie mir lieber direkt. Dann kann ich mich darauf einstellen. Wer ist es?«

»Du wirst ihn beim Abendessen kennenlernen«, sagte Liza und hoffte, dass ihr Vater es dabei belassen würde. »Du wirst dich freuen, da bin ich sicher.«

»Nun gut, dann belassen wir es erst einmal dabei. Weißt du, wo Florence den Flaschenöffner aufbewahrt?«

»Wo ist sie überhaupt?«, fragte Liza, während sie zur Anrichte neben dem Kühlschrank ging, einen aus der Schublade holte und ihn ihrem Vater reichte.

»Sie ist mit dem Land Rover nach Fairhaven gefahren. Ich habe Krabbenkuchen bei *Chaps* bestellt. Die bereiten die dort nur einmal im Monat zu, aber sie sind köstlich.«

Ihr Vater war näher an sie herangetreten, um nach dem Flaschenöffner zu greifen. Sein Blick fiel aus dem Fenster.

»Was ist das für ein Wagen?«

»Eine Leihgabe«, erwiderte Liza schnell. »Der Tesla steht 20 Meilen hinter Fine Falls mit einem Fehler in der Elektronik.«

»Es hätte mich auch gewundert, wenn du dieses Auto nicht kleinbekommen hättest«, sagte ihr Vater und schüttelte mit dem Kopf. »Aber umso mehr wundert es mich, dass du so schnell jemanden gefunden hast, der dir so ein Schmuckstück anvertraut.«

Robert Keener liebte Oldtimer. Er kaufte selbst öfter welche, fuhr eine Weile mit ihnen herum, bis er sie weiterverkaufte.

»Ich bin halt sehr überzeugend«, entgegnete Liza. Sie fühlte sich unbehaglich. »Ein bisschen Geld war auch hilfreich.«

»Aber du hast ihn hoffentlich nicht direkt gekauft?«

»Natürlich nicht. Am Montag bringe ich ihn zurück. Morgen rufe ich die Werkstatt an, dass sie den Tesla abholen.«

»Dann geht ja alles seinen geregelten Gang«, sagte ihr Vater und klang zufrieden. Hoffentlich würde er jetzt endlich die Küche verlassen.

Keener drehte sich um und ging mit dem Wein und dem Flaschenöffner zur Tür. Liza atmete insgeheim auf. Sie würden noch einmal mit dem Schrecken davonkommen.

Ihr Vater hatte die Klinke bereits in der Hand, als es

in der Kammer hinter ihr erst rumpelte, gefolgt von einem Poltern und dem Klirren zerschlagenen Geschirrs. Liza schloss einen Moment die Augen und hoffte, ihr Vater wäre für Augenblicke von Taubheit befallen. Leider erfüllten sich solche Wünsche im richtigen Leben nie.

»Was war das?«, fragte er und stellte den Wein neben sich auf die Arbeitsplatte. »Wo kam das her?«

»Von draußen«, sagte Liza schnell. »Wahrscheinlich wieder ein Fuchs. Mit denen haben wir doch schon länger Probleme.«

»Das klang nicht, als wäre es draußen gewesen. Außerdem glaube ich nicht, dass Florence unser Geschirr im Garten aufbewahrt. Das kam aus der Kammer.«

Er trat ein paar Schritte vor und öffnete die Tür derselben. Wenn Liza sich schon vorher so über Charles' Aufmachung amüsiert hatte, wollte sie nicht wissen, welchen Eindruck diese auf ihren Vater machen würde. Aber mit Amüsement hatte das, was sie dachte, nichts zu tun.

»Wer sind Sie?«, fragte Robert Keener. »Wie kommen Sie herein?«

»Mr Keener, es tut mir leid«, sagte Charles, der sich die Scherbenreste von dem Nancy-Coleman-Hausanzug zupfte. »Ich wäre auch froh, ich hätte Sie unter anderen Umständen kennengelernt.«

»Was zum Teufel haben Sie da an?«

Liza fragte sich, wie ein Fremder in der Speisekammer, der mit einem pinkfarbenen Hausanzug bekleidet war, auf ihren Vater wirken musste. Sie konnte nicht behaupten, dass ihr die Antwort darauf gefiel. Robert Keener hatte nichts übrig für Menschen, die zu weit außerhalb der Norm waren. Auch wenn Liza ihm schon oft vorgeworfen hatte, dass er bei dem Aufbau seiner Firma und seinem Aufstieg zum Millionär ebenfalls genau das tat – sich außerhalb der Norm zu bewegen –, galt dieses sicher nicht für hoch aufgeschossene Professoren in einem Frotteeanzug mit Blumenmotiv.

»Ich weiß, wie das aussieht«, erwiderte Charles und deutete auf seine Bekleidung.

Er klang unglücklich. In Lizas Kopf überschlugen sich die Ideen, wie sie aus dieser Situation wieder herauskommen könnten. Keine schien ihr besonders geeignet zu sein.

»Wenn Sie das wüssten, sähen Sie nicht so aus«, entgegnete ihr Vater. »Wer sind Sie?«

»Ich bin ...«, begann Charles, um von Liza unterbrochen zu werden.

»Das ist Mr Bone«, sagte sie schnell und trat neben Charles, um ihm beruhigend die Hand auf die Schulter zu legen. »Ein Bekannter von mir aus Baltimore.«

»Das soll der Überraschungsgast sein, den du mir angekündigt hast?«

Liza trat vor und führte ihren Vater aus der Küche. Zu ihrem Erstaunen ging er ohne Widerstand mit.

»Er hat im Moment viel Stress in seinem Job in der Anwaltskanzlei. Er ist ein wenig durcheinander, nachdem ihn seine Firma freigestellt hat.«

»Durcheinander? Auf mich wirkt er verrückt. Was sucht er in unserer Speisekammer?«

»Er wollte die Bestände überprüfen. Ich sagte ja, er ist durcheinander. Er war vier Wochen in einem Sanatorium. Jetzt braucht er ein wenig Zeit, um wieder zu sich zu kommen. Die Ärzte meinten, ein Wochenende zum Entspannen könnte genau das Richtige für ihn sein.«

»Wie es aussieht, ist das auch allerhöchste Zeit«, sagte ihr Vater. »Bring ihn auf eines der Gästezimmer im Westflügel. Abendessen gibt es um 19 Uhr. Und ich erwarte, dass er dann etwas anderes anhat.«

»Natürlich, Dad«, bestätigte Liza beruhigend, strich ihm über den Ärmel seiner Strickjacke und legte den Kopf an seine Schulter. Diese Masche zog immer. Auch diesmal.

Robert Keener blickte in die Küche und schüttelte mit dem Kopf, ging aber ohne weiteren Kommentar zurück in die Eingangshalle.

»Mr Bone?«, fragte Charles ein paar Minuten später fassungslos, als sie die Tür des Gästezimmers schloss. »Etwas Besseres ist Ihnen nicht eingefallen?«

Er stellte den Karton mit dem Knochen auf das Bett. Sammy, der Jack Russell Terrier der Familie Keener, war ihnen in den Raum gefolgt und kläffte den neuen Gast begeistert an.

»Sammy, halt den Mund«, fuhr ihn Liza unwirsch

an. »Hätte ich ihm sagen sollen, wer Sie wirklich sind?«, fragte sie dann, wieder zu Charles gewandt.

»Wie wäre es mit der Wahrheit gewesen? Dass ich auf der Hinfahrt im Wald gefallen bin und nichts Weiteres zum Anziehen hatte? Ist Ihnen das nicht in den Sinn gekommen?«

»Nun ist es zu spät«, wischte Liza seinen Einwand beiseite. »Ich kann ihm jetzt nicht mehr die Wahrheit sagen. Das fände er noch merkwürdiger.«

»Ich bezweifle, dass das möglich ist«, sagte Charles.

Das Gästezimmer war mit einem King-Size-Bett, auf dem eine Patchworkdecke lag, und den farbenfrohen Kissen auf einer breiten Fensterbank geschmackvoll eingerichtet. Zu einem anderen Zeitpunkt hätte er sich hier sicher wohlgefühlt. Im Moment kam es ihm jedoch eher vor wie ein Gefängnis, wenn auch ein nobles.

»Was soll ich nun anziehen?«, fragte er, als ihm einfiel, dass sein heutiges Elend noch lange nicht beendet war.

»Im Ort ist eine Reinigung. Florence, unsere Haushälterin, kann Ihren Anzug dort morgen früh vorbeibringen. Mittags haben Sie ihn dann wieder.«

»Und wie soll ich beim Abendessen erscheinen? Fällt Ihnen dazu auch irgendwas ein?«

»Ich sehe in Bradleys Zimmer nach«, erwiderte Liza. »Er ist mein Cousin und verbringt oft seine freien Tage hier. Er hat ungefähr Ihre Statur. In seinem Kleiderschrank finde ich sicher etwas, was Ihnen passt.«

Das beruhigte Charles zwar nicht in dem Maß, wie

es das hätte tun sollen, aber es war zumindest ein Anfang.

»Dann kann ich also nur hoffen, dass Ihr Vater nie im Institut auftaucht und mit mir persönlich sprechen will.«

Normalerweise regelte Theresa ihre geschäftlichen Angelegenheiten, aber er konnte sich vorstellen, dass ein Geschäftsmann, der bereit war, einem fünf Millionen zur Verfügung zu stellen, zumindest den leitenden Paläontologen einmal sehen wollte.

»Machen Sie sich doch darüber keine Gedanken«, sagte Liza. »Sie haben das Wochenende über genug Zeit, Vater davon zu überzeugen, dass Sie ein vernünftiger Mann sind. Wenn er das eingesehen hat, erzählen wir ihm einfach die ganze Geschichte.«

»Und warum nicht jetzt?«, fragte Charles, der Lizas Logik nicht folgen konnte.

»O Charles, ich glaube nicht, dass Sie auf meinen Vater einen sehr vorteilhaften Eindruck gemacht haben. Ich denke, es ist besser, wir bleiben bei meinem Plan.«

»Vielleicht haben Sie recht«, sagte Charles und seufzte.

Ihm fehlte für weitere Diskussionen die Kraft. Außerdem spürte er immer noch Splitter an sich herunterrieseln. Alles, was er sich im Augenblick wünschte, war eine heiße Dusche.

»Holen Sie mir bitte etwas Akzeptables zum Anziehen, während ich mich wasche.«

»Sofort«, sagte Liza und verschwand aus dem

Zimmer. Die Tür schwang nach hinten und stieß gegen die Tür des Einbauschranks. Der dicke Flor des Teppichbodens verhinderte, dass sie wieder zurück ins Schloss fiel. Kopfschüttelnd wollte Charles sie zumachen, als er von Sammy abgelenkt wurde, der bellend um ihn herumsprang.

»Nehmen Sie den Hund mit«, rief er in den leeren Flur, aber Liza war schon weg.

Charles ließ die Tür in der Hoffnung auf, dass Sammy von selbst verschwinden würde, während er im Bad war.

»Charles!«, rief Liza zehn Minuten später, als sie sein Zimmer wieder betrat.

Nebenan hörte sie, wie das Wasser in der Dusche abgedreht wurde.

»Ich bin im Bad«, ertönte die Stimme von Charles überflüssigerweise. »Haben Sie etwas zum Anziehen?«

»Nun ... ja«, erwiderte Liza und hob den Kleiderbügel hoch, um die Jacke und die Hose zu betrachten.

»Dann hängen Sie die Sachen innen an den Türknauf. Und ich bitte Sie, nicht zu gucken.«

»Ich habe schon einmal einen nackten Mann gesehen.«

»Das mag durchaus sein. Aber nicht mich. Ich möchte auch, dass das so bleibt.«

Liza öffnete vorsichtig die Tür zum Badezimmer, aus dem sich warme Schwaden ihren Weg in den Raum suchten. Sie steckte ihren Arm durch den Spalt und versuchte, die Schlinge des Kleiderbügels an den Knauf zu hängen. Ohne hinzuschauen war es schwieriger als gedacht, aber dann gelang es ihr. Vorsichtig zog sie die Tür wieder ins Schloss.

Sie setzte sich auf das Bett und ihre Finger spielten mit der Holzwolle des Kartons, der dort lag.

»Warum haben Sie das Paket mit ins Haus genommen?«, rief sie durch die geschlossene Tür.

»Weil ich Ihrem Vater etwas zeigen wollte, was für meine Forschung elementar wichtig ist. Darauf habe ich zwei Jahre gewartet.«

»Auf einen alten Knochen?«

Die Tür zum Badezimmer ging auf und Charles trat in einem schwarzen Turnierjackett heraus. Offenbar war Lizas Blick für Größe und Statur nicht so geschult, wie sie angenommen hatte. Die Reithose endete kurz über seinem Knöchel und die Ärmel der Jacke hätten etliche Zentimeter länger sein können.

»Ja, Liza, auf einen alten Knochen«, sagte Charles und nahm ihr den Karton aus der Hand, als hätte er Angst, dieser würde sich bei einer Berührung von ihr in Staub auflösen. »Etwas anderes zum Anziehen haben Sie nicht gefunden?«

Er sah nahezu rührend lächerlich aus. Liza gab sich alle Mühe, trotzdem lachte sie. Sofort tat es ihr leid.

»So schlimm ist es gar nicht«, beruhigte sie ihn. »Zumindest ist es nicht pink.«

»Was soll's«, sagte Charles. »Spätestens morgen werde ich wohl hoffentlich wieder präsentabel aussehen. Ihr Vater denkt sowieso schon, ich wäre ein kompletter Idiot.«

»Ehrlich gesagt denkt er, Sie wären verrückt«, entgegnete sie vorsichtig. »Wenigstens habe ich ihm das eben gesagt.«

»Sie haben was?«

»Nun ja, ich habe schließlich gesagt, Sie wären in einem Sanatorium gewesen. Das mit dem Verrücktsein war nur die logische Schlussfolgerung.«

»Konnten Sie es nicht einfach dabei belassen, dass ich ein Bekannter aus Baltimore bin?«

»Wie hätte ich sonst Ihren Aufzug erklären sollen?«

Charles ließ sich auf das Bett und den Karton neben sich fallen und barg den Kopf in seinen Händen.

»Ich habe noch nie einen Menschen wie Sie kennengelernt. Das war kein Kompliment«, schob er schnell nach, als Liza sich schon bedanken wollte.

»Also bin ich jetzt ein Verrückter aus Baltimore, der Frauenkleidung mit türkisfarbenen Bommeln anzieht und sich in Hillside Manor versteckt?«

»So könnte man es zusammenfassen«, stimmte Liza ihm zu. »Und vergessen Sie nicht, dass Sie Mr Bone heißen.«

»Das werde ich nie vergessen«, entgegnete Charles.

Es klang unheilverkündend, so, als wolle er ihr das nie vergeben. Darüber wollte sie sich nun allerdings keine Gedanken machen. Liza genügte es, dass ihr Plan insofern aufgegangen war, Charles ins Haus und in ihre Nähe bekommen zu haben.

Sie zupfte sich die Locken in ihrer Hochsteckfrisur

zurecht und streckte ihren schlanken Körper gegen die Decke.

»Wir haben noch Zeit bis zum Abendessen«, sagte sie fröhlich. »Soll ich Ihnen das Anwesen zeigen? Es ist wirklich schön hier.«

»Wenn Sie meinen, dass ich mich in diesem Aufzug mehr als nötig draußen blicken lasse, dann haben Sie sich getäuscht.«

»Sie können nicht das ganze Wochenende hier oben verbringen.«

»Das habe ich auch nicht vor. Sobald ich meinen Anzug wiederhabe, werde ich versuchen, den Schaden zu beheben, den Sie angerichtet haben.«

Liza streckte ihre Arme aus und tänzelte leichtfüßig durch den Raum. Sie spürte, wie die letzten Sonnenstrahlen über ihren Rücken wanderten und so viel Kraft besaßen, um sie in einen euphorischen Zustand zu versetzen.

»Was sind Sie nur für ein Mensch«, sagte sie. »Wenn eine Sache gut gelaufen ist, machen Sie sich bereits Sorgen um die nächste.«

»Gut gelaufen? Ihre Wahrnehmung ist offensichtlich ein wenig verzerrt.«

Charles hatte das Paket wieder an sich genommen und wühlte in der Holzwolle. Plötzlich wurde er bleich.

»Wo ist er?«, fragte er tonlos. »Liza, wo ist er?«

»Wen meinen Sie?«, fragte sie erstaunt.

»Meinen Brustbeinkamm. Das Exponat, auf das ich 24 Monate und sechs Expeditionen gewartet habe. Was haben Sie mit ihm gemacht?«

»Wenn Sie glauben, ich würde einen« alten Knochen verstecken, dann sind Sie verrückt«, erwiderte sie. »Wahrscheinlich ist er heruntergefallen, als Sie das Paket auf das Bett geworfen haben.«

Charles rutschte von der Bettkante runter auf den Teppich. Seine Finger fuhren hektisch durch den Flor. Liza zog ihren Rock ein Stück hoch und ließ sich auf ihre Knie hinab.

»Schauen Sie unter dem Bett nach«, sagte sie.

Charles ließ sich flach auf den Bauch fallen und robbte weiter nach vorne. Sein Kopf verschwand unter dem spitzenbesetzten Volant der Tagesdecke.

»Ich sehe ihn nicht«, hörte Liza seine Stimme gedämpft. Trotzdem entging ihr nicht der panische Klang darin.

»Ich hole eine Lampe«, schlug sie vor.

Sie richtete sich auf und rutschte mit den Knien zum Nachttisch, um die zierliche Stehlampe herunterzunehmen. Gott sei Dank war das Kabel lang genug. Sie knipste sie an und leuchtete unter das Bett.

»Hier ist er nicht.«

Jetzt war seine Stimme eindeutig panisch. Er hob wieder den Kopf, bevor er unter dem Bett hervorkroch und stieß sich die Stirn am Bettrahmen. Mit schmerzverzerrtem Gesicht fuhr er sich darüber.

»Sind Sie sicher, dass Sie ihn hier verloren haben?«, fragte Liza. »Vielleicht liegt er im Auto.«

»Ich BIN sicher«, betonte Charles. »Ich habe ihn mir noch einmal angesehen, bevor ich ins Badezimmer gegangen bin. Liza, ich bitte Sie, das ist kein Spaß. Geben Sie ihn mir wieder zurück.«

»Aber ich habe ihn nicht, Charles. Das können Sie mir glauben.«

»Wo ist er dann geblieben?«

Erschöpft drehte Charles sich herum und ließ sich mit dem Rücken gegen das Bett fallen. So wie er da mit merkwürdig verwinkelten Beinen und hängenden Schultern auf dem Teppich saß, sah er aus wie eine Marionette, deren Fäden zu locker hingen.

»Lassen Sie uns nachdenken«, sagte er. »Wer könnte noch hier im Raum gewesen sein?«

»Keiner«, erwiderte Liza mit Inbrunst. »Oder glauben Sie, mein Vater schleicht durch das Haus und stiehlt die Knochen anderer Leute?«

»Dann sind immer noch Sie auf Platz 1 meiner Hitliste.«

Liza überlegte, kam aber zu keinem Ergebnis. Sie bezweifelte, dass der Anwalt Glenn Bullock oder Florence Harris Interesse an dem Knochen haben würde. Im Haus war es still. Sie hörte Sammy im Garten bellen.

»Charles«, sagte sie und fuhr auf. »Sammy!«

»Was ist mit dem Hund?«

»Verstehen Sie denn nicht? Hund, Knochen, Hund, Knochen«, wiederholte sie, da der Groschen bei Charles offensichtlich noch nicht gefallen war.

»O mein Gott«, stöhnte Charles. »Das kann doch nicht wahr sein. Wo ist Sammy?«

»Im Garten«, erwiderte Liza. »Sie hören ihn doch bellen.«

»Warum haben Sie ihn nicht mitgenommen, als Sie aus dem Zimmer gegangen sind?«

»Sie kennen Sammy nicht. Er ist ein Freigeist. Er lässt sich von mir nicht sagen, was er tun soll. Das kann nur mein Dad.«

»Wir müssen ihn suchen«, sagte Charles und stand in Windeseile wieder auf den Beinen. »Kommen Sie.«

»Charles, das Grundstück ist 200 Acres groß. Wie wollen Sie da Sammy finden, geschweige denn den winzigen Knochen.«

»Wir müssen es versuchen. Von dem Knochen hängt meine Forschung ab.«

»Wenn Sie doch jetzt wissen, wo Sie so etwas finden können, vielleicht bekommen Sie von dort einen neuen Knochen.«

»Tun Sie nicht so naiv. Das steht Ihnen nicht. Kommen Sie mit und machen sich endlich einmal nützlich.«

Er war bereits aus dem Zimmer verschwunden, als Liza ihm in den Garten von Hillside Manor folgte.

KAPITEL 6

»Was machen Sie denn da, Charles?«, rief Liza amüsiert, als sie durch die Verandatür auf die gepflasterte Terrasse trat.

Das Grundstück rund um Hillside Manor führte bis zu der Anhöhe, wo es an den Staatsforst grenzte. Bis 1998 hatte der Hügel zum Anwesen gehört, dann verkaufte Lizas Großvater, George Keener, ihn dem County, nachdem dort seltene Baumarten wuchsen. Liza konnte sich daran erinnern, wie privilegiert sie sich als Kind gefühlt hatte, einen Berg zu besitzen.

Sie blickte über die Rhododendren, hinter denen sie in unregelmäßigen Abständen Charles' Kopf nach oben schnellen sah. Offenbar suchte er den Boden ab und rannte immer wieder ein Stück weiter, um seine Suche beim nächsten Busch fortzusetzen. Sammy sprang bellend um ihn herum und freute sich an dem Spiel, das der fremde Mann scheinbar nur für ihn aufführte.

»Stehen Sie da nicht so rum. Helfen Sie lieber suchen.«

Charles hielt in seinem Treiben inne und blickte sie anklagend an.

Die Sonne, die über die Anhöhe wanderte, warf ihre langen Strahlen über die Gartenskulpturen, die seinerzeit ein Bildhauer aus Philadelphia geschaffen hatte.

»Das hat doch jetzt keinen Zweck«, sagte Liza. »Kommen Sie, wir essen zu Abend und suchen morgen früh weiter.«

Charles sah sie an, als hätte sie vorgeschlagen, in Fairhaven eine Bank zu überfallen.

»Das können Sie doch nicht ernst meinen?«, fragte er entgeistert.

Sammy verlor die Lust an dem Spiel, als Charles sich nicht mehr bewegte. Er kam auf die Terrasse und legte sich hechelnd neben Liza.

»Sehen Sie, Sammy ist müde. Er ist der Einzige, der weiß, wo er den Knochen vergraben hat. Morgen gehen wir mit ihm in den Garten und er wird uns die Stelle zeigen.«

Charles trat hinter den Maulbeerbäumen hervor und betrachtete den Jack Russell unmutig.

»Der ruht sich aus. Das kann doch wohl nicht wahr sein.«

Charles tat Liza leid. Sie verstand zwar nicht die komplette Tragweite seines Verlustes, wünschte sich aber, sie könne ihm seinen Knochen so schnell wie möglich wiederbeschaffen. Allerdings hatte sie keine große Hoffnung, das mithilfe von Sammy heute Abend noch zu bewerkstelligen. Der Jack Russell tat nie das, was man von ihm erwartete.

»Natürlich ruht er sich aus. Er hatte schließlich einen langen Tag.«

»Den hatte ich auch. Und einen äußerst unangenehmen dazu. Heute Morgen war ich noch der renommierte Professor des Instituts für Archäozoologie und abends muss ich einem Terrier hinterherrennen, der so schlecht erzogen ist, dass er Knochen aus Paketen stiehlt, die ihn nichts angehen.«

Wie konnte ein Mensch nur mit so wenig Freude in seinem Alltag leben? Liza verstand es nicht.

»Aber wir hatten heute doch so viel Spaß«, sagte sie daher.

»In Ihrem verqueren Universum vielleicht«, erwiderte Charles ungalant. »Ich hätte es vorgezogen, Ihren Vater im Golfclub zu treffen, um ihn dort von der Wichtigkeit seiner Spende zu überzeugen.«

»Sammy, komm her«, klang die Stimme von Lizas Vater aus dem Fenster der Bibliothek. Der sprang auf und rannte zum Haus.

»Jetzt müssen wir es doch morgen machen«, sagte Liza unbeeindruckt. »Kommen Sie, das Abendessen ist fertig.«

Das Herrenhaus der Keeners präsentierte sich von außen in beeindruckendem Tudorstil. Als Charles durch die Eingangshalle in das Esszimmer trat, war davon nichts mehr zu merken. Der Tisch, der acht Personen Platz bot, bestand ausschließlich aus Glas und Schwarzchrom, ebenso die Stühle und der Buffetschrank. Noch nie war er so einem krassen Gegensatz von Außenwirkung zur Einrichtung begegnet.

»Sie sehen wenigstens etwas besser aus, junger Mann«, sagte Robert Keener, der am Kopf der Tafel saß und ihn so eingehend musterte, dass Charles die Befürchtung hegte, er hätte ihn bereits erkannt. Er überlegte, wann sein Bild das letzte Mal irgendwo veröffentlicht worden war, aber außer in der *Antic World* in 2016 fiel ihm nichts ein. Er hoffte, dass Keener kein grundsätzliches Interesse an kulturhistorischen Themen aus aller Welt hatte.

»Das ist Krabbenkuchen von *Chaps*«, sagte Liza, die auf dem Stuhl neben ihrem Vater Platz nahm und Charles mit einer Kopfbewegung andeutete, er solle sich links neben sie setzen. Charles ließ sich nieder und nickte den beiden anderen Männern am Tisch zu. Er hoffte, man würde keinen Small Talk von ihm verlangen. Allerdings schienen sie ihn nicht zu bemerken, da sie in ein Gespräch vertieft waren.

»Ich möchte mich in aller Form für meinen Aufzug entschuldigen«, begann er steif und schob die Gabel ein Stück nach vorne, sodass sie an sein leeres Weinglas stieß. Es gab einen hellen Klang von sich, was die anderen am Tisch veranlasste, die Köpfe zu heben.

»Wenn es Ihnen gefällt«, entgegnete Keener unbestimmt und drückte auf eine Klingel hinter sich. Fast gleichzeitig öffnete sich eine Tür und eine beleibte Frau mit Küchenschürze, die ein Tablett mit Apfelkuchen trug, trat ins Zimmer.

»Florence, bringen Sie noch einmal den Krabbenkuchen. Meine Tochter und ihr Besuch haben sich doch entschlossen, mit uns zusammen zu essen.«

Die Haushälterin mit den klugen Augen lächelte die Nachzügler freundlich an und zwinkerte Liza zu, bevor sie wieder den Raum verließ.

»Es gefällt mir keineswegs«, fuhr Charles fort und hoffte, er würde damit eine Diskussion anzetteln, die besser in der Versenkung geblieben wäre. »Leider hat mein Anzug heute Nachmittag eine unliebsame Bekanntschaft mit einem Abhang gemacht. Ich hatte deshalb nichts mehr zum Anziehen.«

»Ich habe ihm etwas von Bradley gegeben«, ergänzte Liza.

»Das ist nicht zu übersehen«, sagte Keener und goss sich Wein aus der Karaffe neben sich ein.

Er reichte sie weiter zu seiner Tochter, die sich ebenfalls ein Glas einschenkte und das auch bei Charles tun wollte. Der winkte vehement ab. Er vertrug keinen Alkohol und hatte an nichts Interesse, das seine Lage hier noch verschlimmern würde.

»Was arbeiten Sie noch mal, Mr Bone?«, fragte Keener, nachdem er sein Glas mit einem Zug geleert hatte und sich wieder dem Krabbenkuchen auf seinem Teller widmete. Florence kam herein und fuhr unauffällig einen Servierwagen zwischen Liza und Charles. Was um alles in der Welt hatte Liza vorhin erzählt? Er konnte sich nicht mehr daran erinnern. Er versuchte, ihren Blick aufzufangen, aber sie schaufelte sich Essen auf den Teller.

»Ich bin Verwaltungsangestellter in einer Finanzbehörde?«, fragte er zurück und hoffte, dass es sich nicht allzu sehr wie eine Frage anhörte.

»Waren Sie nicht Anwalt in Baltimore?«, fragte Keener. Er klang nicht so, als würde ihn Charles' Antwort irritieren. Es war ihm anscheinend Information genug gewesen, dass Charles offenbar verrückt war.

»Ja, stimmt«, antwortete Charles resigniert.

Er hätte sich besser vorbereiten sollen, aber er war sich nicht sicher, ob Liza noch wusste, was sie ihrem Vater bei ihrer ersten Begegnung erzählt hatte.

»Anwalt?«, fragte der Mann in dem geschmacklosen karierten Jackett ihm gegenüber, der sich gerade eine Gabel voll Kartoffelbrei in den Mund steckte. »Wo sitzt Ihre Kanzlei? In Mount Vernon oder Downtown?«

»Ich weiß es nicht«, erwiderte Charles ehrlich.

Er blickte wieder hilfesuchend zu Liza.

»Mr Bone hatte eine schwere Zeit«, sagte diese und legte sich ihre Serviette auf den Schoß. »Wir sollten ihn nicht mit Fragen nerven.«

Der Unbekannte öffnete kurz den Mund, als wolle er darauf etwas erwidern, schloss ihn aber dann wieder. Charles vermutete, dass ihm Lizas Vater bereits alles über seine Situation erzählt hatte.

»Mr Robbins, Sie waren in Deutschland?«, lenkte sie das Gespräch in eine andere Richtung.

»Ja, ich bin erst letzte Woche zurückgekommen«, bestätigte der Angesprochene. »Es war fantastisch zu sehen, wie der ...«

»Entschuldigen Sie bitte«, sagte Charles, als Sammy sich von dem Platz erhob, an dem er die ganze Zeit mit leicht auf den Boden klopfendem Schwanz gelegen hatte.

Sammy rannte zur offen stehenden Terrassentür, durch die die allmählich kühle Luft des Abends in den Raum strömte. Charles schob den Stuhl so ruckartig nach hinten, dass er gegen eine Vitrine stieß.

»Vorsicht«, ermahnte ihn Robert Keener.

Charles gab nicht einmal vor, ihn gehört zu haben, und lief auf die Terrasse, auf der Sammy einem Vogel nachjagte, der sich dorthin verirrt hatte. Es war bereits so dunkel, dass er die Bäume und Sträucher im Garten nur noch schemenhaft erkennen konnte.

»Sammy!«, rief Keener scharf.

Der Hund rannte zurück ins Zimmer und legte sich wieder auf seinen Platz, von dem er hingebungsvoll zu seinem Herrn hinaufblickte.

»Mr Bone, kommen Sie wieder herein und schließen Sie die Tür.«

Keeners Stimme duldete keinen Widerspruch. Der Möglichkeit beraubt, den Brustbeinkamm doch noch heute Abend zu finden, leistete Charles seiner Aufforderung Folge.

»Sie sollten etwas essen«, sagte Keener deutlich milder. »Morgen Vormittag können Sie mit uns zum

Tontaubenschießen fahren. Das wird Ihnen gefallen und Sie kommen auf andere Gedanken.«

Charles gefiel die Idee nicht, das Grundstück verlassen zu müssen und Sammy aus den Augen zu verlieren. Aber ihm fiel keine Möglichkeit ein, sich vor diesem Ausflug zu drücken, es sei denn, er täuschte eine Krankheit oder einen wichtigen Anruf vor. Die letzte Idee setzte sich in seinem Kopf fest und nahm Gestalt an. Das wäre vielleicht eine Lösung.

»Sie spielen Golf?«, fragte er in dem Versuch, das Tischgespräch in eine andere Bahn zu lenken, die nichts mit seinen Ausflügen oder ominösen Schusswaffen zu tun hatte.

»Hat Ihnen das meine Tochter erzählt? Seit ich die Firma verkauft habe, muss ich zugeben, dass ich dort immer mehr Zeit verbringe.«

»Mr Bone spielt ebenfalls gerne Golf«, sagte Liza unvermittelt.

Charles verschluckte sich an dem Stück Krabbe, das er gerade vorsichtig in den Mund geschoben hatte. Er kannte sich mit Golf ungefähr genauso gut aus wie mit Tontaubenschießen. Außerdem war er immer skeptisch, wenn er etwas Neues probieren sollte. Er musste husten und hob die Leinenserviette an den Mund. Nur ihr war es zu verdanken, dass er das Stück Krabbe nicht über den Tisch spuckte.

»Interessant«, sagte der andere Mann, der Glenn Bullock sein musste, auch prompt und schien ihn mit neuer Achtung anzublicken. »Dann möchten Sie sich morgen Nachmittag vielleicht hinzugesellen, wenn wir auf unserem Platz spielen. Wie ist Ihr Handicap?«

Charles überlegte angestrengt, jedoch sah er direkt keine Möglichkeit, aus der Sache herauszukommen, ohne Keener zu beleidigen. Von einem Handicap hatte er noch nie gehört.

»Ich spiele nicht sehr gut«, wiegelte er ab. »Genau genommen habe ich gerade erst begonnen. Ich bezweifle, dass ich ein adäquater Partner für Sie bin.«

»Das werden wir sehen«, entgegnete Keener, als er ihn ins Visier nahm. Offenbar merkte er, wie unwohl sich Charles fühlte. Dieser hoffte, dass sich das zu seinen Gunsten auswirken würde.

»Du hast mir heute Morgen etwas von dem Institut für Archäozoologie erzählt«, nahm Liza an ihren Vater gewandt den Gesprächsfaden wieder auf. »Hast du dich schon entschieden?«

»Ich bin dabei«, erwiderte ihr Vater.

Seine Tochter blickte ihn an, als warte sie auf eine weiterführende Erklärung, die sie aber nicht bekam.

»Das Institut für Archäozoologie?« Robbins legte sein Besteck an den Tellerrand und wandte sich Keener zu. »Ich hoffe sehr, dass Sie sich in dem Fall für mich entscheiden werden.«

»Robbins, ich sagte Ihnen bereits, dass ich mir das genau überlegen werde«, wich Keener aus.

»Deswegen bin ich hier«, entgegnete der Mann mit dem Seitenscheitel und dem Doppelkinn. »Die Vorzüge unserer Arbeit habe ich Ihnen bereits erklärt. Ich glaube nicht, dass ein Paläontologe mit einem Hang für merkwürdige Vogelarten die bessere Wahl ist.«

»Was machen Sie denn beruflich, Mr Robbins?«, fragte Liza.

Sie hatte bereits die ganze Zeit gerade am Tisch gesessen, sich aber nun zu ihrer vollen Größe aufgerichtet und beugte ihren Körper vor, als wolle sie nichts verpassen.

»Das werden Sie nicht verstehen, liebe Miss Keener. Dazu fehlt Ihnen das nötige Grundwissen.«

»Versuchen Sie es«, befahl Liza.

Ihre Augen blitzten auf und waren dunkler geworden. Sie wirkte wie jemand, der für etwas kämpfen würde, das man ihm wegnehmen wollte. In dem Fall für Charles. Der verspürte ein warmes Gefühl im Unterleib.

»Wir testen Skalenmodelle der Musik«, kam Robbins ihrer Aufforderung nach. »Das basiert auf unserer Theorie, dass amerikanische Komponisten des 18. Jahrhunderts mit Skalen gearbeitet haben, die ebenfalls Bergjodler aus Deutschland schon genutzt haben. Bis jetzt ist es mir noch nicht gelungen, den Zusammenhang herzustellen. Ich hoffe, das beweisen zu können.«

»Ist das wichtig?«

»Sehr wichtig«, betonte Robbins. »Erkenntnisse darüber haben weitreichende Auswirkungen über die Art der kulturellen Verschiebung, mit der wir es zu tun haben.«

»Dann wünsche ich Ihnen Glück«, sagte Liza nur.

Ihre Stimme klang kühl. Sie blickte zu Charles, aber der konnte im Moment nichts anderes tun, als so unbemerkt wie möglich mit den Schultern zu zucken. Ihm war neu, dass es noch einen weiteren Kandidaten für Keeners Geld gab, und Liza offenbar auch.

»Ich bin ein großer Verfechter der klassischen Musik«, sagte ihr Vater vom Kopf des Tisches her.

»Deshalb werden Sie es auch nicht bereuen, wenn Sie uns unterstützen«, entgegnete Robbins.

Er klang zufrieden. Siegessicher. War er ebenfalls zu diesem Wochenende eingeladen worden? Und warum hatte Lizas Vater nicht bereits nach Charles gefragt, wenn er ihn ebenfalls erwartete? Charles musste Liza unbedingt nach dem Essen danach fragen.

»Wissen Sie, Mr Keener, die Paläontologie ist sicher interessant, aber nicht das, was unsere Gesellschaft wirklich weiterbringt. Musik hat die Zeit überdauert, die Dinosaurier nicht. Was nützen uns ein paar Knochen, die irgendwo ausgebuddelt worden sind?«

»Die Paläontologie ist ein faszinierender Zweig der Wissenschaft«, sagte Liza scharf.

Charles hatte nicht vermutet, dass sie so klingen konnte. Sie vermittelte ihm eine neue Art von Respekt vor ihrer Person. Bis jetzt hatte sie den Anschein erweckt, sie nähme Charles und das, was er tat, nicht sonderlich ernst. Es beruhigte ihn, in ihr eine Tiefe zu erkennen, die er bislang vermisst hatte.

»Die Taxidermie auch«, sagte Robbins. »Dennoch, möchten Sie sich damit beschäftigen, die Haut von Tieren abzuziehen?«

»Das kann man nicht wissen«, antwortete Liza vage.

Charles hoffte, sie würde die Sache auf sich beruhen lassen. Er spürte immer mehr den Drang, für die Sinnhaftigkeit seiner Arbeit einzutreten. Das würde allerdings wenig überzeugend sein, wenn er in einem Reitjackett und zu kurzer Hose das Wort ergriffe.

Er musste dringend mit Liza unter vier Augen sprechen.

~

»Charles, das wusste ich nicht«, sagte Liza dreißig Minuten später, als sie und Charles sich in den Wintergarten zurückgezogen hatten.

Er weigerte sich, Platz zu nehmen, obwohl sie es ihm mehrfach angeboten hatte. Er mochte dieses ruhelose Umherlaufen zwar nicht, war aber zu aufgewühlt, um zu seiner inneren Gelassenheit zu finden.

»Ihr Vater will diesem Robbins vielleicht auch die fünf Millionen Dollar geben und Sie erzählen mir, dass Sie nichts davon wussten?«

»Nein«, antwortete Liza ruhig.

Sie saß auf einer geblümten Couch neben einer Topfpflanze, die dazu einlud, den Tag mit einem Buch zu verbringen und zwischendurch die beeindruckende Tiffany-Verglasung der Fenster zu bewundern. Zu jeder anderen Zeit hätte Charles den Flair des Raumes genossen.

»Ich bin ins offene Messer gerannt, Liza«, sagte Charles. »Nicht nur, dass mich Robbins Anwesenheit vollkommen unvorbereitet trifft. Ich kann Ihrem Vater nicht einmal sagen, wer ich wirklich bin.«

»Nicht in diesem Aufzug«, stimmte Liza ihm zu. »Aber spätestens morgen Mittag haben Sie Ihren Anzug wieder. Dann gehen wir zu ihm und sagen ihm, wer Sie wirklich sind.«

»Was wir von Anfang an hätten tun sollen«, sagte Charles.

»Vielleicht ja, vielleicht nein«, erwiderte Liza vage. »Sie waren es doch, der nicht wollte, dass Dad Sie so sieht.«

»Was ich aus tiefstem Herzen bereits bereue. Das können Sie mir glauben.«

Sie griff nach seinem Arm, als er ein weiteres Mal ruhelos an ihr vorbeiwanderte, und zog leicht an ihm. Es war kein fester Griff, aber er bewirkte, dass Charles sich neben sie auf die Couch fallen ließ.

»Ich habe falsch reagiert, als er uns in der Küche überrascht hat. Aber mein Vater ist kein sturer Mensch, solange man die Entscheidungen begründen kann, die man getroffen hat.«

Ihre Stimme klang sanft und beruhigend. Sie schaffte es, dass Charles seine Lage neu beurteilte und Hoffnung in ihm aufkeimte. Vielleicht war doch noch nicht alles verloren. Robert Keener war ein Geschäftsmann, der seine Entscheidungen nicht aus einer Laune heraus traf. Er hatte sich noch nicht viel mit ihm beschäftigt, aber das, was er bislang über ihn gehört hatte, bestätigte seine Vermutung.

Er spürte, wie sehr er Liza glauben wollte. Trotzdem

spukte noch etwas in seinem Kopf herum, was ihn beim Essen beunruhigt hatte. Er konnte es nur nicht greifen. Dafür nahm er nun den Duft von Lizas Parfüm wahr. Moschus und Maiglöckchen. Theresa benutzte kein Parfüm. Es rief in ihm eine Sehnsucht wach, die er nicht einordnen konnte.

Er lehnte sich zurück in das weiche Polster und fragte sich, wann er das letzte Mal einer Frau so nah gekommen war. Er schloss die Augen und versuchte, nicht an Theresa zu denken.

»Steht sie Ihnen sehr nah?«, fragte Liza, als hätte sie seine Gedanken gelesen.

»Wer?«, fragte er dennoch.

»Ihre Partnerin. Mrs Rice.«

»Miss Rice«, korrigierte er und öffnete die Augen wieder. »Miss Rice und ich werden heiraten.«

»Aber Sie lieben sie doch gar nicht.«

Die Überzeugung in ihrer Stimme verblüffte ihn. Hatte seine Schwester Sheila nicht etwas Ähnliches gesagt?

»Wie kommen Sie denn da drauf?«

»So benehmen sich keine Menschen, die sich lieben«, erwiderte Liza. Ihre Finger waren über die Lehne zu seinem Handgelenk gewandert, wo sie ihm mit dem Zeigefinger vorsichtig über den Handrücken strich.

»Nur weil wir nicht wie die Tiere übereinander herfallen?«

Er hätte ihren Finger abschütteln müssen, das wäre

er Theresa schuldig gewesen. Doch er wollte nicht, dass dieser Augenblick so schnell vorbei war.

»Wie lange sind Sie schon zusammen?«

Lizas Stimme verriet echtes Interesse. Es war keine Frage, um ihn aus dem Gleichgewicht zu bringen.

»Zwei Jahre«, antwortete er daher.

»Dann sollten Sie noch verliebt sein«, sagte Liza bestimmt. »Sind Sie verliebt?«

»Wir lieben uns«, erwiderte Charles und fragte sich, warum es sich so falsch anhörte. »Verliebt sein bedeutet verblendet sein. Und das bin ich nicht gern. Wir arbeiten für ein höheres Ziel.«

»Das Institut«, stellte Liza fest.

»Ja, das Institut.«

Sie schwiegen und beobachteten einen Käfer, der an der Scheibe entlangkrabbelte. Er hatte gesagt, was richtig war. Das, was von ihm erwartet wurde. Warum fühlte es sich dann so falsch an? Er versuchte, den Gedanken zu verdrängen. Plötzlich fiel ihm ein, was er Liza hatte fragen wollen.

»Wenn Ihr Vater mich eingeladen hat, warum fragt er dann nicht nach mir? Er hat einen Wissenschaftler erwartet und Sie liefern ihm einen vermeintlich Verrückten aus Baltimore.«

»Wahrscheinlich hat er es vergessen«, antwortete Liza und stand unvermittelt auf. »Wollen wir noch ein wenig spazieren gehen?«

Bevor er sie fragen konnte, was um alles in der Welt sie dazu veranlasste, im Dunkeln draußen herumzustolpern, öffnete sich die Schiebetür des Wintergartens und Florence trat ein.

»Ihr Vater sucht Sie schon«, sagte die Haushälterin. »Er erwartet Sie und Ihren Besuch in der Bibliothek.«

Die Bibliothek von Hillside Manor war mit ihrer riesigen Fensterfront und den hellen Ledersesseln so ganz anders, als Charles sie sich vorgestellt hatte. Unwillkürlich hatte er an hohe Regale mit schweren Folianten und einen staubigen Kamin gedacht, aber keinesfalls einen Raum erwartet, der am Tag sicher lichtdurchflutet und inspirierend war.

Robert Keener, Glenn Bullock und Robbins saßen an einem runden Tisch mit einer grünen Filzdecke. Darauf stand eine Biddingbox.

»Spielen Sie Bridge, Mr Bone?«, fragte Lizas Vater, griff nach den Karten und gab sie Bullock zum Mischen.

Tatsächlich war das ein Spiel, das Charles seit seiner Kindheit beherrschte. Sein Vater war ein leidenschaftlicher Bridgespieler, der bereits früh versuchte, seine Kinder ebenfalls dafür zu begeistern und in Charles mit seiner Liebe zu Logik und Zahlen einen willigen Lehrling gefunden hatte. Bei Sheila hatte der alte Gillham weniger Glück gehabt. Sie besaß weder den rationalen Verstand noch die mathematische Begabung wie ihr Bruder, konnte jedoch mit einem Stück Schnur und einer Blechdose ganze Welten der Fantasie entstehen lassen, in die Charles keinen Zugang fand, weil er darin nur ein Stück Holz und eine Blechdose sah.

»Tatsächlich bin ich sogar recht gut darin«, sagte er, froh, etwas gefunden zu haben, mit dem er bei Robert Keener punkten konnte.

»Sehr gut.« Lizas Vater sah zufrieden aus. »Meine Tochter ist nämlich eine miserable Spielerin.«

Er deutete auf den leeren Stuhl neben Bullock. Charles setzte sich.

Sie bestimmten die Mannschaften und Keener verteilte die Karten. Charles' Blick wanderte zu Liza, die sich Wein aus einer bauchigen Karaffe einschenkte, die auf einem Beistelltisch stand. Sie lächelte ihn an. Es war ein schönes Lächeln, das eine Reihe makellos weißer Zähne zeigte, wie Perlen auf einer Schnur. Er merkte wieder das warme Gefühl in seinem Magen, das sich ausbreitete und bis in seine Brust hochstieg. Er räusperte sich und sortierte konzentriert seine Karten.

»Bridge ist Dads zweite Leidenschaft nach dem Golf«, sagte Liza und trat hinter den Stuhl ihres Vaters.

»Die du leider nie teilen wirst«, vollendete Keener den unausgesprochenen Teil ihres Satzes. Aber sein Blick hatte nichts von Unmut an sich. Er griff nach Lizas Hand, die sie ihm auf seine rechte Schulter gelegt hatte, und drückte sie.

Charles legte seine Karten offen, nachdem das Reizen beendet war.

Sie spielten eine Weile, ohne sich über andere Dinge zu unterhalten. Wenn Charles nicht die Reitkleidung von Lizas Cousin angehabt hätte, wäre es angenehm gewesen, mit ihrem Vater eine Leidenschaft zu teilen.

Ein Klopfen riss alle aus ihrer Konzentration. Die Tür der Bibliothek öffnete sich und Florence steckte ihren Kopf herein.

»Gerade kam ein Anruf«, sagte sie. »Ich fand ihn so merkwürdig, dass ich denke, Sie sollten es wissen.«

Keener legte seine Karten verdeckt auf den Tisch und wandte seinen Kopf zu ihr.

»Wer war es?«

»Wenn ich das wüsste«, erwiderte Florence. »Eine Frau namens Rice, die ihren Verlobten sprechen wollte.«

»Das kann nur ein Missverständnis gewesen sein.«

Keener nahm seine Karten wieder auf. Er hatte bereits das Interesse verloren.«

»Das habe ich ihr auch gesagt. Aber sie beharrte darauf, dass ihr Verlobter hier in Hillside Manor sein müsse.«

Keener legte die Karten abermals zurück. Er wirkte über die Störung nicht besonders erfreut. Charles bekam ein Gefühl dafür, dass der Mann, der ein höflicher und zuvorkommender Gastgeber war, eine andere Seite barg, die es ihm ermöglicht hatte, es von einem Handelsvertreter zum Millionär zu schaffen.

Bei einer anderen Gelegenheit hätte Charles diese Seite seines Charakters spannend gefunden, aber jetzt hatte er schon bei der Erwähnung des Namens *Rice* einen Knoten im Magen verspürt. Er blickte hilflos zu Liza, die ebenso hilflos zurückschaute.

»Wie kommt sie denn darauf? Hat sie das auch gesagt?«

»Sie hat Liza erwähnt.«

Florence deutete auf die Erwähnte, als ob jemand sich im Raum befände, der nicht wüsste, wer damit gemeint war.

»Offenbar sollte er mit ihr nach Hillside Manor kommen.«

»Also die Verlobte von Ihnen, Mr Bone?«, fragte Keener und wandte seinen Kopf zu Charles.

»Ich bin nicht verlobt«, antwortete der hastig und schimpfte sich sofort einen Idioten. Er hatte die Gelegenheit verpasst, die Brisanz der Situation zu entschärfen.

»Das habe ich auch erst gedacht«, sagte Florence.

Sie war inzwischen ganz in den Raum getreten und stützte den rechten Arm in die Seite, wahrscheinlich um ihren Rücken zu entlasten.

»Aber der Name *Bone* sagte ihr nichts«, fuhr sie fort. »Sie hat einen anderen Namen genannt.«

»Und der wäre?«, fragte Keener ungeduldig. »Lassen Sie sich doch nicht alles aus der Nase ziehen.«

»Sie sprach von einem Professor Gillham.«

»Professor Gillham?«, fragte Lizas Vater verblüfft. »Das ist doch der Professor vom Institut für Archäozoologie.«

»Ihn haben Sie ebenfalls eingeladen?«, mischte sich

Robbins ein. Er klang feindselig. Seine Augen wurden klein und die Lippen noch schmaler.

»Das habe ich keineswegs«, erwiderte Keener. Er drehte sich zu Liza um, die immer noch hinter ihm stand.

»Weißt du etwas darüber?«

»Das ist das Erste, was ich höre«, antwortete Liza ruhig.

Charles bewunderte sie fast für die dreiste Art. Ihr Vater gab sich mit ihrer Aussage zufrieden.

»Also ein Missverständnis«, sagte er beruhigt. »Dann lassen Sie uns weiterspielen.«

Normalerweise hätte Charles an diesem Abend sicher jedes Spiel gewonnen. Bullock und Robbins wären keine ernst zu nehmenden Gegner gewesen. Sie reizten zu hoch und machten dann nicht genug Stiche. Robert Keener war ein hervorragender Taktiker, der allerdings eine Schwäche bei den Revokes hatte.

Insgesamt wurde es eine unrühmliche Niederlage für Charles, der ab dem Augenblick, in dem Florence von Theresas Anruf berichtet hatte, die scheinbare Kontrolle über den Abend verlor, die er vorher schon nicht besessen hatte.

»Sie haben mich angelogen«, konstatierte er zwei Stunden später, als Liza in sein Zimmer trat, nachdem sie entgegen ihrer sonstigen Art vorsichtig, fast schüchtern an seiner Tür geklopft hatte.

»Das sollte Ihnen nur helfen, Charles«, sagte sie.

»Das hat hervorragend geklappt.«

Charles fühlte sich hilflos wie so oft, wenn Unwägbarkeiten den ruhigen Gang seines Lebens in Gefahr brachten. Aber diesmal war es anders. Er spürte eine Wut in sich aufsteigen, die ihm unbekannt war. Jedoch war Liza nicht ihr Ursprung. Er war wütend auf seine Unfähigkeit, die ihn immer zum Opfer machte, wütend auf Robbins, der mit seiner unverhohlenen Art seine Arbeit herabwürdigte, und nicht zuletzt wütend auf Theresa. Sie hatte ihm ohne jeden erkennbaren Grund fast die Möglichkeit genommen zu beweisen, wenigstens einmal seine Angelegenheiten selbst zu regeln, ohne fortlaufend von ihr kontrolliert zu werden. All das hätte er herausschreien können, aber er beschränkte sich auf eine für ihn im Moment viel wesentlichere Frage.

»Warum, Liza? Warum?«

Sie antwortete nicht sofort, sondern schob sorgfältig die Ärmel ihrer Bluse nach oben, bevor sie sich neben ihn auf das Bett setzte. Sie schwieg so lange, dass Charles seine Frage fast wiederholt hätte, als sie dann doch antwortete.

»Ich hielt es für eine gute Idee, dass Sie meinen Vater an diesem Wochenende von Ihrem Projekt überzeugen könnten. Das finde ich übrigens immer noch.«

»Warum haben Sie es mir dann nicht einfach so gesagt?«

»Wären Sie mitgekommen nach dem, was heute Morgen passiert ist?«

Das war eine berechtigte Frage.

»Wahrscheinlich nicht«, gab er zu.

»Sehen Sie«, sagte sie. »Deswegen habe ich zu der kleinen Notlüge gegriffen.«

Die zu einer Katastrophe von nahezu epochalem Ausmaß angewachsen war, zumindest in Charles' eigener kleiner Welt. Liza war wie ein Wirbelsturm, der über das Land hinwegfegte und eine Schneise von Terror und Verwüstung hinterließ, ohne sich Gedanken über die Folgen ihres Handelns zu machen.

»Aber heute Morgen war meine Welt noch halbwegs in Ordnung«, sagte er dann. »Zumindest waren meine Chancen, das Geld von Ihrem Vater zu bekommen, um Längen besser, als sie es jetzt sind.«

»Ein wenig«, gab Liza zu. »Aber das hat viel weniger mit der jetzigen Situation zu tun, als Sie vermuten. Wir sollten uns mehr Gedanken über Robbins machen.«

»Sie wussten es wirklich nicht?«

Das hatte sie ihm zwar bereits versichert, aber irgendwie war Charles eine zusätzliche Bestätigung wichtig. Im Moment war sie der Mensch um ihn herum, dem er am meisten vertrauen wollte.

»Nein. Ich verstehe auch nicht, was Dad an ihm findet.«

»Das Skalenmodell ist eine äußerst komplexe These, die unsere Welt tatsächlich verändern könnte.«

Liza schien die Veränderung der Welt nicht sonderlich zu interessieren. Sie winkte ab.

»Das interessiert doch niemanden«, sagte sie.

Charles hätte ihr viel über die Vernetzung der

Strukturen erklären können, zog es aber vor, sich wieder den dringlicheren Problemen zuzuwenden.

»Was machen wir jetzt?«, fragte er.

»Wir bleiben bei unserem Plan. Morgen werden wir alles daransetzen, Dad zu überzeugen.«

Sie stand auf und strich ihren Rock glatt. Dann beugte sie sich vor und küsste den überraschten Charles auf die Wange, bevor sie das Zimmer verließ.

KAPITEL 7

Ganz gegen seine Vermutung hatte Charles fantastisch geschlafen.

Es war das erste Mal seit Jahren, dass er aus Fine Falls und Rose Haven herauskam und eine Nacht woanders als in seiner Wohnung verbrachte, von gelegentlichen Vorträgen und Fachtagungen abgesehen. Er hatte sich nach den Ereignissen des gestrigen Abends auf unruhige Stunden eingestellt, die ihn, gepaart mit der ungewohnten Weiche des Bettes, zumindest in fürchterliche Rückenschmerzen treiben würden. Doch ab dem Moment, in dem er das Licht der Nachttischlampe gelöscht und seinen von Sorgen schweren Kopf auf das Kissen aus ägyptischer Baumwolle gebettet hatte, schlief er tief und traumlos. Erst als die Sonnenstrahlen, die durch das Fenster fielen, ihren Weg durch die durchscheinende Haut seiner Augenlider suchten, erwachte er. Das Wetter von Maryland war meistens besser als das direkt an der Chesapeake Bay.

Er stützte sich auf, lehnte seinen Rücken an das Kopfteil des Bettes und überlegte, was der Tag bringen würde. Überraschenderweise schätzte er im gleißenden Licht des Morgens seine Situation nicht mehr ganz so desolat ein wie am Abend zuvor. Robert Keener war ein vernünftiger Mann, der sich anhören würde, was er zu sagen hatte, solange er es ihm in Abwesenheit von Liza erklären konnte. Immer wenn sie in seiner Nähe war, schien alles schiefzugehen.

Beim Gedanken an Liza fuhr ein Zucken durch seine Magengrube. Sie hatte ihn geküsst und war ohne weitere Erklärungen aus dem Zimmer gegangen, zu einer Zeit, in der er eine Erklärung nötig gehabt hätte. Es irritierte ihn weniger, dass sie es getan hatte. Mehr beschäftigte ihn das Gefühl, das dieser Kuss ihn ihm hinterlassen hatte.

Charles begann, sich nach einer Tasse Kaffee zu sehnen, ein Verlangen, dem er selten nachgab. Theresa hielt nichts von dem *schwarzen Gift* und hatte ihn mit einer Vielzahl von beruhigenden Teesorten ausgestattet, auf die er sowohl in seiner Wohnung als auch im Institut traf. Er hatte vor ihrer Verlobung gerne Kaffee getrunken.

Er schwang seine Beine aus dem Bett und streckte sich, um auch den Rest von Müdigkeit aus seinem Körper zu vertreiben. Ihm würde nichts anderes übrig bleiben, als in Turnierjackett und Reithose zum Frühstück zu erscheinen und er sehnte sich nach dem

Moment, in dem er wieder in seinen alten, aber gepflegten Anzug schlüpfen konnte. Der würde ihm endlich die Sicherheit geben, die er jetzt so dringend brauchte.

Als er auf dem Nachttisch nach seiner Uhr griff, stellte er fest, dass es für das Frühstück nun sicher zu spät war. Vielleicht war Liza mit seinem Anzug sogar schon wieder zurück. Sie hatte ihn gestern mitgenommen, nachdem er duschen gegangen war.

Er stand auf und trat ans Fenster. Der Raum bot ihm einen Blick auf den prächtig angelegten Garten.

Bei dem Ausblick fuhr ihm ein erneuter Stich durch seine Magengegend, der nicht halb so erfreulich war wie der erste. Er musste den Brustbeinkamm finden, auch wenn es bedeuten würde, Sammy den ganzen Tag zu verfolgen und darauf zu vertrauen, dass er ihn wieder ausgraben würde. Er hoffte, dass ihm das gelänge, ohne Keener darauf aufmerksam zu machen. Er wusste nicht, was der von einem Professor halten würde, der einem Hund hinterherlief, um Löcher mit ihm zu graben.

Gerade als er darüber nachdachte, ob er Lizas Vater diesbezüglich nicht auch die Wahrheit sagen sollte, hörte er vor dem Haus das Geräusch eines ankommenden Wagens. Offenbar kam Liza aus Fairhaven zurück. Das bedeutete, er konnte hier auf sie warten und musste sich nicht wieder in das lächerliche Reitoutfit von Cousin Bradley zwängen, das an allen Ecken und Enden zwickte, an denen es nicht so kurz war.

Er kehrte zurück zu seinem Bett und setzte sich, aber Liza kam nicht. Warum ließ sie sich dermaßen Zeit? Sie wusste doch genau, wie dringend er auf sie wartete. Er erhob sich und ging über den weichen Teppich zur Zimmertür, die er einen Spalt öffnete und hinausschaute. Der Flur war menschenleer. Gerade als er sich wieder zurückziehen wollte, um weiter auf seine Rettung zu warten, bemerkte er Stimmen, von denen ihm die eine bekannt vorkam.

»Erzählen Sie mir nicht, dass er nicht hier ist«, hörte er Theresa sagen, die mit ihrer durchdringenden, aufgeregten Stimme in der oberen Etage problemlos zu verstehen war. »Er wollte gestern mit Ihrer Tochter hierherfahren.«

»Ich habe Ihnen am Telefon bereits gesagt, dass es sich nur um ein Missverständnis handeln kann«, vernahm er die ruhige, aber dennoch nachdrückliche Stimme der Haushälterin. »Miss Keener hat Besuch mitgebracht, der aber keinesfalls Ihr Bekannter ist.«

»Verlobter«, hörte Charles Theresa zischen.

Er beschloss, dass er nicht auf die Ankunft seines Anzugs warten konnte. Er musste noch einmal Bradleys Kleidung anziehen.

»Ich gehe nicht hier weg, bevor ich Charles gesehen habe«, tönte es nach oben, als er sich an dem geschwungenen Handlauf der Treppe entlanghangelte.

Er brauchte den Halt, damit er Herr über seine schwammigen Knie bleiben konnte.

»Sie können hier nicht bleiben.«

Der Tonfall der Haushälterin war schärfer geworden, als hätte sie in diesem Augenblick beschlossen, ihre Höflichkeit abzulegen.

Charles war in der Mitte der Treppe angekommen. Von dort aus konnte er durch die Sprossen des Geländers beobachten, was sich im Foyer abspielte, ohne selbst gesehen zu werden. Er musste nur darauf achten, sich nicht zu weit über das Geländer zu beugen.

Florence stand vor Theresa, die auf einem Stuhl neben dem Telefontisch saß und wie zum Schutz ihre Handtasche vor ihren Körper hielt, als erwarte sie einen Schlag von Florence, die sich mit verschränkten Armen vor ihr aufgebaut hatte.

»Ich möchte Mr Keener sprechen«, sagte sie und klopfte sich vor die Brust, um ihre Aussage zu unterstreichen.

»Mr Keener ist heute Vormittag in Fairhaven.«

»Dann seine Tochter.«

»Miss Keener ist ebenfalls nicht hier«, erwiderte Florence Harris.

Die Haushälterin seufzte, als spräche sie mit einem besonders trotzigen Kind. Charles konnte sich vorstellen, dass sie ebenso mit Liza gesprochen hatte, als diese noch ein Kind war. Er versuchte, sich Liza als kleines Mädchen mit schwarzen Zöpfen vorzustellen, aber es gelang ihm nicht, eine Verbindung mit der hochgewachsenen grazilen Gestalt zu knüpfen, die sie heute war.

Er glaubte einen Moment, er wäre verrückt geworden, da er in dem Augenblick an so etwas denken musste. Es gab keinen Grund, die Lage nicht aufzuklären. Schließlich hatte er das heute sowieso vorgehabt. In dem Fall könnte es sich als Glück erweisen, dass Theresa hier war. Theresa, die in ihrer Haltung immer klar und stringent war. Sie würde Robert Keener gefallen.

Gerade als er sich dazu entschlossen hatte, hinunterzugehen und alles aufzuklären, hörte er das Dröhnen des Camaro, dessen Geräusch ihm seit gestern noch gut in Erinnerung war. Wie hatte er vorhin diesen Krach mit dem leisen Schnurren von Theresas Chevy Spark verwechseln können? Eine Autotür schlug und es waren Schritte auf dem Kies zu hören. Die Haustür öffnete sich und Liza trat ein.

Sie hatte ihre Handtasche unter den linken Arm geklemmt und trug an einem Kleiderbügel einen Wäschebeutel, in dem Charles seinen sehnlichst erwarteten Anzug vermutete. Er wünschte, er könnte sich in dem Moment mehr darüber freuen.

»Miss Keener«, entfuhr es Theresa, die ebenso gebannt wie er zur Haustür geblickt hatte. Sie legte die Handtasche vor ihrer Brust zur Seite und stand auf. »Wo ist Charles? Was ist hier eigentlich los?«

Jetzt war definitiv der Moment, sein Vorhaben in die Tat umzusetzen und hinunterzugehen, aber Charles stand immer noch wie angewurzelt am oberen Abschnitt der Treppe.

Liza antwortete nicht sofort, sondern legte ruhig ihre Handtasche auf den Tisch neben der Eingangstür und hängte den Kleiderbügel an die schmiedeeiserne Garderobe. Dabei überprüfte sie kurz ihr Aussehen im Spiegel und strich sich – wahrscheinlich imaginäre – Flusen vom Ärmel ihrer Jacke. Charles vermutete, dass sie Zeit gewinnen wollte. Er konnte förmlich sehen, wie sich die Rädchen in ihrem Kopf drehten und nach einem Ausweg aus diesem Dilemma suchten. Diesen konzentrierten Gesichtsausdruck hatte er bereits vorher schon ein paarmal bemerkt. Als sie ihr Erscheinungsbild tadellos fand, drehte sie sich um und blickte Theresa ins Gesicht.

»Miss Rice, richtig?«, fragte sie freundlich, aber Charles entging es nicht, wie sehr sie das Wort *Miss* betonte.

»Sagen Sie mir jetzt bitte, wo mein Verlobter ist«, insistierte Theresa, die offenbar keine Lust auf Höflichkeitsfloskeln hatte.

»Ist er nicht bei Ihnen? Ehrlich gesagt hatte ich das gehofft.«

Liza zog ruhig ihren Blazer aus und hängte ihn ebenfalls an die Garderobe. Charles fragte sich, ob sie wirklich so gelassen war, wie sie erschien. Aber wahrscheinlich hatte sie wieder einen ihrer Pläne geschmiedet, die ihn in der jüngsten Vergangenheit bereits mehrfach in Schwierigkeiten gebracht hatten. Wie würde es nach ihrer Schwindelei jetzt aussehen, wenn er einfach nach unten ginge? Wenn es einen Moment dafür gegeben hatte, war er jetzt definitiv vorbei.

»Ich habe nichts mehr von ihm gehört seit gestern, seit er gestern Nachmittag nach Hause gegangen ist, um für die Fahrt zu packen.«

»Und jetzt ist es ... zehn Uhr?« Liza schaute betont übertrieben auf ihre zierliche Armbanduhr. »Vielleicht sollten Sie die Polizei einschalten.«

»Er meldet sich immer spätestens am nächsten Morgen bei mir«, antwortete Theresa.

Falls Theresa den Sarkasmus in Lizas Stimme gehört hatte, ließ sie es sich nicht anmerken, aber das war bei ihr allgemein schwierig, da sie jegliche innere Regung perfekt unter Kontrolle hatte.

»Er ist ein erwachsener Mann.«

»Wie ich sehe, haben Sie keine Ahnung, wie ein Wissenschaftler seines Formats tickt«, sagte Theresa.

Charles konnte die Überheblichkeit, die in ihren Worten mitschwang, deutlich hören. Menschen wie Liza Keener waren für Theresa hübsche, aber nutzlose Wesen, die nichts zum geistigen und kulturellen Fortbestand der Menschheit beitrugen.

»Er ist trotzdem ein Mann«, entgegnete Liza, deren Stimme eine Nuance schärfer geworden war. »Vielleicht möchte er auch mal als solcher behandelt werden.«

»Ihn als Mann zu sehen, Miss Keener, ist eine lässliche Dummheit, die ich Ihnen verzeihen werde«, sagte Theresa.

Charles veränderte seine Haltung, um sie zwischen den Sprossen des Geländers wieder besser sehen zu können. Das hoch erhobene Kinn und der durchgedrückte Rücken verrieten ihm, dass sie sich über Liza ärgerte, aber nicht bereit war, es sich anmerken zu lassen. Des Weiteren traf es ihn, dass sie seine männlichen Qualitäten, die bestimmt irgendwo in ihm verborgen waren, nicht sehen konnte. Eigentlich war es nicht fair, weil er selbst Schwierigkeiten hatte, diese zu erkennen. Erkannte Liza etwas in ihm, was ihm bislang verborgen geblieben war?

»Sie sollten nach Hause fahren, um dort auf seinen Anruf zu warten«, ging Liza über die offensichtliche Beleidigung hinweg.

Charles war froh darüber. Es wäre Theresa merkwürdig vorgekommen, wenn Liza sich weiter über das Thema seiner Männlichkeit ereifert hätte. Schließlich hatte sie ihn nach Theresas Wissen gestern nur einmal kurz im Institut getroffen. Er konnte beide Frauen nicht gleichzeitig sehen, aber er erkannte eine Abwehrhaltung bei Theresa, die sie nur dann einnahm, wenn ihr etwas höchst zuwider war. Sie fühlte sich von Liza offensichtlich herausgefordert.

Draußen war erneut das Geräusch eines sich nähernden Autos zu hören. Charles betete, dass es weiteres Hauspersonal war, glaubte aber nicht ernsthaft daran. Er fühlte die Katastrophe herannahen und bewegte sich wieder ein Stück nach rechts, um Lizas Reaktion beobachten zu können. Auch sie sah beunruhigt aus.

»Ihr Vater kommt«, sprach Florence seine Befürchtung aus.

»Endlich«, sagte Theresa. »Vielleicht kann er mir sagen, was hier los ist. Gestern durfte ich ja nicht mit ihm selbst sprechen.«

Das war eindeutig an Florence gerichtet.

»Ich behellige Mr Keener nur mit wirklich wichtigen Dingen«, reagierte diese souverän auf Theresas Spitze. »Ein verschwundener Verlobter gehört nicht dazu.«

Sie klang wie die Sekretärin eines Geschäftsmagnaten, die immer in der Lage war, Wichtiges von Unwichtigem zu trennen. Viele Dienstjahre hatten ihren Blick anscheinend dafür geschärft.

Charles schlich ein paar Stufen weiter hinauf, bis Theresa aus seinem Sichtfeld verschwand, er dafür aber die Haustür besser im Blick hatte. Es kam ihm wie Minuten vor, bis sie sich öffnete, wahrscheinlich handelte es sich jedoch nur um wenige Sekunden.

Robert Keener trat ein und kurz nach ihm der Anwalt Glenn Bullock und Robbins.

Falls Keener sich wunderte, die nächste fremde Person innerhalb von 14 Stunden in seinem Haus anzutreffen, ließ er es sich nicht anmerken.

Er blickte erst zu Theresa und dann zu Liza, als mache er sich den Unterschied zwischen ihr und seiner Tochter bewusst. Charles erkannte ebenfalls, welche Lebensfreude aus Liza strahlte, ganz so, als hätte sie diese aus Theresa förmlich herausgesaugt. Er verspürte plötzlich ein unbändiges Gefühl des Verlusts, als wäre er um etwas betrogen worden, das er jedoch nie besessen hatte.

»Florence, wer ist die Dame?«, fragte Keener die Haushälterin, als wäre sie die Einzige, die ihm eine eindeutige Antwort darauf geben könnte.

»Theresa Rice«, erwiderte Charles' Verlobte stattdessen, bevor Florence auch nur den Mund aufmachen konnte. »Sie erinnern sich vielleicht an meinen Namen.«

»Sie sind die Assistentin aus dem Institut für Archäozoologie«, stellte er fest. »Ich freue mich, Sie kennenzulernen, auch wenn ich es besser gefunden hätte, Ihren Besuch vorher anzumelden.«

Charles sah, wie der Anwalt genickt hatte, als Theresa ihren Namen erwähnte. Er erinnerte sich, dass sie bereits mehrmals mit ihm Kontakt gehabt hatte. Robbins verzog seine Augen zu kleinen Schlitzen und hob dabei den Kopf, als erinnere ihn ihre Person an etwas Unangenehmes. Er war sicher nicht begeistert davon, dass die Verlobte seines Konkurrenten hier auftauchte und garantiert im Sinn hatte, ihm den Rang abzulaufen.

»Es tut mir leid, Mr Keener, aber diese Sache duldet keinen Aufschub. Professor Gillham ist seit gestern verschwunden.«

»Und Sie glauben jetzt, ich hätte ihn hier versteckt?«, fragte der Angesprochene.

»Natürlich nicht«, erwiderte Theresa.

Sie klang verärgert. Charles wäre es nicht im

Entferntesten eingefallen, dem Mann seinen Unmut spüren zu lassen, der es in der Hand hatte, den Erhalt des Instituts auf Jahre zu sichern oder es untergehen zu lassen.

»Ich weiß aber, dass Professor Gillham gestern Abend nach Hillside Manor kommen wollte, um hier das Wochenende zu verbringen. Sie haben doch eine Einladung ausgesprochen.«

»Wer erzählt denn so einen Unsinn?«, fragte Keener.

»Sie«, rief Theresa triumphierend aus und zeigte mit dem Finger auf Liza, als hätte sie die ganze Zeit darauf gewartet.

Keener verlagerte seinen Blick auf seine Tochter.

»Was erzählst du denn da?«

Er klang eher verblüfft als ungehalten.

»Ich hielt es für eine gute Idee«, erwiderte Liza überraschend souverän. »Nach dem, was du mir gestern Morgen erzählt hast, wollte ich, dass du Professor Gillham besser kennenlernst.«

»Du hättest mich fragen können.«

»Du sagst mir doch immer, man solle nicht so viel reden, sondern mehr handeln.«

Keener seufzte und wandte sich wieder Theresa zu.

»Ich möchte mich für das Vorpreschen meiner Tochter entschuldigen. Aber ich versichere Ihnen, Professor Gillham ist nicht hier.«

»Aber sie hat gestern doch Besuch mitgebracht«, mischte sich Robbins ein.

Charles konnte ihm seine diebische Freude über die Situation anhören. Er würde jede Möglichkeit ergreifen, einen Rivalen schlecht dastehen zu lassen. Er war überzeugt, etwas auf der Spur zu sein, auch wenn er noch nicht genau bestimmen konnte, was es war.

»Ja, hat sie«, antwortete Keener geduldig. »Jedoch hat dieser Mr Bone nicht im Entferntesten etwas mit Professor Gillham zu tun.«

»Mr Bone?«, fragte Theresa. »Welcher Mensch heißt denn so?«

»Mein Bekannter aus Baltimore«, sagte Liza. »Ich wollte Professor Gillham gestern mitnehmen, das stimmt. Aber als ich zu Hause losfahren wollte, war er nicht da. Ich habe eine Weile vor dem Haus gewartet, jedoch ist er nicht gekommen.«

Diese Lüge ging ihr elegant über die Lippen. Charles bewunderte sie dafür. Ihn hatte die ganze Situation bereits so sehr eingeschüchtert, dass er das Anwesen am liebsten durch sein Schlafzimmerfenster verlassen hätte und zu Fuß nach Fine Falls gewandert wäre.

»Sie sehen also, wir haben Gillham weder gesehen noch gekidnappt«, sagte Keener. »Fahren Sie nach Hause und warten Sie darauf, dass er sich meldet. Das wird er sicher bald tun.«

»Können wir Ihnen nach dem langen Weg eine Tasse Kaffee anbieten?«

Liza lächelte Theresa an. Man hätte ihr die Fürsorge fast abkaufen können. Doch Charles vermutete, sie kostete ihren Triumph aus und wollte seine Verlobte das auch spüren lassen. Ihm bestätigte es nur, dass sie wirklich verrückt war.

»Einen Kaffee nehme ich gern«, erwiderte Theresa zu seinem Erstaunen. Sie sah aus wie ein Ballon, aus dem man die Luft herausgelassen hatte.

»Florence, nehmen Sie Miss Rice mit in die Küche und sorgen Sie dafür, dass sie etwas frühstückt«, ordnete Keener an.

Charles schlich die Stufen hinauf, zurück in den Gang, in dem er sein Zimmer hatte.

Nun würde er Robert Keener auf keinen Fall mehr sagen können, wer er wirklich war.

Es dauerte noch eine Weile, bis Liza zu Charles gehen konnte.

Sie ärgerte sich, Theresa einen Kaffee angeboten zu haben. Aber sie wollte ihr Gefühl der Überlegenheit auskosten. Überlegenheit, weil sie im Moment die Einzige war, die wusste, wo Charles sich wirklich aufhielt. Irgendwie brachte sie das ihm näher. Wenn er zu Theresa nicht so viel Vertrauen hatte, ihr zu erzählen, in welcher Klemme er steckte, verdiente sie es nicht besser.

Ihr Vater bestand darauf, dass sie Theresa in die Küche begleitete. Liza wusste, dass er Höflichkeit gegenüber Gästen einen hohen Stellenwert einräumte, selbst dann, wenn sie nicht ausdrücklich eingeladen waren.

Daher stand sie an die Arbeitsplatte gelehnt, während Florence Kaffee, Brot und Aufschnitt auf den

Tisch stellte. Sie beobachtete Theresa, die sich Kaffeesahne in die Tasse goss, um dann mit einem konzentrierten Gesichtsausdruck das Milchkännchen, den Zucker und die Butterdose wie Soldaten auf der Tischplatte anzuordnen, bis alle im gleichen Abstand zueinander standen. Es konnte nicht schaden, etwas Öl ins Feuer zu gießen.

»Eigentlich ist es ein Glück, dass Charles nicht da ist«, sagte Liza betont freundlich. »Er hätte sich sicher nicht sehr wohlgefühlt.«

»Professor Gillham«, korrigierte Theresa sie mit nicht schwer zu deutendem Gesichtsausdruck. Ganz offensichtlich fand sie Liza nervtötend. Wahrscheinlich nutzlos. Auf jeden Fall glaubten das viele Leute, die sie für eine reiche und überaus hübsche Erbin hielten, die ihren Tag wahrscheinlich damit verbrachte, ihre Nägel lackieren zu lassen und shoppen zu gehen. Vorurteile dieser Art begegneten Liza fast täglich, seit sie in Fine Falls war. In Kalifornien hatte sich nie jemand dafür interessiert.

»Professor Gillham, natürlich«, wiederholte Liza betont spöttisch. »Professor Gillham hätte sich hier nicht wohlgefühlt.«

»Charles fühlt sich überall wohl«, entgegnete Theresa.

Sie ballte die Hand, in der sie das Buttermesser hielt, zur Faust, bis ihre Fingerknöchel weiß wurden. Vermutlich hätte sie versucht, Liza damit zu erstechen, wenn beide alleine in der Küche gewesen wären. Florence hatte begonnen, die Frühstücksteller in die

Spülmaschine zu räumen und vermittelte gekonnt den Eindruck, gar nicht im Raum zu sein.

»Da haben Sie wahrscheinlich recht«, sagte Liza freundlich. »Leider gibt es noch einen weiteren Anwärter auf Vaters Stiftung. Der ist dieses Wochenende ebenfalls hier. Ich weiß nicht, wie gut sich Professor Gillham bei diesem Konkurrenzkampf geschlagen hätte.«

»Glauben Sie, ich weiß nicht, was Sie vorhaben«, entgegnete Theresa, ohne auf das Gesagte einzugehen. Nur ihren angespannten Kieferknochen war anzusehen, dass sie begriffen hatte, wie nah sie daran waren, das Geld zu verlieren.

»Ich weiß nicht. Was habe ich denn vor?«, fragte Liza.

Sie sagte es so gelassen, dass es Theresa schwerfallen würde, ihr das nicht abzukaufen.

»Sie wollen mit aller Gewalt verhindern, dass Charles dieses Geld bekommt. Warum? Weil sonst nicht genug für Sie übrig bleibt? Haben Sie nicht bereits genug?«

Der emotionale Ausbruch hatte ihre Gesichtszüge nicht schöner gemacht, aber die Verzweiflung in ihrer Stimme war echt. Offenbar war es um das Institut wirklich nicht gut bestellt.

»Wie kommen Sie darauf, dass ich ihm das nicht gönne?«, fragte Liza verblüfft.

Sie hatte typisch weibliches Gezicke und Eifersuchtstiraden erwartet. Damit hätte sie umgehen können. Die unerwartete Anschuldigung traf sie nun wie ein

Schlag aus dem Hinterhalt. Noch nie hatte ihr jemand unterstellt, dass sie einem etwas nicht gönnte.

»Weil Charles sonst hier wäre. Sie haben ihn eingeladen und er ist nach Hause gegangen, um ein paar Sachen zu packen. Es ergibt überhaupt keinen Sinn, dass er seine Meinung plötzlich geändert haben soll.«

Florence ließ mit einem leisen *Plopp* die Spülmaschine zufallen und drehte an den Knöpfen. Das zuströmende Wasser im Inneren begann zu rauschen. Sie warf Liza einen prüfenden Blick zu, der diese dazu veranlasste, ihre Augen niederzuschlagen. Vor Florence konnte sie schlecht etwas geheim halten. Sie hatte sie immer durchschaut. Schon seit sie ein kleines Mädchen war, das mit einer Sandschaufel im Wohnzimmer gestanden und damit versucht hatte, die Keksdose nach vorne zu ziehen. Florence war gekommen und hatte ihr wortlos eine Trittleiter gebracht, obwohl Liza sich Mühe gegeben hatte, unschuldig zu wirken.

»Wenn ich irgendwie helfen kann, ihn zu finden, mache ich das gerne«, bot Liza sich an. »Vielleicht finden wir ihn zu zweit schneller.«

Auf einmal kam sie sich vor wie ein Schuft.

»Das ist eine gute Idee«, mischte Florence sich ein. »Manchmal taucht jemand schneller wieder auf, als man es erwartet. Oft sind die Verschwundenen auch ganz in der Nähe.«

Wieder durchbohrte sie Liza mit diesem Blick. Liza stieß sich von der Arbeitsplatte ab und drehte sich zu ihr um.

»Nein, danke. Das mache ich selbst«, lehnte Theresa

Lizas Angebot ab, erhob sich und nahm noch einen Schluck aus ihrer Kaffeetasse. »Bringen Sie mich bitte zur Tür. Ich möchte fahren.«

~

Liza klopfte an Charles' Zimmertür, wartete aber nicht ab, bis er *Herein* sagte. Sie war so prall gefüllt mit Neuigkeiten, dass ihr das nicht besonders wichtig erschien.

Charles saß auf dem Sessel neben dem Fenster und starrte hinaus, als gäbe es in dem Garten außer Rhododendren und Maulbeerbäumen etwas Besonderes zu sehen. Eigentlich rechnete sie damit, dass er sie für ihr Hereinplatzen rügen würde, aber er schwieg. Er wandte noch nicht einmal den Kopf in ihre Richtung.

»Ich bin wieder da«, sagte sie für den Fall, dass er es nicht mitbekommen hatte.

Sie wartete auf eine Reaktion, die nicht kam. Liza war beunruhigt. Er sah eingefallen und alt aus.

»Alles in Ordnung?«, fragte sie und trat an ihn heran, um sanft seine Schulter zu berühren.

Er zuckte zusammen, als wäre er gerade erst wach geworden.

»Die Cephalanthus occidentalis blüht nicht mehr«, sagte er, während er in diese Richtung zeigte. »Das ist ungewöhnlich, denn um diese Jahreszeit müsste sie eigentlich blühen.«

Liza wusste nicht, was die Cephalanthus occidentalis war, aber sie war sich sicher, dass es sie nicht interessieren würde. Sie fragte sich, ob Charles überhaupt etwas von dem Vorfall im Foyer mitbekommen hatte. Vielleicht waren Wissenschaftler so. Immer in ihrer eigenen Welt, in der unzusammenhängende Gedanken wie Wasserblasen in einem Teich nach oben ploppten.

»Charles, kommen Sie wieder in die Wirklichkeit. Ich brauche Sie im Hier und Jetzt.«

»Die Flora hier ist äußerst faszinierend«, erwiderte er, ohne auf sie einzugehen. »Ich wollte mich immer schon einmal damit beschäftigen. Wahrscheinlich habe ich in Zukunft auch die Zeit dazu.«

»Sie wissen, was unten passiert ist?«, fragte Liza vorsichtig.

»Ich stand auf der Treppe«, antwortete er und blickte sie zum ersten Mal an, seit sie das Zimmer betreten hatte. »Ist Ihnen eigentlich klar, dass ich Ihrem Vater jetzt auf keinen Fall mehr sagen kann, wer ich bin, und was das für das Institut bedeutet?«

»Wäre es Ihnen lieber gewesen, ich hätte das in Anwesenheit Ihrer Verlobten getan?«

»Alles wäre besser gewesen als die Situation, in der ich nun bin.«

Liza wollte ihm sagen, dass alles gut werden würde, aber sie glaubte im Moment selbst nicht daran. Ihrem Vater nun die verworrene Lage zu erklären, würde schwierig werden.

Sie nahm auf dem Sessel gegenüber Platz. Die Gästezimmer des Hillside Manor waren so groß, dass sie außer einem Bett immer zwei Sitzgelegenheiten, einen Tisch und einen Schreibtisch besaßen, an dem man seine geschäftlichen Angelegenheiten regeln konnte.

»Es kommt schon alles wieder in Ordnung«, sagte sie, beugte sich vor und nahm seine Hand in die ihre. Seine Finger waren weich, aber kalt. Sie registrierte zufrieden, dass er sie nicht zurückzog.

»Meinen Sie?«, fragte er. »Dann haben Sie auch sicher eine Idee, wie das bewerkstelligt werden kann.«

Liza hatte keine, aber ihr Gehirn lief bereits auf Hochtouren.

»Mein Dad hat Sie zuvor noch nicht gesehen, richtig?«

»Ja. Er hatte bis jetzt nur mit Theresa Kontakt, und das auch nur telefonisch. Sie regelt eigentlich alles Formelle, was das Institut betrifft.«

»Dann ist die Sache doch ganz einfach.«

Der Gedanke war ihr gerade erst gekommen. Er flatterte noch hektisch in ihrem Kopf herum, doch sie hatte bereits die Hand nach ihm ausgestreckt, um ihn zu greifen. Auf ihr Improvisationstalent konnte sie sich immer verlassen.

»Wir brauchen nur einen Doppelgänger«, sagte sie stolz. »Jemand, der kommt und Ihre Rolle einnimmt.«

»Sind Sie verrückt geworden?«

»Lassen Sie den Gedanken doch einfach mal zu.«

Aufgeregt ließ sie seine Hand los und stand auf, um unruhig im Zimmer hin und her zu laufen.

»Ein netter junger Wissenschaftler klingelt heute Nachmittag an der Tür, stellt sich als Professor Gillham vor und entschuldigt sich, dass er erst heute kommt.«

»Mal angenommen, ich folge einen Moment Ihren kruden Gedankengängen: Ihnen ist schon bewusst, dass Ihr Vater mich gar nicht eingeladen hat?«

»Aber ich«, erwiderte Liza triumphierend. »Das habe ich ihm vorhin selbst erzählt. Das musste ich, weil Theresa es erwähnt hat.«

Charles strich mit der Hand eine Weile die Falten der Tischdecke glatt, um am anderen Ende wieder neue zu erzeugen.

»Das ist sehr bizarr«, sagte er dann.

»Weniger als Sie denken. Der nette junge Wissenschaftler plaudert nett mit Dad, macht einen guten Eindruck und verabschiedet sich nach dem Abendessen wieder. Das ist perfekt.«

»Und wo wollen Sie diesen *netten jungen Wissenschaftler* so schnell herbekommen? Ich kenne keinen, der so etwas machen könnte.«

Eigentlich war es traurig. Er sagte nur damit, dass er keine Freunde hatte. Liza hatte zwar einige, allerdings befanden die sich im Moment fast ausschließlich am anderen Ende des Landes.

»Haben Sie nicht eine Schwester?«, fragte sie dann.

KAPITEL 8

Liza vermutete, dass es inzwischen nicht mehr viel gab, mit dem sie Charles überraschen konnte, obwohl sie sich erst seit einem Tag kannten. Es war jedoch wichtig, dass Charles von Anfang an wusste, mit wem er es zu tun hatte. Schließlich wollte sie den Rest des Lebens mit diesem Mann verbringen. Über noch nichts war sie sich jemals so sicher gewesen.

Liza hatte bereits seit ihrer Teenagerzeit Verehrer gehabt, da ihr gutes Aussehen gepaart mit einer Menge Geld die verlockendste Kombination war, die selbst im Sonnenstaat Kalifornien im Allgemeinen als auch in Los Angeles, der Stadt der Reichen und Schönen, im Speziellen begehrt war.

Jedoch hatte sie sich nie sonderlich für die Yuppies des Jetsets interessiert. Das Werben der Neureichen beeindruckte sie nicht, auch die oft eindeutigen Angebote in ihrer Collegezeit langweilten sie. Der erste

Junge, mit dem sie ausgegangen war, war Norman Williams gewesen, ein pickliger Typ mit Sprachfehler und schlechtem Haarschnitt. Sie wusste, dass er nicht in ihrer Liga spielte, doch seine zuvorkommende Art gefiel ihr und gab ihr das Gefühl, nicht nur auf Geld und Aussehen reduziert zu werden. Norman erwies sich beim näheren Kennenlernen als gefühlvoller und witziger Mensch, dessen Nähe sie umso mehr zu schätzen wusste, je mehr Zeit sie mit ihm verbrachte. Tatsächlich waren sie fast ein Jahr zusammen gewesen, bevor Norman nach Rhode Island umzog, weil er dort ein Stipendium an der Brown Universität bekam. Sie sollten sich nie wiedersehen.

Als sie Charles betrachtete, der sie bei der Frage nach seiner Schwester mit einer Mischung aus Unverständnis und Entrüstung anstarrte, spürte sie umso mehr, dass sie ihr ganzes Leben auf den Moment gewartet hatte, in diese verwirrten Augen zu blicken.

»Was hat meine Schwester damit zu tun?«, fragte er, obwohl er die Antwort auf diese Frage ganz sicher kannte.

»Stellen Sie sich nicht an wie ein Idiot«, antwortete sie uncharmant. »Das liegt doch auf der Hand.«

»Das tut es wohl«, antwortete Charles, der offenbar mit dieser Taktik Zeit gewinnen wollte. »Aber Ihnen ist schon aufgefallen, dass meine Schwester eine Frau ist?«

»Sie ist Ihnen gegenüber loyal und sie ist verfügbar.« Liza winkte ab. »Mein Vater weiß nicht, dass Professor Gillham ein Mann ist.«

»Aber sicher, dass ich Charles heiße. Das ist ein männlicher Vorname.«

»Oder eine Abkürzung für Charlotte. Ein Spitzname eben.«

»Professoren haben keine Spitznamen.«

»Woher wissen Sie das so genau?«

Sie fixierten sich gegenseitig, bis Charles aufgab und seinen Blick senkte.

»Hören Sie, Charles«, begann Liza mit sanfter Stimme, wofür sie ihre Tonlage eine Oktave senkte. Sie hatte einmal gelesen, dass das beruhigend wirken sollte.

»Ihre Lage ist – sagen wir mal – unglücklich. Ist Ihre Schwester nett?«

»Sheila ist fantastisch«, gab Charles zu.

»Sehen Sie. Dann werden Sie kein Problem haben, sie davon zu überzeugen, dass sie herkommen muss.«

»Liza, das ist Irrsinn.« Charles rang mit den Händen, als kämpfe er gegen einen unsichtbaren Gegner. »Theresa hat mehrfach ihren *Verlobten* erwähnt. Womit erklären wir das? Mit einer spontanen Geschlechtsumwandlung?«

Darüber hatte Liza bereits nachgedacht. Sie hatte jede Sekunde analysiert, nachdem ihr Vater das Haus betreten und mit Theresa gesprochen hatte.

»Nicht in Anwesenheit meines Vaters«, sagte sie bestimmt.

»Aber in Anwesenheit Ihrer Haushälterin«, entgegnete Charles. »Gestern beim Abendessen hat diese auch davon gesprochen, dass meine Verlobte angerufen hat.«

Liza sah darin nicht die Begründung, ihren Plan zu den Akten zu legen.

»Eine semantische Ungenauigkeit«, erwiderte sie. »Die Leute reagieren so, wie sie die Lage beurteilen. Natürlich geht Dad davon aus, dass der oder die Verlobte von Miss Rice ein Mann ist. Das haben wir schnell wieder vom Tisch.«

»Professor Gillham ist lesbisch? Das ist natürlich sehr viel besser«, sagte Charles ironisch.

»Für meinen Vater schon«, erwiderte Liza. »In solchen Dingen ist er für sein Alter wirklich sehr progressiv.«

»Gestern war ich noch ein angesehener Wissenschaftler. Heute bin ich entweder homosexuell oder durchgedreht«, sagte Charles. Er klang erschüttert. »Mit so einem Abstieg habe ich nicht gerechnet, als ich gestern Morgen aufgestanden bin.«

»So lernt man jeden Tag etwas Neues«, sagte Liza lakonisch. »Für mich ist es die bestmögliche Lösung des Problems. Eine Frage der Sichtweise.«

»Florence wird uns verraten.«

Aus seiner Stimme hörte sie, dass er seinen Widerstand langsam aufgab.

»Ich rede mit ihr«, versprach Liza.

Florence war auf ihrer Seite. Das war sie immer gewesen. Ihr Verhalten vorhin in der Küche bewies, dass sie schon jetzt mehr wusste. Aber sie hatte Liza nicht verraten und würde es auch jetzt nicht tun.

»Rufen Sie Sheila an«, sagte sie und wandte sich zum Gehen. »Ich rede mit Florence.«

Seit Liza denken konnte, war Florence da gewesen.

Ihre erste Erinnerung an sie hatte sie, als die Haushälterin ihr die Schürfwunde am Knie mit einem feuchtwarmen Waschlappen abwusch, nachdem sie im Park von einem Baum gefallen war, weil sie einem Schmetterling hinterherkletterte. Der Kuss, den sie ihr auf die Stirn gab, als sie Liza sachte von ihrem Schoß rutschen ließ, war ebenso feuchtwarm gewesen und hatte ihr ein Gefühl gegeben, geliebt und beschützt zu werden. Als sie älter wurde, wusste sie, dass ihre Mutter zu dem Zeitpunkt bereits nicht mehr da gewesen war.

Liza konnte sich nicht mehr daran erinnern, ob sie als Achtjährige den Verlust wahrgenommen hatte, aber gut daran, dass dieser Kuss auf ihre Stirn es war, der sie durch ihre Kindheit begleitet und ihr immer das Gefühl gegeben hatte, nichts vermissen zu müssen. Mit allen Vor- und Nachteilen. Denn Florence war weit davon entfernt gewesen, Liza zu verhätscheln und es ihr im Leben zu leicht zu machen. Aber auf ihre bedingungslose Liebe konnte sie sich immer verlassen sowie darauf, zu einer selbstbestimmten, unerschrockenen Erwachsenen zu werden, die sich vom Leben nicht in die Knie zwingen lassen würde. Allerdings fürchtete Liza sich dennoch ein wenig vor dem Gespräch, das ihr jetzt bevorstand.

»Sei immer gradlinig«, hatte ihr Florence oft gesagt, wenn Liza versucht hatte, es sich mit der ein oder anderen Notlüge einfacher zu machen. »Die Menschen respektieren dich dann mehr, wenn sie merken, dass du ihnen keinen Unsinn erzählst.«

Das war nur eine ihrer Regeln, die Liza im Laufe der Jahre gelernt hatte. Von dieser Regel war sie abgewichen und wusste nicht, wie Florence das aufnehmen würde.

Diese hob kurz den Kopf, als Liza die Küche betrat, senkte ihn jedoch wieder und schnippelte weiter die Bohnen für das Mittagessen. Liza ging zum Kühlschrank und holte eine Flasche Mineralwasser heraus, wohl wissend, dass sie damit versuchte, Zeit zu schinden. Feigheit war eigentlich nichts, womit sie sich identifizierte. Als ihr das klar wurde, stellte sie die Flasche fest auf die Küchentheke und öffnete den Mund, um es hinter sich zu bringen. Aber Florence kam ihr zuvor.

»Du weißt, wo Professor Gillham sich befindet?«, fragte sie ruhig, während sie die Bohnen vom Schneidebrett in einen Topf mit Wasser gleiten ließ.

Liza holte einen Hocker unter der Theke hervor und zog sich vorsichtig an der Lehne hoch. Ihre Vorliebe für enge Röcke machte es ihr manchmal schwer, sich unbedacht zu bewegen.

»Mal angenommen, ich wüsste es«, erwiderte sie vorsichtig. »Würde man von mir erwarten, dass ich es erzähle?«

»Kommt darauf an, wem«, entgegnete Florence, stellte den Topf auf den Gasherd und schaltete ihn an. Dann drehte sie sich zu Liza um.

»Deinem Vater? Ja. Seiner Verlobten? Eher nicht. Es kommt darauf an, was du dir davon versprichst.«

»Was sollte ich mir davon versprechen?«, fragte Liza, obwohl sie längst gespürt hatte, dass Florence ihre Motivation kannte.

»Nun ja, es wäre verständlich, wenn du nicht möchtest, dass seine Verlobte weiß, wo er sich befindet. Immerhin bist du in ihn verliebt.«

Sie sprach aus, was Liza zwar sowieso schon wusste, dennoch war es etwas anderes, es laut von einem anderen Menschen zu hören.

»Ist das so offensichtlich?«, fragte sie.

»Für mich schon. Schließlich kenne ich dich sehr gut. Vielleicht spürt Miss Rice es ebenfalls. Sie kann dich nicht leiden. Aber ich bezweifle, dass sie weiß, warum es so ist. Wahrscheinlich ist es der Instinkt, den eine Frau besitzt, wenn man ihr etwas nehmen will, was ihr gehört.«

Florence hatte noch mit keinem Wort erwähnt, dass sie den geheimnisvollen Mr Bone für Charles Gillham hielt, jedoch konnte Liza es ihr nicht verschweigen. Nicht bei dem, was sie vorhatten.

»Ich schätze, du weißt auch, wo er sich befindet?«, fragte sie.

Sie drehte den Verschluss der Flasche zwischen ihrem Daumen und dem Zeigefinger hin und her. Es fiel ihr einfacher, über heikle Dinge zu sprechen, wenn ihre Finger etwas zu tun hatten.

»Natürlich«, antwortete Florence. Sie griff nach einem Küchentuch, um den Deckel vom Topf zu nehmen und die Bohnen umzurühren. »Mr Bone.

Originell. Allerdings habe ich Professor Gillham bereits einmal gesehen.«

»Woher kennst du einen Professor für Archäozoologie?«

»Ich habe einmal einen Vortrag von ihm besucht. Das war in Phoenix. Ich war zu Besuch bei meiner Mutter, habe mich gelangweilt und bin dort hingegangen. Ich habe viel gelernt, was ich vorher nicht wusste.«

Liza versuchte, sich die Haushälterin privat vorzustellen, die sie sonst nur als Köchin, Hinterherräumerin und Trösterin wahrgenommen hatte.

»Auch ich habe ein Leben, Liza«, sagte Florence, die offenbar ihre Gedanken gelesen hatte. »Ich kümmere mich bereits seit 25 Jahren um euch, interessiere mich aber auch für andere Dinge.«

Sie wischte sich die Hände am Küchentuch ab, stützte ihre Arme auf die Theke und sah Liza an.

»Warum führt ihr dieses Theaterstück auf?«

»Ich weiß nicht. Es hat sich verselbstständigt. Charles wollte bei meinem Vater unbedingt einen guten Eindruck machen. Daher wollte er nicht, dass das Erste, was Dad sah, ein Mann in Frauenkleidern war. Er ist vor unserer Ankunft in einen Bach gefallen. Dann habe ich ihn als Mr Bone vorgestellt. Den Rest kennst du.«

»Ihr hättet das aufklären können.«

»Nicht mehr jetzt, nachdem diese Theresa hier war. Es ist meine Schuld. Spätestens da hätte ich es zugeben müssen. Dafür ist es nun zu spät, sonst hält Dad ihn wirklich für verrückt.«

Florence schien einen Moment über das Gehörte nachzudenken.

»Und wenn er ihn für verrückt hält, bekommt er das Geld aus der Stiftung nicht«, sagte sie dann.

»Wahrscheinlich nicht. Du weißt, dass Dad nichts mehr hasst als Menschen, die ... na ja ... so sind wie Charles.«

»Ich sehe nicht, wie du da herauskommen willst.«

Florence stieß sich von der Küchentheke ab und ging zum Kühlschrank, um die Steaks herauszunehmen.

»Wir haben bereits einen Plan«, sagte Liza. »Charles' Schwester soll kommen und sich als Professor Gillham ausgeben.«

Sie bemerkte, wie verrückt sich das auf einmal anhörte. Das schien Florence ebenfalls zu finden, denn der Blick, den sie Liza zuwarf, sprach Bände.

»Dir ist schon bewusst, dass sie eine Frau ist?«

»Natürlich«, erwiderte Liza. »Aber Dad ist das nicht bewusst. Theresa hat es nicht erwähnt. Nur du gestern Abend. Ich glaube nicht, dass Dad das wirklich registriert hat.«

»Oh Liza, noch mehr Lügen?«, fragte Florence.

Sie klang wie damals, als Liza behauptet hatte, sie würde bei einer Freundin übernachten, sich in Wirklichkeit aber auf einer Party befand.

»Das ist keine Lüge«, protestierte Liza. »Es ist – ein Hintertürchen.«

»Ich werde euch nicht verraten«, sagte Florence.

»Ich schätze, deswegen bist du gekommen. Ich halte es für verrückt, aber ich werde nichts sagen.«

»Danke.«

Liza rutschte von dem Hocker und ging zu ihr, um ihr einen Kuss zu geben. Ihre Ersatzmutter griff nach ihr und drückte sie an sich.

»Was hast du noch auf dem Herzen?«, fragte sie, als Liza keine Anstalten machte, sich von ihr zu lösen. Sie kannte sie wirklich sehr gut. Nie war das Liza bewusster gewesen als in diesem Moment.

»Wir sind doch gestern Abend mit einem Camaro gekommen«, fuhr sie fort.

»Ja. Dein Tesla ist stehen geblieben.«

»Ich habe ihn heute Morgen in die Werkstatt von Fairhaven schleppen lassen.«

»Dein Vater wird darüber nicht begeistert sein.«

»Davon weiß er schon. Er hat nichts weiter dazu gesagt«, erwiderte Liza. Die Wahrheit wand sich in ihren Gedärmen wie ein Aal, der ans Tageslicht wollte. »Aber vielleicht wird einer den Tesla konfiszieren.«

»Was hast du getan? Raus damit.«

»Sagen wir mal, man hat mir den Camaro nicht freiwillig gegeben.«

»Du hast ihn gestohlen?«

Das letzte Wort rutschte Florence lauter heraus, als sie es wahrscheinlich gewollt hatte. Unwillkürlich drehte Liza sich um und legte einen Zeigefinger auf die Lippen. Im Haus blieb es jedoch totenstill.

»Nicht gestohlen. Die Leute sahen nur alles andere als vertrauenserweckend aus, daher wollte ich nicht fragen. Ich habe ihn genommen und bin weggefahren. Sie haben mich sicher verfolgt, vielleicht den Tesla gefunden und daraus Schlüsse gezogen. Ich werde den Camaro morgen wieder zurückbringen«, versprach sie.

Florence atmete schwer aus und schob Liza an ihren Schultern ein Stück von sich weg.

»Versuche das mal deinem Vater zu erklären. Ich glaube, dann ist die Sache mit Professor Gillham das Letzte, worüber er sich aufregt.«

»Ich wollte eigentlich nicht, dass er es erfährt. Falls der Sheriff kommt, musst du ihn aufhalten.«

»Wie soll ich das machen?«

»Sag einfach, ich bin nicht hier. Den Camaro habe ich auf das leere Grundstück hinter dem Wasserturm gestellt. Wenn wir Glück haben, kommt der Sheriff hier vorbei, sieht den Camaro nicht und fährt wieder.«

Florence antwortete zwar nicht, aber Liza wusste, dass sie sich auf ihre Loyalität verlassen konnte. Sie drückte sie noch einmal und verließ die Küche.

»Sie kommt«, sagte Charles nur, als Liza sein Zimmer betrat.

Diesmal hatte sie sich auf ihre guten Manieren besonnen und nach dem Anklopfen gewartet, bis er *Herein* sagte.

»Das ist eine gute Neuigkeit«, erwiderte Liza zerstreut.

Sie hätte wesentlich begeisterter klingen müssen, aber ihr lag noch das Gespräch in der Küche im Magen.

»Was ist mit Ihnen? Vorhin waren Sie doch noch Feuer und Flamme?«, fragte Charles, der wieder anfing, nervös die Falten der Tischdecke zu glätten. »Was hat Florence gesagt?«

»Sie verrät uns nicht«, beruhigte Liza ihn.

Sie konnte ihm unmöglich erzählen, dass er in einem gestohlenen Wagen nach Hillside Manor gefahren war. Das würde sein Bild von Moral und Anstand nachhaltig erschüttern.

Charles beruhigte sich merklich und schaffte es sogar, andeutungsweise zu lächeln. In der Zwischenzeit hatte er seinen Anzug angezogen und wirkte wieder so distinguiert und seriös, wie sie ihn gestern Morgen kennengelernt hatte.

»Sheila war begeistert von der Idee«, sagte er. »Sie könnte sogar funktionieren.«

Es schmerzte Liza ein wenig, dass er auf das Urteil seiner Schwester mehr gab als auf ihr eigenes, aber nicht allzu schlimm. Schließlich hatte sie Charles seit ihrem Kennenlernen eine Kette von Katastrophen beschert, die sein Vertrauen in sie nicht gerade festigten.

»Sicher tut sie das«, erwiderte Liza mechanisch. »Dad wird nicht auf die Idee kommen, das Institut zu besuchen. Ihm reicht es zu wissen, dass er etwas Gutes getan hat. Für die Folgen seiner guten Taten hat er sich noch nie interessiert. Außerdem wird er im August nach New York gehen. Er möchte ein kleines Start-up beraten. Es wird dauern, bis er wieder nach Fine Falls zurückkehrt. Wann kommt Ihre Schwester?«

»In zwei Stunden. Sie wollte direkt losfahren. Wo ist Sammy?«

»In der Küche bei Florence. Sie pariert die Steaks für das Mittagessen. Dabei weicht Sammy nie von ihrer Seite.«

»Mein Knochen«, erinnerte Charles sie. »Wir sollten den Hund im Auge behalten.«

»Wenn Sie möchten, gehen wir mit ihm in den Garten. Vielleicht fällt ihm dann wieder ein, wo er den Knochen vergraben hat.«

Die Aussicht darauf, etwas zu tun und sich nicht ihren lästigen Gedanken hingeben zu müssen, hob Lizas Stimmung wieder.

»Ich ziehe mir etwas an, mit dem ich buddeln kann«, sagte sie. »Jetzt, wo Ihr Anzug wieder sauber ist, werde ich nicht riskieren, dass Sie ihn erneut dreckig machen.«

Charles musterte ihr Kostüm mit dem hohen Kragen, das ihr ausgezeichnet stand. Der Schnitt des Oberteils betonte ihre Silhouette und der Rock schmiegte sich wie eine zweite Haut über ihre Hüften.

»Das weiß ich zu schätzen, Liza«, sagte er so ernst, als hätte sie ihm verkündet, für den Knochen eine Expedition zu organisieren. Sie hörte Sammy unten in der Küche freudig bellen. Offenbar war etwas vom Fleisch für ihn abgefallen.

»Wir treffen uns in zehn Minuten auf der Terrasse«, sagte sie und wandte sich zum Gehen.

»Liza«, rief Charles ihr hinterher.

Sie hatte bereits den Knauf in der Hand, als sie sich umdrehte.

»Danke, dass Sie so sehr für mich kämpfen.«

»Gerne geschehen«, erwiderte sie und ging in den Flur.

Sie konnte nicht vermeiden, dass sich ein Lächeln auf ihrem Gesicht breitmachte.

Liza hatte viel über die Ankunft von Sheila Gillham nachgedacht, aber nicht erwartet, dass sie so problemlos und selbstverständlich über die Bühne gehen würde.

Von Fine Falls fuhr man ungefähr zwei Stunden nach Hillside Manor oder eineinhalb, wenn man Liza war. Auf keinen Fall erwartete sie Sheila vor 14 Uhr. Nachdem sie mit Charles eine Weile im Garten hinter Sammy hergelaufen war, in der Jack Russell Terrier nicht daran dachte, das zu tun, was von ihm verlangt wurde, kehrten sie mutlos und hungrig zurück ins Haus.

Ihr Vater bemerkte anerkennend, dass Charles zum ersten Mal auf seinem Anwesen passend angezogen war, was dessen Stimmung lockerte und er sogar ein paarmal pointierte Antworten auf Roberts Fragen gab. Wenn Theresa nicht gekommen wäre, hätte bereits jetzt schon alles wieder so normal sein können, wie es bei dieser ungewöhnlichen Situation möglich war. Liza ärgerte sich, dass sie Charles in deren Beisein auf das Anwesen eingeladen hatte. Doch es war nicht mehr zu ändern. Sie hing nie lange in der Vergangenheit und in einer Was-wäre-wenn-Schleife.

Das wäre ihr auch nicht möglich gewesen, denn Robbins redete ununterbrochen. Charles mochte recht haben, dass seine Forschung wichtig war, jedoch war sie unsagbar langweilig. Sie wusste zwar nicht viel über die Entwicklung der Musik, aber sie bezweifelte, dass Robbins an etwas forschte, für das sie jemals Interesse aufbringen könnte. Anscheinend dachte ihr Vater ähnlich über diese Tiraden, denn er würgte Robbins ab und begann mit Glenn Bullock eine Unterhaltung über Politik.

Nach dem Nachtisch wurde Liza erneut unruhig. Sie hoffte, sie könnte ebenfalls so viel Vertrauen in die Schauspielkunst von Sheila haben wie Charles, der nun beinahe entspannt mit dem Löffel die Reste seines Desserts aus dem Glas kratzte und ihrem Vater aufmerksam zuhörte.

Florence räumte das Geschirr ab und warf Liza einen Blick zu, die es ihrerseits vermied, sie direkt anzuschauen. Sie hoffte, Florence würde sich an ihre Abmachung halten. Liza wusste, wie ungern diese Heimlichkeiten vor ihrem Vater hatte.

Sie zerbrach sich den Kopf, wie sie sich die Zeit vertreiben sollten, bis Sheila kam, jedoch wurde ihre Geduld auf eine nicht allzu harte Probe gestellt. Kurz nachdem Robert Keener das Essen für beendet erklärt hatte, klingelte es an der Tür. Offenbar kamen Sheilas

Fahrkünste denen von Liza nah. Diese hoffte nur, dass es nicht der Sheriff war, dessen etwaige Ankunft immer noch wie ein Damoklesschwert über ihr hing.

»Erwartest du noch jemanden, von dem du mir nichts erzählt hast?«, fragte Keener seine Tochter. Sie schüttelte mit dem Kopf.

Die Personen am Tisch schienen den Atem anzuhalten, während Florence zur Tür ging. Aus dem Foyer war kein Laut zu hören. Es schienen Stunden zu vergehen, bis die Haushälterin wieder ins Esszimmer trat. Sicher waren es nur ein bis zwei Minuten.

»Professor Gillham ist hier«, sagte sie.

Diesmal blickte Liza sie an, ihre Miene verriet jedoch nicht, was sie dachte.

»Gillham?«, fragte Keener. »Sind Sie sicher?«

»Sie hat sich auf jeden Fall so vorgestellt«, antwortete Florence mit steinerner Miene.

Das war gar nicht so dumm. Mit diesem kurzen Satz hatte sie sämtliche Verantwortung für das, was geschah, aus der Hand gegeben. Sie gab nur das wieder, was man ihr erzählte.

»Sie?«, echote Robert Keener.

»Scheinbar ist Professor Gillham eine Frau.«

Liza hatte ein gutes Gefühl für Rhetorik. Ihr entging nicht die Bedeutung des Wortes *scheinbar*. Ihr Vater hörte solche Untertöne jedoch nicht.

»Warum hat mir das keiner gesagt?«, fragte er und klang verärgert.

»Hätte es einen Unterschied gemacht?«, stellte Liza die Gegenfrage. »Seit wann können Frauen keine

Professoren sein? Du bist doch sonst nicht so altmodisch.«

»Das hat auch nichts damit zu tun«, entgegnete ihr Vater. »Vielleicht hätte ich aber davon abgesehen, ihr letzten Monat Zigarren zu schicken. Es wundert mich, dass sie danach überhaupt noch hierherkommen wollte.«

»Wegen des Geldes, Mr Keener«, sagte Robbins und lachte unangenehm. Liza hätte ihm am liebsten den Salzstreuer an den Kopf geworfen. »Wenn es ums Geld geht, kommen sie alle.«

»Was man an Ihnen ja gut erkennen kann«, sagte Liza ätzend.

»Verzeihen Sie, Miss Keener, aber ich war eingeladen.«

Der kleine lächerliche Mann warf sich in die Brust, als wäre ihm eine ganz besondere Auszeichnung zuteilgeworden. Liza überlegte kurz, ob sie etwas erwidern sollte, aber es war die Mühe nicht wert. Sie würde einen anderen Weg finden, ihn in seine Schranken zu weisen.

»Soll ich Professor Gillham nun hereinbitten oder soll sie vor der Tür stehen bleiben?«, unterbrach Florence Lizas Gedankengang.

»Natürlich bitten Sie sie herein. Was ist das für eine Frage?«, sagte Robert Keener. »Bringen Sie sie in die Bibliothek und sagen ihr, dass ich sofort komme.«

Florence verschwand. Keener schlug sorgfältig seine Serviette zusammen und legte sie neben sein Glas. Er stand auf. Als hätten alle darauf gewartet, rückte jeder seinen Stuhl nach hinten und erhob sich ebenfalls.

»Unsere Gäste entschuldigen mich sicher«, sagte Robert, während er sich ein paar Brotkrümel vom Ärmel klopfte. Liza ging zur Tür, öffnete sie und drehte sich nach ihrem Vater um.

»Ich begleite dich«, sagte sie, bevor er etwas sagen konnte. »Schließlich habe ich sie eingeladen.«

Charles versuchte, ihr offenbar irgendwelche Zeichen zu machen, doch sie beachtete ihn nicht.

Sheila Gillham war ganz anders, als Liza sie sich vorgestellt hatte.

Je mehr sie Charles und seine Eigenheiten kennenlernte, desto klarer hatte sich bei ihr eine Vorstellung über den Rest seiner Familie entwickelt. Sheila passte in keines ihrer Gedankenkonstrukte hinein.

Mit ihren pinkfarbenen Haaren und der ebenso farbenfrohen Kleidung sah Liza sie eher als Hippie in einer Kommune als die Schwester eines Wissenschaftlers. Es war erstaunlich, welche unterschiedlichen Kinder in einem Elternhaus aufwachsen konnten.

Als ihr Vater und sie die Bibliothek betraten, stand Sheila vor einem Regal und betrachtete die Buchrücken. Sie drehte sich langsam um, ohne Eile, als müsste sie sich auf die erste Begegnung mit Lizas Vater vorbereiten. Auch wenn sie eine andere Präsenz als ihr Bruder ausstrahlte, sah Liza auf einen Blick die Ähnlichkeit. Sheila war auf eine unkonventionelle, frische Art hübsch und hatte nichts von der düsteren Schwere im Blick wie ihr Bruder.

»Mr Keener«, sagte sie mit einer angenehm tiefen Stimme und reichte dem Angesprochenen die Hand.

Liza wusste, dass ihr Vater eigentlich das Gespräch hätte beginnen wollen. Er gab in allen Dingen gerne den Ton vor und war es nicht umgekehrt gewohnt. Dennoch griff er nach Sheilas Hand und schüttelte sie.

»Miss Keener«, grüßte Sheila in Lizas Richtung und nickte ihr zu. »Es tut mir leid, dass ich unser Treffen gestern Abend nicht einhalten konnte. Aber ich musste kurzfristig an einer Veranstaltung in Wilmington teilnehmen. Ihre Telefonnummer hatte ich leider nicht.«

»Ich freue mich, dass Sie meiner Einladung doch noch gefolgt sind«, erwiderte Liza. Sie hatte die Befürchtung gehabt, dass Charles seine Schwester nicht in alle Einzelheiten eingeweiht hatte, doch nun entspannte sie sich. Sheila schien gut vorbereitet.

»Ich freue mich ebenfalls«, sagte Robert. »Auch wenn es mir besser gefallen hätte, vorher eingeweiht zu werden.«

»Sie wussten das nicht?«, fragte Sheila.

Ihre Augen wurden schmal, fast ärgerlich. Liza konnte nicht erkennen, ob sie schauspielerte oder wirklich überrascht war.

»Nein, aber das ist nicht so dramatisch. Wenn es Ihnen nichts ausmacht, dass Mr Robbins ebenfalls hier ist. Er ist ein weiterer Bewerber für das Geld.«

»Ich glaube nicht, dass Sie sich allzu große Sorgen machen müssen. Nicht wahr, Dad?«

Liza trat neben ihren Vater und hakte ihn unter.

»Das ist noch nicht entschieden«, sagte Robert. »Mr Robbins hat ein paar sehr interessante Ansätze für die Theorie des Skalenmodells. Sie müssen mich schon noch überzeugen.«

»Zu Recht«, stimmte Sheila ihm zu. »Aber ich bin sicher, dass Sie die Schönheit der Paläontologie zu schätzen lernen, wenn ich Ihnen die Möglichkeiten näherbringen kann, die meine Forschung bietet.«

Robert löste sich vom Arm seiner Tochter und deutete Sheila mit einer Handbewegung an, auf einem der Sessel Platz zu nehmen. Auf denen hatte Liza schon in ihrer Kindheit mit angezogenen Beinen gesessen und war mit den Büchern aus den Regalen in unbekannte Welten eingetaucht. Wie gerne hätte sie das auch nun gemacht, aber die Zeit der Kindheit war vorbei. Heute wurde von ihr erwartet, dass sie sich wie eine Erwachsene benahm.

»Ich war etwas überrascht, als ich hörte, dass Sie eine Frau sind. Damit habe ich nicht gerechnet«, fuhr Lizas Vater fort, nachdem alle saßen.

»Ich hoffe, das ist kein Problem. Ich denke nicht, dass es einen großen Unterschied macht.«

»Nein, das tut es nicht. Aber ich weiß schon immer gerne, mit wem ich zu tun habe.«

»Nehmen Sie es ihm nicht übel«, sagte Liza. »Mein Dad ist manchmal hoffnungslos altmodisch.«

Sie hatte keine Ahnung, wie Sheila darauf reagieren würde. Sie machte nicht den Eindruck, als wüsste sie nicht zu schätzen, dass die Frauen in den 6oern für ihre

Gleichberechtigung gekämpft hatten. Liza konnte nur hoffen, dass sie genug Langmut hatte, ihren Vater nicht in eine Diskussion über Feminismus zu verwickeln. Aber Sheila lachte nur.

»Dann kann ich bloß hoffen, dass diese Tatsache in dem Fall nicht kriegsentscheidend wird. Gibt es irgendetwas, was Sie von mir wissen möchten?«

»Im Moment nicht«, erwiderte Robert. »Meine Gäste und ich wollten zum Golfplatz. Ich würde mich freuen, wenn Sie uns begleiten. Allerdings halte ich es für angebracht, dass Sie erst Ihre Verlobte anrufen und ihr sagen, wo Sie sich befinden. Sie hat sich bereits große Sorgen gemacht.«

»Meine Verlobte?«, fragte Sheila überrascht.

»Miss Rice«, sagte Liza schnell, bevor ihrem Vater das auffallen würde. »Sie war hier und hat Sie gesucht. Sie haben sich seit gestern nicht mehr bei ihr gemeldet. Sie war sehr aufgebracht.«

Liza konnte es nicht fassen, dass Charles seiner Schwester diese elementare Information nicht gegeben hatte.

»Natürlich, Theresa, meine Verlobte«, sagte Sheila. Sie klang mechanisch. »Das habe ich vergessen. Ich werde es gleich nachholen.«

»Sie können in der Eingangshalle telefonieren.« Robert erhob sich. »Meine Tochter wird Ihnen zeigen, wo es ist. Kaum zu glauben, dass es in der heutigen Zeit noch Leute ohne ein Handy gibt. Ich finde das sehr angenehm. Wir treffen uns in einer Viertelstunde vor dem Haus.«

Er verließ den Raum, ohne sich noch einmal umzudrehen.

»Wieso musste ich unbedingt mit dieser Frau verlobt werden?«, flüsterte Sheila Liza zu, obwohl Robert längst außer Hörweite war.

»Weil sie heute Morgen hier war und nach Ihnen gefragt hat«, zischte Liza ebenso leise zurück.

»Nach ihrer Verlobten?«

»Natürlich nicht. Nach Professor Gillham. Redet sie von ihm immer so?«

»Sie ist nicht besonders empathisch. Das muss Ihnen aufgefallen sein. Sie haben Sie doch getroffen.«

»Nur weil sie das getan hat, können wir Sie meinem Vater überhaupt als Professor Gillham verkaufen. Darüber können wir froh sein.«

»Ich wäre glücklicher, wenn Charles endlich seinen Mann gestanden hätte und für das eintreten würde, was ihm wichtig ist.«

»Das habe ich ihm auch gesagt«, erwiderte Liza, diesmal in normaler Lautstärke. »Aber er ist so – schlafmützig.«

»Wenigstens haben Sie ihn dazu gebracht, sein Institut zu verlassen und am normalen Leben teilzunehmen.«

»Ich bezweifle, dass er seine Situation hier normal findet. Ich tue es selbst auch nicht, und meine Toleranzschwelle ist schon ziemlich hoch.«

Beide schwiegen und betrachteten sich mit großer Sympathie. Liza hatte noch nie *die* beste Freundin gehabt. Normalerweise war sie in der Schule in dem

Pulk anderer Mädchen mit Misstrauen beäugt worden. Sie war schon ziemlich früh erwachsen gewesen und hatte für die Eskapaden der anderen nur ein müdes Lächeln übrig gehabt. Wenn sie bereits früher einem Menschen wie Sheila begegnet wäre, hätte das anders laufen können. Sie spürte, wie sehr sie sich nach einem Menschen sehnte, der auf derselben Wellenlänge war wie sie. Leider blieb im Moment nicht die Zeit, das herauszufinden. Die Situation war immer noch äußerst fragil und das schnell zusammengebaute Kartenhaus konnte jederzeit einstürzen, wenigstens solange der Kleber noch nicht getrocknet war. Seine Kraft würde sich mit Sheila beweisen und wie glaubwürdig sie ihre Show gestalten würde.

»Ich hoffe, dass Sie sich beim Golf wohlfühlen werden«, sagte Liza. »Es ist das bevorzugte Hobby meines Vaters nach dem Tontaubenschießen.«

»Sagen wir mal, ich wäre auch damit nicht glücklich geworden. Dennoch erscheint es mir einfacher, einen Ball zu schlagen, als auf eine fliegende Scheibe zu schießen.«

»Ich werde Sie nicht begleiten können. Das würde mein Vater seltsam finden.«

»Ich gebe mein Bestes«, versprach Sheila.

Sie warteten ein paar Minuten und gingen dann zur Haustür. Liza hoffte, dass alles gut gehen würde.

~

»Warum sind Sie nicht mitgegangen?«, fragte Charles anklagend, als Liza zu ihm in den Wintergarten kam.

Er hatte sich dort in einem gemütlichen Ohrensessel niedergelassen und blätterte unkonzentriert durch eine der Zeitschriften, die auf dem Beistelltisch lagen. Nachdem sie hereingekommen war, hatte er diese von sich geworfen, als hätte sie sich spontan entzündet. Sie landete auf dem Rand des Tischs und rutschte langsam hinunter auf die Fliesen. Er hob sie nicht auf, was ihm seinen desolaten Zustand bestätigte. Normalerweise hätte er das sofort getan, denn äußerliche Unordnung war der erste Schritt in inneres Chaos.

»Das hätte mehr Aufmerksamkeit erregt, als gut gewesen wäre«, antwortete Liza. Charles fiel auf, wie ungeduldig sie sich anhörte.

»Warum haben Sie nicht vorgeschlagen, dass ich mitgehe?«

»Zum Golf? Das wäre wohl eher kontraproduktiv gewesen.«

Charles fiel ein, dass das Tontaubenschießen bereits heute Morgen stattgefunden hatte, als er noch schlief. Aber auch das hätte nicht gut geendet. Er hatte das letzte Mal im Sommer 1995 ein Gewehr in der Hand gehalten, als seine Schwester und er in den Ferien bei ihren Großeltern auf einer Farm in Texas waren, auf der Waffen zum Alltag gehörten und jedes Kind schießen lernte, sobald es in der Lage war, sich die Schuhe zuzubinden. Nachdem Charles drei Mal den Lauf verrissen hatte, weil er sich über den Knall erschreckte und dabei den Hut vom Kopf seines Großvaters schoss, hatte der es aufgegeben. Von da an ging er jeden Tag mit Sheila zum Schießplatz, während Charles mit seiner Großmutter den Kräutergarten bepflanzen durfte. Mit ihr den Schnittlauch auszusäen, war angenehm gewesen, dennoch fühlte er sich gedemütigt. Es war nur ein kleiner Sieg, dass Sheila ebenfalls nicht lernte, vernünftig mit Gewehren umzugehen.

»Ich bin sicher, dass mein Vater keinen zum Golf mitnehmen wird, den er für verrückt hält. In solchen Dingen hat er einen sehr ausgeprägten Überlebensinstinkt.«

»Und was ist, wenn Ihr Vater Sheila etwas fragt, worauf sie keine Antwort weiß?«, gab er zu bedenken und verdrängte die Gedanken aus der Vergangenheit.

»Sie schafft das, Charles«, erwiderte Liza.

Die Ungeduld in ihrer Stimme konnte er nun deutlich hören. Offenbar war ihre Anspannung doch größer, als sie bereit war zuzugeben. Er wusste zwar nicht, warum, aber irgendwie beruhigte ihn das. Es bewies ihm, dass sie nicht immer nur durch das Leben spazierte, ohne sich Gedanken um die Konsequenzen zu machen. Jetzt hob er die Zeitung auf und legte sie zurück auf den Tisch.

»Dann suchen wir in der Zwischenzeit weiter nach dem Brustbeinkamm?«, fragte er, nachdem er die Zeitung im rechten Winkel zur Tischkante ausgerichtet hatte. Mit der äußeren Ordnung kehrte seine innere allmählich zurück.

»Das wird nichts bringen. Dad hat Sammy mitgenommen.«

»Aber wir müssen doch irgendetwas tun«, entfuhr es ihm. »Der Brustbeinkamm ist unersetzlich. Haben Sie keinen Gärtner, der etwas umgraben kann?«

»Am besten holen wir einen Bagger, um alles auszuschachten«, entgegnete Liza. Er mochte die Ironie in ihrer Stimme gar nicht. »Aber der Knochen ist ... wie groß?«

Sie bewegte ihre Hände aufeinander zu, von ganz weit auf wenige Zentimeter, bis sich ihre Handflächen fast berührten. Ihre Haut sah weich und geschmeidig aus. Eine Berührung ihrer Finger würde sich wie Samt anfühlen.

»Sammy hat bis jetzt alles wieder ausgegraben, was er einmal vergraben hat. Die Frage ist nur, wann.«

»Und was wollen wir jetzt machen?«

Charles war bewusst, dass er sich wahrscheinlich anhörte wie ein weinerliches Kind, aber er konnte nichts dagegen tun. Gestern Morgen war seine Welt noch halbwegs in Ordnung gewesen und heute wurde er für einen verrückten Anwalt gehalten, der nichts an seiner Situation verbessern konnte, als Löcher in einem fremden Garten zu graben und einen frechen Terrier nicht aus den Augen zu verlieren.

»Warum machen Sie sich nur immer solche Sorgen? Es wird schon wieder alles in Ordnung kommen.«

»Das sagen Sie dauernd. Nur wird es immer schlimmer.«

»Ich mache mir nur keine Gedanken über Dinge, die ich nicht beeinflussen kann«, sagte Liza. »Daher versuchen Sie mal, nicht an das Schlimmste zu denken, sondern begleiten mich einfach auf einem Spaziergang im Park.«

Charles öffnete den Mund, um etwas zu erwidern, aber ihm fiel nichts Passendes ein. Vielleicht war die Idee nicht so schlecht. Im Moment konnte er nichts tun. Ein Spaziergang würde seinen Kopf freimachen und ihm dann hoffentlich wieder eine Perspektive bieten.

Er stand auf und schob die Aufschläge seiner Hose über die Hinterkappe seiner Schuhe. Gemeinsam verließen sie das Haus über die Terrasse. Sie wirkten wie ein ganz normales Paar.

Der Garten von Hillside Manor erstreckte sich an einem kleinen See entlang und endete an einem Hügel. Als Kind hatte Liza oft dort gespielt. Sie hatte lange geglaubt, in einen Abgrund zu stürzen, wenn sie über die Kuppe des Hügels klettern würde. Sie hatte es nicht getan, erst viel später, als ihre Kindheitsängste und ihr Verständnis von der Welt sich in rationaleren Bahnen bewegten.

Maryland war ein grüner Staat, der seine Besucher mit der üppigen Pracht von Flora verwöhnte und so ganz anders war als das staubige Kalifornien. Sie blickte von der Terrasse in den Garten und spürte, dass sie den Sunshine State nicht mehr ganz so sehr vermisste wie sonst. Dort hätte sie Charles nie getroffen.

Selbst der schien sich bei dem Anblick zu entspannen. Sein Gesichtsausdruck war weicher geworden und

der verkniffene Zug um seine Mundwinkel verschwunden. Die Ruhe und der Frieden der Gegend schienen
ebenfalls auf ihn zu wirken.

»Es ist sehr schön hier«, sagte er, als wäre ihm das
gerade erst aufgefallen. Wahrscheinlich war es auch so.
»Sie können froh sein, hier wohnen zu dürfen.«

»Wir sind nur am Wochenende hier«, erwiderte
Liza. »Mein Vater hat ein Haus in Fine Falls. Genauer
gesagt Uptown.«

Die Uptown von Fine Falls war die Gegend, in der
die Reichen des Ortes wohnten. Fast schämte sie sich,
Charles davon erzählt zu haben. Die Bewohner der
Uptown wurden immer mit Misstrauen und Neid
betrachtet. Die Rezession hatte in der kleinen Stadt
ebenso zugeschlagen wie im Rest des Landes.

»Dort bin ich noch nie gewesen«, sagte Charles.

Liza bedachte ihn mit einem Seitenblick, aber er
schien es ernst gemeint zu haben. Das Erste, was sie
nach ihrem Umzug gemacht hatte, war, die Gegend zu
erkunden, in die es sie verschlagen hatte. Eigentlich
nur, um Gründe zu finden, sie so schnell wie möglich
wieder zu verlassen. Davon hatte es haufenweise gegeben, die ihren Vater genauso wenig beeindruckten wie
ihr Versprechen, in Maryland nicht glücklich zu
werden.

»Es ist nichts Besonderes«, log sie. »Außer dass man
weiter fahren muss, wenn man in die Innenstadt
möchte.«

Es war ihr sehr wichtig, dass Charles nicht glaubte,
sie wäre die verwöhnte Tochter, deren Vater in einem

Haus voller Personal saß und ihr eine Wohnung in der Main Street bezahlte.

»Aber Sie wohnen nicht dort«, stellte Charles fest. »Warum haben Sie eine eigene Wohnung?«

»Weil ich erwachsen bin?«, fragte Liza zurück, bereute jedoch sofort ihren schnippischen Ton.

Ein leises Schnauben von Charles zeigte ihr, dass er dazu eine eigene Meinung hatte.

»In Kalifornien haben wir zusammengewohnt«, erzählte sie versöhnlich. »Schon dort wollte ich ausziehen, es hat sich nur irgendwie nicht ergeben.«

»Weil es angenehm ist, noch zu Hause zu sein?«

Seine Frage klang nicht spöttisch. Sie hörte sich nach echtem Interesse an.

»Ja«, antwortete sie ehrlich. »Meine Mutter ist früh gestorben. Vielleicht hänge ich deswegen sehr an meinem Vater.«

»Das tut mir leid. Das wusste ich nicht.« Charles wirkte betroffen.

»Es muss Ihnen nicht leidtun. Es ist fast 20 Jahre her.«

Die Erinnerung an ihre Mutter löste etwas in ihr aus. Sie konnte sich ihr Gesicht nicht mehr vorstellen. Natürlich gab es Fotos von ihr, die sich Liza gerne ansah. Jedoch waren diese Bilder nur Momentaufnahmen. Sie wusste nicht mehr, wie ihre Mimik ihren Ausdruck geprägt hatte, wie sie ausgesehen hatte, wenn sie lachte. Diese Erinnerung war verschwunden. Einzig den Geruch ihres Parfüms konnte sie nicht vergessen. Es war ein Duft aus Europa gewesen, den weder Liza noch ihr Vater benennen konnte. Sie wussten nur, dass ihre Mom ihn sich immer schicken ließ. Auf einmal spürte sie Tränen aufsteigen. Sie stiegen hoch und kämpften sich hinter ihren Augenlidern hervor. Sie schluckte leise.

»Liza, weinen Sie?«, fragte Charles und blieb abrupt stehen.

»Natürlich nicht«, schniefte Liza. »Ich bin allergisch gegen Pollen.«

»Die gibt es um diese Jahreszeit gar nicht«, stellte der Wissenschaftler in ihm fest.

Mit mehr Empathie hätte er ihre Erklärung einfach hingenommen. Dann wären sie weiter den kiesbestreuten Weg entlangspaziert und der peinliche Moment wäre vorbeigegangen.

»Das weiß ich selbst«, entgegnete sie. Die Tränen ließen sich nicht mehr zurückhalten.

Charles holte ein gebügeltes Taschentuch mit Karomuster aus seiner Tasche, das er behutsam auseinanderfaltete und ihr dann reichte. Sie griff danach, wischte sich mit einer Ecke vorsichtig die Tränen unter ihren Augen ab, damit sie ihr Make-up nicht verschmierte. Dann schnäuzte sie kräftig hinein.

»Das können Sie gerne behalten«, sagte Charles mit angeekeltem Gesicht, als sie es ihm wieder hinhielt.

Sein Gesichtsausdruck brachte sie zum Lachen. Es war ein komisches Gefühl. Sie war traurig und fröhlich zugleich.

»Florence wird es waschen«, sagte sie und stopfte sich das Taschentuch in die Tasche ihrer Jeans. Sie wischte noch einmal mit den Zeigefingern den Augen-rand entlang und zog kurz die Nase hoch. Er schaute sie immer noch aufmerksam an. War das Besorgnis in seinen Augen oder Furcht, weil er nicht wusste, wie er mit weinenden Frauen umgehen sollte?

»Theresa weint wohl nicht oft?«, versuchte sie, das Gespräch in eine andere Richtung zu lenken.

»Ich vermute nicht«, antwortete Charles. »Ich habe sie auf jeden Fall noch nie weinen sehen.«

»Wie können Sie mit ihr verlobt sein und darüber nichts wissen?«

»Das ist genauso eine dumme Frage wie die, warum ich hier bei Ihnen bin, ohne dass sie etwas davon weiß.«

Liza schwieg und versuchte, die Logik hinter seiner Bemerkung zu erfassen. Es gelang ihr nicht. Charles hatte manchmal Gedankengänge, denen sie mit ihrer sprunghaften Art nicht folgen konnte. Aber sie war sich sicher, dass Charles Theresa nicht liebte. Es musste ihr nur gelingen, ihn ebenfalls davon zu überzeugen.

»Wenn Sie Vertrauen zu Theresa hätten, würden Sie ihr von Ihrem Dilemma erzählen.«

»Das verstehen Sie nicht«, sagte Charles. »Es ist sicher nicht leicht, mit mir zurechtzukommen. Meistens lebe ich in meiner eigenen Welt. Theresa sorgt dafür, dass alles um mich herum reibungslos läuft.«

»Sie brauchen Ruhe und Frieden«, stellte Liza fest.

»Genau«, erwiderte er und strahlte, als sei es ihm gelungen, Liza endlich von einer wichtigen Maxime zu überzeugen. »Die Situation hier überfordert mich so sehr, dass ich nicht mehr in der Lage bin zu erkennen, was wichtig ist. Daher laufe ich hier mit Ihnen in diesem Park herum, anstatt in Ihrem Garten nach dem Brustbeinkamm zu suchen. Das würde ein verantwortungsvoller Wissenschaftler jetzt nämlich machen.«

»Er würde auch sehen, wie schön die Welt außerhalb seines Instituts ist«, widersprach Liza. »Und er würde den Augenblick genießen.«

»Das könnte ich vielleicht, wenn alles nach Plan gelaufen wäre.«

Er schritt schneller voran, sodass Liza größere Schritte machen musste, um an seiner Seite bleiben zu können.

»Sie meinen, wenn mein Vater Sie nicht in Frauenkleidern erwischt hätte und Sie als der Gast hier wären, der Sie eigentlich hätten sein wollen, würden Sie es genießen, hier und jetzt mit mir zusammen zu sein?«

»Vermutlich«, erwiderte Charles.

Es war nicht die beste Antwort, die er hätte geben können, sie reichte aber, dass sich in Lizas Magen ein warmes Gefühl ausbreitete.

»Sie mögen mich, geben Sie es zu«, sagte sie.

»Ich weiß es nicht. In manchen ruhigen Momenten fühle ich mich sogar zu Ihnen hingezogen. Aber ruhige Momente gab es ja eigentlich nie. Seit ich Sie getroffen habe, erlebe ich eine Kette von Katastrophen, die noch nicht gewillt ist durchzureißen.«

Sie hatten das Ende des Sees erreicht. Hier gabelte sich der Weg. Wenn sie nach links gehen würden, führte der Pfad in einer Schleife zurück nach Hillside Manor. Die rechte Strecke war länger. Sie würde am

Fuß des Hügels entlangführen, wo Liza Charles die Stelle ihres Baumhauses von damals hätte zeigen können. Jedoch bog Charles ohne zu fragen nach links ab. Sein logisches Denken ermöglichte ihm, den kürzesten Weg zurückzufinden, ohne sich in der Gegend auszukennen. Liza war stehen geblieben und schaute ihm versonnen hinterher.

Er mochte zwar über den Stein fallen, der im Weg lag, aber er würde den Weg nach Hause immer finden. Es war eine Metapher, die Liza hoffen ließ. Er würde erkennen, dass sie sein Zuhause war, auch wenn er auf dem Weg zu ihr noch stolperte.

Liza rannte los, bis sie mit Charles wieder auf einer Höhe war. Schweigsam legten sie den Rest des Weges zurück.

Liza war kein Fan vom Spazierengehen. Ihr war nie richtig klar, was die Menschen dazu bewegte, wenn man die Welt und ihre Schönheiten ebenso vom Auto aus bewundern und dabei auch noch gemütlich sitzen konnte. Als Teenager hatte sie hier reiten gelernt und war dabei oft über den Weg am Hügel entlang ausgeritten. Sie kannte die Gegend im Umkreis von zehn Meilen um das Anwesen sehr genau. Trotzdem erinnerte sie sich jetzt erst wieder daran, wie majestätisch das Haus mit den geschwungenen Giebeln und den Säulen von der Rückseite her aussah. Stolz und ein Gefühl von Heimat flammten in ihr auf. Sie war froh, diesen Augenblick mit Charles teilen zu können. An seinem Gesichtsausdruck erkannte sie, dass er ebenso beeindruckt war.

An der Westseite endete der Pfad an einem schmiedeeisernen Tor mit einem verrosteten Schloss. Rechts davon verlief ein Zaun. Wenn sie an ihm entlanggehen würden, führte der sie zurück zum Haus. Sie drehte das Armband ihrer Uhr und sah, dass sie fast drei Stunden unterwegs gewesen waren.

Ein paar Meter ab der Gabelung hatte Charles sein Schweigen unterbrochen und ihr Besonderheiten der Landschaft erklärt. Sie verstand nicht immer, was er sagte, dennoch hätte sie ihm stundenlang zuhören können. Der Klang seiner Stimme beruhigte sie und gab ihr das Gefühl, ein ganz normales Paar auf einem ganz normalen Spaziergang zu sein. Alleine mit ihr in der Natur entpuppte er sich als ein völlig anderer Mensch. Eloquent und selbstsicher.

Sie wanderten am Zaun entlang, der hier noch zu hoch war, um einfach darüberzusteigen. Ein Stück weiter verliefen parallel zu ihm die Überreste einer Mauer. Über einen schmalen ausgetretenen Pfad erreichten sie die Stelle, an der man den Zaun überqueren konnte. Liza war schon oft darübergeklettert, um den Weg abzukürzen. Sie stellte ihren Fuß auf die Mauerreste und zog sich an einem Pfosten hoch.

»Was machen Sie denn nun schon wieder?«, fragte Charles, der in sicherer Entfernung stehen geblieben war und ihr Treiben beobachtete.

»Kommen Sie«, erwiderte Liza nur und schwang ihr

Bein über die Querstrebe. Charles beobachtete, wie sie vorsichtig ihren Fuß auf dem bröckeligen Podest absetzte und ihr anderes Bein hinterherzog. Liza sprang von der Mauer, klopfte ihre Hände an ihrer Jeans ab und blickte ihn herausfordernd an.

»Sie müssen doch nur ein wenig klettern«, sagte sie behutsam. »Sie sind doch bestimmt schon mal geklettert?«

»Zum letzten Mal als Kind«, erwiderte Charles. Er klang nicht besonders begeistert.

»Sehen Sie. Das verlernt man nicht«, sagte sie, obwohl sie sich darüber keinesfalls sicher war.

Charles zögerte noch einen Moment, griff dann aber nach dem Pfahl. Ungelenk quälte er sich nach oben, bis er rittlings auf der Strebe saß und dort sichtlich um Gleichgewicht bemüht war.

»Es geht doch«, sagte Liza ermutigend.

Sie beobachtete, wie er mit dem Fuß nach dem Vorsprung hangelte und dabei abrutschte. Mit einem kurzen Aufschrei griff er nach dem Pfosten, verfehlte ihn und rutschte an dem Gitter entlang, wo er sich sein Hosenbein an einem der Bolzen aufriss. Liza eilte zu ihm und nahm seine Hand. Es war nur eine nette Geste, da es zu spät war, um ihn festzuhalten. Durch den Riss des Stoffes konnte sie eine feine Blutspur sehen, die an seinem Bein entlangrann und hinter seinen Socken verschwand.

»Sehen Sie, was Sie gemacht haben«, sagte Charles vorwurfsvoll.

Liza öffnete ihren Mund, um etwas zu erwidern,

schloss ihn dann jedoch wieder. Zu widersprechen würde sie nicht weiterbringen.

»Kommen Sie mit ins Haus. Ich schaue mir das an«, sagte sie stattdessen.

»Einen Teufel werden Sie tun«, stieß Charles hervor.

Sein Gesichtsausdruck erstaunte sie. Er wirkte, als hätte er bis heute nicht gewusst, dass er solche Ausdrücke in den Mund nehmen würde. Liza war ebenso überrascht, aber keinesfalls unangenehm.

»Endlich lassen Sie Ihren Gefühlen einmal freien Lauf«, sagte sie erfreut. »Ist es nicht befreiend, Kraftausdrücke zu benutzen?«

Charles warf ihr nur einen finsteren Blick zu, während er sich aufrichtete und aufs Haus zuging. Liza folgte ihm.

Da das Tor zum Haus auf dieser Seite verschlossen war, mussten sie es an der Vorderseite betreten. Auf dem Kiesplatz vor dem Haus sah Liza den Land Rover ihres Vaters, den er immer nur am Wochenende in Fairhaven fuhr, und den Toyota Camry, mit dem Sheila gekommen war. Außerdem stand neben den Autos von Glenn und Robbins ein Wagen, den sie nicht zuordnen konnte, der ihr aber bekannt vorkam. Diesen Wagen hatte sie erst vor Kurzem gesehen, aber sie konnte sich nicht mehr daran erinnern, wann das gewesen war. Charles sollte hier die Erleuchtung bringen. Anscheinend hatte er vergessen, dass er beleidigt war.

»Das ist Theresas Auto«, zischte er und sprang im selben Augenblick hinter einen Strauch, wobei er offensichtlich vergessen hatte, dass ihm sein verletztes Bein das Springen im Augenblick übel nahm.

Liza hatte sich reflexartig ebenfalls hinter einem Baum versteckt und lugte hervor, um sich den Wagen noch einmal anzusehen. Natürlich, der kleine, unspektakuläre Wagen hatte heute Vormittag auch hier gestanden, als sie aus Fairhaven gekommen war. Da sie normalerweise nur Dinge bemerkte, die sie unmittelbar betrafen, hatte sie ihn entweder einfach übersehen oder sich keinen weiteren Gedanken mehr über ihn gemacht.

»Verdammt, was will sie denn schon wieder hier?«, sagte sie.

Leider konnte sie ihre Wut mit Flüstern nicht vernünftig zum Ausdruck bringen. Dafür hätte sie schreien müssen. Aber das kam natürlich nicht infrage, wenn sie nicht die Aufmerksamkeit auf sich ziehen wollte.

»Woher soll ich das wissen«, flüsterte Charles.

Die hektischen roten Flecken auf seinem blass gewordenen Gesicht bildeten einen interessanten Kontrast. Er drehte sich um die eigene Achse, um auf die andere Seite der Rabatte zu flüchten, rutschte auf einer Wurzel aus und fiel hin.

Sein gequälter Aufschrei war bis zum Haus zu hören, da war sich Liza leider sicher.

Einen Augenblick hatte Liza noch die Hoffnung, der Schrei wäre ungehört über dem Rasen verhallt. Sie verharrte in ihrer gebeugten Haltung, die sie eingenommen hatte, als sie nach Charles' Hand griff. Sie hörte das Tschilpen der Vögel und das Zirpen der Grillen und traute nicht, sich zu bewegen, als würde ein Sturm losbrechen, wenn sie es täte. Sie suchte den Blick von Charles, der schmerzverzerrt sein Bein rieb und sie nicht beachtete.

Liza hörte die Scharniere der Fliegentür quietschen, als jemand aus dem Haus die Hintertür öffnete. Sie starrte weiter Charles an und hoffte, keine Aufmerksamkeit zu erwecken. Leider waren sie bereits zu nah am Haus und zu wenig geschützt von der Hecke, die genau an dieser Stelle auslief.

»Alles in Ordnung?«, hörte sie die Stimme von Florence.

»Ja«, rief Liza zurück und betete, dass die sich damit zufriedengeben würde. Es sah nicht so aus, denn die Haushälterin antwortete nicht, sondern schritt quer durch die Blumenrabatte, um zu ihnen zu gelangen.

»Hat uns sonst noch jemand gehört?«, fragte Liza, als Florence schnaufend vor ihnen stand.

»Ich hoffe nicht«, antwortete die. »Es ist ein verdammt schlechter Zeitpunkt, jetzt nach Hause zu kommen.«

»Theresa Rice«, sagte Liza und seufzte. »Warum ist sie wieder hier?«

»Dein Vater hat sie angerufen«, antwortete Florence.

»Er wollte sich wohl selbst davon überzeugen, dass sie auch weiß, wo sich ihre *Verlobte* aufhält.«

Sie betonte das Wort *Verlobte* übertrieben.

Charles stöhnte. Diesmal offenbar nicht vor Schmerzen, sondern aus Verzweiflung.

»Ich wusste, es geht schief«, murmelte er, während er weiter seinen Oberschenkel rieb.

»Das ist es zwar noch nicht, aber wir steuern darauf zu, wenn euch nicht noch etwas einfällt. Sie ist im Augenblick bei mir in der Küche. Ich habe ihr gesagt, dass dein Vater gerade duscht und danach erst herunterkommt.«

»Weiß sie Bescheid?«, fragte Liza.

»Nichts Konkretes. Sie wundert sich, dass dein Vater von einer Verlobten gesprochen hat, glaubt aber, sie hätte es falsch verstanden. Wenn sie Professor Gillham – den echten«, dabei nickte sie in Charles' Richtung, »jetzt sieht, setzt alles daran, dass sie wieder das Haus verlässt, bevor dein Vater merkt, dass sie da ist.«

Liza trat neben Charles und fasste ihn unter dem Arm. Der richtete sich stöhnend auf und taumelte, sodass Liza Mühe hatte, ihn aufrecht zu halten. Florence trat an seine andere Seite und hielt ihn ebenfalls fest.

»Ich kann nicht auftreten«, sagte er kläglich, nachdem er versucht hatte, sein Bein zu belasten.

»Sie müssen«, erwiderte Liza unerbittlich und zog an seinem Arm. Mühsam kämpften sie sich Schritt für Schritt Richtung Haus und die paar Stufen zur Hintertür hoch.

Charles setzte konzentriert einen Fuß vor den anderen. Die Bewegung schien gutzutun. Er verzog nicht mehr bei jedem Schritt das Gesicht. Durch den schmalen Flur zur Küche ging er bereits wieder ohne Hilfe. Liza stieß die Tür auf und machte ihm Platz, damit er in die Küche treten konnte. Theresa, die an der Esstheke Platz genommen hatte, stand auf.

»Was ist passiert?«, fragte sie.

Liza konnte nicht den Hauch einer Besorgnis in ihrer Stimme hören, ihre Frage hatte eher etwas Analytisches.

»Er ist nur umgeknickt«, erwiderte Florence ruhig und zog einen Stuhl heran, damit Charles sich setzen konnte. »Das kommt wieder in Ordnung.«

Theresa schien das nicht weiter zu interessieren.

»Wo bist du gewesen?«, fragte sie stattdessen. Ihre Stimme hatte einen bedrohlichen Unterton. »Warum bist du heute erst gekommen?«

Es könnte klappen, dachte Liza. Charles würde sie beruhigen, sich bei ihr entschuldigen und sie bitten, wieder zu fahren. Ermutigend warf sie ihm einen Blick zu.

Plötzlich öffnete sich die Tür und ihr Vater trat ein.

»Ihre Verlobte ist hier, Professor Gillham«, rief er über seine Schulter in die Eingangshalle.

KAPITEL 10

Liza hatte schon oft von Situationen gehört, in denen Minuten sich zu Stunden dehnten. Bis jetzt hatte sie es immer für Quatsch gehalten. Jedoch das hier kam ihr so vor. So musste sich das anfühlen. In dem Vakuum von Zeit und Raum, das entstanden war, tauchte das Gesicht von Charles' Schwester im Türrahmen auf.

»Sheila?«, fragte Theresa erstaunt. »Was machst du hier?«

Sheila Gillham, die auf Liza absolut souverän gewirkt hatte, antwortete nicht. Dabei hatte Liza gehofft, dass sie mit irgendeiner Zauberformel, die ihr selbst nicht einfiel, die Situation auflösen würde. Aber Sheila wirkte genauso ratlos, wie Liza sich fühlte.

»Ich besuche Robert Keener«, sagte Sheila dann.

Theresa drehte sich um zu Charles, zurück zu Sheila und dann wieder zu Charles.

»Deine Schwester nimmst du mit hierhin?«, fragte

sie ungläubig. »Die, die sich keinen Deut für das interessiert, was du tust?«

»Natürlich tue ich das«, widersprach Sheila, aber sie klang nicht mehr besonders überzeugend.

»Würde mich irgendeiner einmal aufklären, worum es hier geht?«, fragte Robert Keener.

Der Tonfall seiner Stimme ließ keinen Widerspruch zu. Auf einen Schlag verstummte die Diskussion. Alle bis auf Theresa und ihn schauten betreten auf den Boden.

»Sheila Gillham ist nicht Professor Gillham«, sagte Liza dann und blickte ihren Vater trotzig an.

Sie war kein Feigling, und je schneller diese Farce aufhörte, desto besser war es für alle Beteiligten. Nur indem sie alle Karten auf den Tisch legte, konnte sie noch etwas retten.

»Das heißt, Sie geben nur vor, Professor Gillham zu sein?«, fragte ihr Vater und wandte sich an Sheila.

»Ja«, erwiderte diese schlicht. »Ich bin Journalistin für die *Baltimore Sun*, keine Professorin. Aber mein Nachname stimmt.«

»Sie sind seine Frau?«, fragte Lizas Dad. »Professor Gillham hat eine Frau und eine Verlobte?«

»Ich bin Professor Gillham«, hörte Liza Charles hinter ihrem Rücken. »Das wollte ich Ihnen schon sagen, seit ich angekommen bin. Allerdings ist Sheila nicht meine Verlobte, sondern meine Schwester.«

»Du hast Mr Keener nicht gesagt, wer du bist?«

Theresas Stimme zerschnitt messerscharf die dicke Luft in der Küche. Liza hätte ihr am liebsten zugerufen, sie solle den Mund halten, denn sie bezweifelte, dass irgendetwas, was sie sagte, zur Deeskalation beitragen würde.

»Es gab nicht die richtige Gelegenheit«, wich Charles aus.

Robert schloss bedächtig die Tür zum Foyer hinter sich, steckte die Hände in die Taschen seiner Leinenhose und ging zum Fenster über der Spüle, wo er, ohne etwas zu sagen, in den Garten schaute. Keiner sprach ein Wort. Liza wusste, dass ihr Vater nun im Geiste die Geschehnisse sortierte, sie in die richtige Reihenfolge brachte und überlegte, wie er darauf reagieren sollte. Sie hörte das Tropfen des Wasserhahns in der Spüle und das Ticken der Wanduhr. Selbst Theresa traute sich nicht, noch einmal den Mund aufzumachen. Schließlich drehte er sich um. Seine Miene war unergründlich.

»Sie kommen in mein Haus und stellen sich als Mr Bone vor«, sagte er dann ruhig. »Sie nehmen meine Gastfreundschaft in Anspruch und haben nicht den Anstand, mir zu sagen, wer Sie wirklich sind?«

»Als Mr Bone habe ich ihn vorgestellt«, beeilte Liza sich zu sagen. »Dafür kann er nichts.«

»Darf ich fragen, wozu das gut war?«

Sein Gesichtsausdruck änderte sich nicht. Man hätte glauben können, er plaudere über das Wetter. Liza aber kam nicht in die Versuchung anzunehmen, dass damit alles in Ordnung wäre. Nur absolute Ehrlichkeit konnte sie noch retten.

»Charles hatte auf dem Herweg einen kleinen

Unfall. Um genau zu sein, ist er im Wald eine Böschung hinuntergestürzt und hat sich seinen Anzug dreckig gemacht. Ich habe ihm einen Hausanzug von mir gegeben. Es war ihm zu peinlich, sich so bei dir als Professor Gillham vorzustellen.«

Ihr Vater hatte während ihrer Worte angefangen, in der Küche hin und her zu gehen. Vom Kühlschrank zum Herd, dann drehte er sich um und ging zurück zum Kühlschrank, bis er wieder stehen blieb.

»Das ist das Dümmste, was ich je gehört habe«, sagte er dann. »Hältst du mich für so oberflächlich, dass dieser Umstand meine Meinung beeinflusst hätte?«

»Mr Keener, Ihre Tochter kann nichts dafür«, mischte Charles sich ein. »Sie meinte es nur gut.«

»Seien Sie ruhig«, entgegnete Keener harsch. »Ich dachte, ich hätte es mit erwachsenen Menschen zu tun. Aber das ist nicht das Schlimmste. Mir Ihre Schwester als den Professor aufzutischen, dem ich fünf Millionen für sein Institut geben möchte, das ist die eigentliche Unverschämtheit.«

»Ich wusste, ich hätte mitkommen sollen«, meldete sich Theresa zu Wort. »Dann wäre das alles nicht passiert. Was hast du dir nur dabei gedacht?«

Letzteres war an Charles gerichtet. Der schwieg.

»Dad, kannst du es nicht als das sehen, was es ist?«, fragte Liza. So langsam verschwand ihr Optimismus, dass alles gut werden könnte. »Eigentlich ist es doch eher lustig. Es ist nichts Schlimmes daran.«

»Das zu beurteilen, überlässt du doch besser mir«, wies ihr Vater sie zurecht. »Du hast recht, es ist lustig.

Aber was soll ich von jemandem halten, der lügt und betrügt, um das zu erreichen, was er will? Soll ich so einem Menschen mein Geld anvertrauen?«

»Siehst du, was du angerichtet hast?«, fragte Theresa und zeigte zur Bekräftigung mit dem Zeigefinger auf Charles.

»Ach, halten Sie doch den Mund«, fauchte Liza.

Sie spürte auf einmal eine solche Wut wie noch nie zuvor in ihrem Leben. Sollte Theresa als Verlobte nicht zu Charles halten? Im Augenblick sah es eher so aus, als wolle sie ihm bewusst schaden. Theresa war derartig geschockt, dass ihr offenbar nicht einmal eine Entgegnung einfiel.

»Könnten wir uns jetzt alle ein wenig beruhigen?«

Sheilas Stimme drang beschwichtigend an Lizas Ohr, in dem es rauschte wie das Meer in einer Muschel, und sie entfaltete ihre Wirkung. Liza verlor den Antrieb, auf Theresa loszugehen und ihr eine herunterzuhauen.

»Sie fühlen sich hintergangen, und das verstehe ich«, wandte sich Sheila an Robert. »Ich habe mich dazu bereiterklärt, hierherzukommen. Das war nicht richtig. Aber ich bereue es nicht. Ich wollte meinem Bruder helfen. Das stand für mich an erster Stelle. Das können Sie nicht verurteilen.«

»Das tue ich auch nicht, Mrs Gillham«, sagte Keener.

Seine Stimme klang freundlich und warm. Liza merkte, dass er Sheila mochte. Offenbar hatte sie ihre Zeit auf dem Golfplatz gut genutzt.

»Aber Sie verstehen sicher auch, dass es hier um eine Menge Geld geht. Und um Loyalität. Was würden Sie tun, wenn Sie einem Menschen dieses anvertrauen möchten und es stellt sich heraus, dass er Sie hintergeht?«

»Ich würde es mir auf jeden Fall noch einmal gut überlegen«, antwortete Sheila mit fester Stimme.

Sie wich seinem Blick nicht aus. Liza zollte ihr in Gedanken Respekt.

»Ich gehe jetzt in mein Arbeitszimmer«, sagte Robert Keener. »Machen Sie und die anderen in der Zeit, was Sie wollen. Ich will nichts davon hören.«

Er verließ den Raum. Die Küchentür fiel mit einem anklagenden *Plopp* hinter ihm zu.

Nach seinem Weggang schwebte das Gefühl von Ratlosigkeit im Raum herum. Liza meinte, es greifen zu können, wenn sie nur die Hand danach ausstreckte. Sie blickte Charles an, der in sich zusammengesunken auf einem Stuhl Platz genommen hatte. Am liebsten wäre sie zu ihm gegangen und hätte ihn in den Arm genommen, aber mit Theresa im Raum war das nicht möglich.

»Du hast mich sehr enttäuscht, Charles«, ergriff diese als Erste das Wort. »Wie konntest du das nur tun?«

Liza wollte etwas erwidern, doch es kam ihr nicht richtig vor. Charles hatte jetzt eine Gelegenheit, für sich einzustehen, und die sollte er gefälligst ergreifen.

»Vielleicht habe ich es falsch angefangen. Ganz

sicher sogar«, betonte er, als er Theresas Gesichtsausdruck sah. »Und es tut mir leid, dass du enttäuscht bist. Aber in erster Linie geht es hier doch wohl um mich.«

»Ich dachte, es ginge um das Institut«, sagte Theresa.

Die Emotionslosigkeit, mit der sie das sagte, erschreckte Liza nahezu. Hatte diese Frau keine anderen Sorgen als das? Sollte sie sich nicht eher darum kümmern, dass es Charles gut ging?

»Darum geht es, das ist richtig. Daher gleichzeitig um mich und meine Arbeit. Du solltest mich unterstützen und mir nicht in den Rücken fallen.«

»Was soll ich tun, wenn du derartigen Blödsinn anstellst? Dir etwa gratulieren?«

»Nein, natürlich nicht. Aber du solltest die Gründe verstehen, warum ich mich so verhalten habe.«

»Tut mir leid, Charles. Die verstehe ich nicht. Das Einzige, was ich verstehe, ist, dass immer alles auf meinen Schultern lastet. Ich hätte es wissen müssen, mich nicht an einen Mann zu hängen, dem jegliches Maß an Verantwortung fehlt.«

Liza hörte, wie alle im Raum merkbar die Luft einzogen. Sie hatte es selbst getan.

»Wenn das deine Meinung ist, gibt es wohl nichts mehr zu sagen«, entgegnete Charles, der beeindruckend klar und gefasst klang. »Dann solltest du nach Hause fahren.«

»Das wäre wohl das Beste«, sagte Theresa und griff nach ihrer Tasche. »Ich finde alleine raus.«

Sie verließ die Küche, nicht ohne Liza noch einen

giftigen Blick zuzuwerfen. In Anbetracht ihres Sieges konnte diese das locker verschmerzen.

»Weg ist sie«, sagte Sheila. Es hörte sich nicht bedauernd an.

Charles hatte sich in dem Moment wieder aufgerichtet, als Theresa aus der Küche verschwunden war. Er wirkte auf einmal überhaupt nicht mehr kraftlos, fast so, als wäre der Dämon, der ihn gefangen gehalten hatte, aus seinem Körper verschwunden.

»Alles in Ordnung, Charles?«, fragte Liza ihn dennoch.

»Ja«, antwortete er nur. Ein Lächeln breitete sich auf seinem Gesicht aus. »Ich glaube, das war schon lange fällig.«

»Was sollen wir jetzt tun?«, fragte Sheila. »Soll ich bleiben?«

»Nein, fahr nach Hause«, erwiderte er. »Du hast bereits alles für mich getan, was du konntest. Dafür kann ich dir nicht genug danken.«

»Ja, das stimmt«, sagte Liza. »Aber ich halte es auch für besser, wenn Sie fahren. Ich werde versuchen, Dad zu beruhigen.«

Sie hoffte, dass das funktionieren würde. Ganz sicher war sie sich nicht. Ihr Vater hatte feste Prinzipien und die beinhalteten nicht, Vertrauen in Leute zu haben, die versucht hatten, ihm einen Bären aufzubinden.

Sheila beugte sich vor und gab ihrem Bruder einen

Kuss. Sie flüsterte ihm etwas zu, das Liza nicht verstand. Dann blickte sie Liza an und nickte ihr zu, bevor sie ebenfalls verschwand.

»Ich habe geahnt, dass es eine schlechte Idee ist«, sagte Florence, die sich bis jetzt zurückgehalten hatte.

»Alles in Ordnung, Charles?«, fragte Liza erneut, nachdem auch Florence gegangen war.

Sie hatte keine Erfahrung damit, wie ein Mensch reagierte, wenn Lebensträume platzten wie Badeschaum in Seifenwasser.

»Ich denke schon«, antwortete er. »Ich glaube, das war längst überfällig.«

»Sie meinen, das mit Theresa?«, vergewisserte Liza sich.

Dass er in diesem Augenblick nicht zuerst an sein Institut dachte, erstaunte und beunruhigte sie sogar ein wenig. Die Arbeit war sein Leben. So viel hatte sie mittlerweile gelernt.

»Das auch«, antwortete Charles. »Aber ich bin froh, dass ich nun endlich die Wahrheit gesagt habe. Schluss mit den Lügen. Wohin haben die mich gebracht?«

Nicht besonders weit, das musste Liza sich – wenn auch widerwillig – eingestehen. Sie hatte es für das Beste gehalten und war gescheitert. Allerdings war Charles das offenbar nicht bewusst. In der Art, wie er sich mit den Händen auf seinen Oberschenkeln abstützte und den Kopf hängen ließ, sah er aus, als trüge er alle Last der Welt auf seinen Schultern.

»Charles, es ist meine Schuld«, sagte sie. »Ich habe

Sie in das Dilemma gebracht. Wenn ich nicht gewesen wäre, wären Sie gar nicht erst hierhergekommen.«

»Dabei war ich so froh, dass mich Ihr Vater scheinbar nach Hillside Manor eingeladen hatte«, sprach er weiter, ohne sie offenbar überhaupt gehört zu haben. »Gestern war ich so nah dran und heute weiter entfernt als je zuvor.«

Wie gern hätte sie ihn in den Arm genommen, ihm gesagt, dass alles wieder gut werden würde, aber darüber war sie sich selbst nicht sicher. Ihr Vater konnte ziemlich stur sein, wenn etwas passierte, womit er nicht gerechnet hatte.

»Ich schlage vor, wir fahren nach Aberdeen und kaufen einen neuen Anzug für Sie«, sagte sie daher.

Aberdeen lag fünfzehn Meilen südlich von Fairhaven. Sie war erst einmal dort gewesen, doch sie war sich sicher, damals einen Laden für Herrenbekleidung gesehen zu haben. Sein Anzug war wohl nicht mehr zu retten.

»Spielt das jetzt noch eine Rolle?«, fragte Charles, der sie endlich wieder wahrzunehmen schien. »Die Schlacht ist doch sowieso verloren.«

»Aber nicht der Krieg«, entgegnete Liza.

Dieses Zitat wollte sie immer schon verwenden.

»Und wenn Sie wieder etwas Sauberes und nicht Zerrissenes anhaben, werden Sie sich gleich viel besser fühlen.«

Sie schätzte Charles so ein, dass seine äußere Erscheinung Hand in Hand mit seiner inneren Gelassenheit ging. Je desolater sein Zustand war, desto weniger konnte er einen klaren Gedanken fassen. Eine große Welle der Zärtlichkeit überschwappte sie, nicht das erste Mal, seit sie ihn gestern Morgen auf dem Golfplatz angefahren hatte. Das schien Lichtjahre her zu sein.

Charles blieb noch eine Weile sitzen. Seine Finger spielten mit dem Kabel der Kaffeemaschine. Liza beobachtete ihn geduldig, was unüblich für sie war. Geduld war nicht das, was sie auszeichnete. Ihr Zusammensein mit Charles veränderte sie. Vielleicht lag es daran, dass sie das erste Mal das Wohlergehen eines anderen über ihr eigenes stellte. Schon als Kind konnte sie es nicht erwarten, bis Florence ihr das Fernsehen für ihre Lieblingsserie anmachte. Sie hatte auf dem Sofa gesessen und ihre Fersen beharrlich und immer fordernder gegen das Polster des Fußteils geklopft, bis Florence entweder nachgegeben oder sie auf ihr Zimmer geschickt hatte. Über den Wert von Geduld hatte sie dabei nichts gelernt, nur, dass es die Sache wert war, am Ball zu bleiben, weil es manchmal eben doch funktionierte.

Charles zupfte ein letztes Mal an dem Kabel, bevor er den Stuhl nach hinten schob und mit einem Seufzen aufstand.

»Wegen mir«, sagte er dann. »Fahren wir.«

Liza öffnete die Tür zum Foyer, streckte den Kopf weit vor und spähte vorsichtig hinaus, fast als hätte sie Angst, entdeckt zu werden. Die hatte sie zwar nicht, aber sie wusste instinktiv, dass nun nicht der beste Moment war, ihrem Vater in die Arme zu laufen. Sie merkte, dass Charles hinter sie getreten war. Fast meinte sie, die Wärme seines Körpers zu spüren. Im Haus war es totenstill, selbst Sammy war nicht zu hören, der normalerweise immer bellte oder einem Spielzeug hinterherjagte. Sie durchquerte die Halle und winkte Charles zu, ihr zu folgen. An der Garderobe neben der Haustür stand ein schmiedeeiserner Tisch, auf den ihr Vater immer seinen Schlüsselbund legte. Vorsichtig und zugleich fest schlossen sich Lizas Finger um die Schlüssel, bevor sie zu laut klimpern konnten.

Es war nur ein kurzes Stück bis zur Haustür, die sie dann mit einem leisen *Klack* zuzog. Der Land Rover ihres Vaters stand wuchtig und vertrauenserweckend neben der Hecke. Charles war so sehr in seinen Gedanken versunken, dass er keine weiteren Fragen stellte, als er auf der Beifahrerseite einstieg.

Liza fuhr gerne mit dem Land Rover, wenn sie es auch nicht oft durfte. Robert Keener wusste, wie rasant seine Tochter fuhr, und hatte keine Lust darauf, den Wagen durch ihre Fahrkünste ruinieren zu lassen. Daher wachte er normalerweise sehr akribisch über seine Schlüssel. Er wäre sicher schnell aus seinem Arbeits- zimmer gekommen, wenn er gewusst hätte, dass Liza just in diesem Moment vorhatte, mit seinem Auto das Gelände zu verlassen.

Sie steckte den Schlüssel ins Schloss und der Diesel sprang nach kurzem Stottern an. Sie trat noch einmal kräftiger auf die Kupplung, nachdem der erste Gang nicht sofort einrastete, fast so, als wolle er sie am Weiterfahren hindern. Der Motor nahm das Gas zögerlich an, als sie langsam die Kupplung kommen ließ. Nach einem leichten Ruckeln fuhren sie los. Der Kies knirschte unter den Rädern wie überfahrenes Popcorn.

Die Zufahrt nach Hillside Manor war schmal und flankiert von einer schnurgeraden Reihe Eichen, die es unmöglich machte, einem entgegenkommenden Fahrzeug auszuweichen, ohne gegen einen Baum zu fahren. Daher trat Liza ziemlich unsanft auf die Bremse, als ein Ford um die Ecke bog, der kurz vor dem Kühlergrill des Land Rovers stehen blieb.

»Das ist der Sheriff von Fairhaven«, sagte sie, obwohl Charles das an der Beschriftung und den Blaulichtern sicher selbst schon erkannt hatte.

»Setzen Sie zurück«, sagte Charles, nachdem der Sheriff keine Anstalten machte, es seinerseits zu tun.

Liza überlegte kurz, was das für sie bedeuten könnte. Obwohl sie regelmäßig in Fairhaven waren, war der Sheriff noch nie hier gewesen. Der Kontakt beschränkte sich ausschließlich auf ein paar kurze Worte im *Percey's*, der Bar des Ortes, oder im *Diner* auf der Hauptstraße. Noch nie hatte Sheriff Baines einen Grund gehabt, das Anwesen selbst zu besuchen.

»Nun fahren Sie doch«, sagte Charles, nachdem Baines kurz auf die Hupe gedrückt hatte.

Liza umklammerte das Lenkrad und holte tief Luft, bevor sie den Rückwärtsgang suchte. Der Land Rover machte es ihr nicht leicht, entschloss sich dann aber doch dazu, sein Getriebe freizugeben und den Gang einrasten zu lassen. Der Wagen schoss zurück, nachdem Liza mit Nachdruck auf das Gaspedal trat. Kleine Steine flogen hoch und nahmen ihr für einen Augenblick die Sicht. Ihre Hand zitterte, als sie sie auf den Hebel der Gangschaltung legte, da sie befürchtete, der Gang würde herausspringen. Charles bemerkte es und sein Blick streifte sie, während sie stur das Lenkrad hielt, damit der Wagen auf Kurs blieb, und sich bemühte, souverän auszusehen.

»Was ist nur los mit Ihnen?«, fragte er. »Sie führen sich auf, als wären sie auf der Flucht. Sie haben doch keinen umgebracht. Sie haben doch keinen umgebracht, oder?«

»Ich weiß nicht«, erwiderte Liza, die ihm nicht richtig zugehört hatte. Aber diese Antwort war im Allgemeinen die unverfänglichste.

»Das beruhigt mich nicht«, sagte Charles, dessen Stimme nun einen Hauch von Panik angenommen hatte.

Sie fuhren immer noch im halsbrecherischen Tempo rückwärts. Geschickt drehte Liza das Lenkrad, als sie den Vorplatz erreicht hatten. Die Hinterachse schwenkte herum und gab den Weg für den Ford des Sheriffs frei.

»Was meinen Sie damit, dass Sie es nicht wissen?«, fragte Charles. »Was ist passiert? Und vor allen Dingen, wann?«

»Was meinen Sie?«, fragte Liza, die den Wagen des Sheriffs im Auge behielt. Einen Moment war sie versucht wegzufahren, aber das hätte die Situation nur hinausgezögert, nicht verbessert.

»Dass Sie vielleicht jemanden umgebracht haben?«

Charles' Stimme klang jetzt eindeutig panisch.

»Was reden Sie da?«, fragte Liza verwirrt. »Ich habe selbstverständlich keinen umgebracht. Erzählen Sie nicht so einen Unsinn.«

Charles wirkte, als wolle er noch etwas erwidern, was er sich aber dann verkniff. Sie war froh darüber. Im Augenblick hatte sie berechtigte andere Sorgen, wenn es auch kein Mord war. Sie musste versuchen, Sheriff Baines abzufangen, bevor jemand im Haus bemerkte, dass er da war. Sie stellte den Motor ab und drehte ihren Körper nach rechts, sodass sie Charles ins Visier nehmen konnte.

»Charles, ich möchte, dass Sie im Auto bleiben«, sagte sie eindringlich. »Ich habe etwas mit dem Sheriff zu klären.«

»Und es geht hier nicht um Mord«, fuhr sie fort, als sie den Ausdruck in seinen Augen sah. »Ich habe vielleicht nur gestern auf dem Weg hierher eine kleine Dummheit gemacht, die ich jetzt ausbügeln muss.«

»Es geht um das Auto, nicht wahr?«, flüsterte Charles, als hätte er Sorge, der Sheriff draußen könnte ihn hören.

Der war ausgestiegen, rückte sich seinen Stetson zurecht und blickte fragend auf die Insassen des Land Rovers, bevor er sich umdrehte und auf das Haus zuschritt.

»Ich wusste, da stimmt etwas nicht«, stöhnte Charles

jetzt. »Wer ist so verrückt und gibt sein Auto einer vollkommen Fremden, die plötzlich in der Wildnis vor seinem Haus auftaucht?«

Die Wildnis war in dem Fall das Tal von Point Hill, das zwar schwach besiedelt, aber keinesfalls unzivilisiert war. Für einen Professor, der seine Zeit fast ausschließlich im Schutz seines Instituts verbrachte, mochte es der Wildnis wahrscheinlich am nächsten kommen.

»Beschweren Sie sich nicht. Ich habe Sie doch hierhergebracht, oder nicht?«

»Die Leute einfach zu fragen, wäre wohl keine Option gewesen?«

Liza war einen Moment versucht, ihm von der Situation am Point Hill zu erzählen, hielt aber den Mund. Sie hatte sich gestern dem Haus genähert und da bereits Waffen gesehen, die an der Hauswand lehnten. Die offen zur Schau gestellte Gewaltbereitschaft, gepaart mit einer Reihe toter Opossums, die an einer Wäscheleine hingen, hatte sie beunruhigt. Sie wollte sich nicht ausmalen, was diese Pelztierjäger einer jungen Frau zu sagen gehabt hätten, die auf die Farm kam, um nach einem Auto zu fragen. Eine Weile hatte sie beobachtet, wie die Männer versuchten, Stare aus der nahe gelegenen Pappel zu schießen. Dabei wurde ihr klar, dass sie hier mit der gesellschaftlich anerkannten Methode, um etwas zu bitten, nicht weiterkommen würde. Als die grölenden Männer sich ins Haus zurückzogen, war sie, verdeckt von einem Holzstapel, über den Hof zu dem Camaro geschlichen und hatte erleichtert festgestellt, dass der Schlüssel steckte und sie den Wagen nicht kurzschließen musste. Sie war lautlos eingestiegen und hatte es sogar vermieden, die Fahrertür hinter sich zuzuziehen, um nicht bereits ein Geräusch zu machen, bevor sie ihn anließ. Den Motor zu starten, das Automatikgetriebe auf *Drive* zu stellen und das Gaspedal voll durchzutreten, geschah in wenigen Sekunden. Sie war bereits auf dem Weg gewesen, als sie im Rückspiegel die Wilderer sehen konnte, die mit den Gewehren angerannt kamen, um ihr hinterherzuschießen. Aber all das konnte sie nicht in die kurze Erklärung packen, die sie jetzt für Charles gebraucht hätte.

»Nein«, antwortete sie nur.

Charles stöhnte auf.

»Hören Sie, Charles. Sie müssen im Auto bleiben«, flüsterte sie. Offenbar färbte seine Paranoia auf sie ab.

Sie bemerkte aus den Augenwinkeln, dass Baines nun vor der Veranda angekommen war. Er schien es nicht eilig zu haben, eher wirkte er wie jemand, der seine Umgebung genau in Augenschein nahm, damit ihm nicht die geringste Kleinigkeit entging. Ab und zu drehte er sich zum Land Rover um, als frage er sich, warum die beiden Insassen nicht ausstiegen.

»Ich regle das«, sprach sie weiter. »Mit Ihrem schuldbewussten Gesicht bringen Sie es fertig, sich sofort Handschellen anlegen zu lassen. Ich verspreche Ihnen, ich hole uns hier raus.«

Sie wartete seine Antwort nicht ab und öffnete die Tür. Diese war schwer und schwenkte nur langsam auf.

Bevor sie die Tür wieder schloss, meinte sie, Charles sagen zu hören, er hätte schließlich gar nichts getan, doch sie ignorierte ihn.

Sheriff Baines hatte die Stufen der Veranda erklommen und stand vor der Haustür, um die Glocke zu betätigen, nicht ohne vorher einen Blick durch das Fenster daneben geworfen zu haben. Liza beschleunigte ihren Schritt und der Kies unter ihren Schuhen knirschte empört. Baines drehte sich zwar zu ihr um, betätigte aber im selben Moment den Klingelknopf. Der Klang der Glocke ertönte durch das Haus.

»Mist«, murmelte Liza, deren Schritt sich sofort danach verlangsamte. Sie hätte dringend Zeit zum Nachdenken gebraucht, hatte sie aber nicht, denn wieder einmal musste sie jetzt improvisieren. Liza sah, dass Florence die Tür öffnete, und hörte, wie sie den Sheriff freundlich, aber verwundert begrüßte. Er war auf Hillside Manor kein Gast, den man erwartete. Das Holz der Treppe knarrte, als sie die letzte Stufe einfach übersprang.

»Sheriff Baines, was kann ich für Sie tun?«, fragte Florence.

Baines drehte sich kurz zu Liza um und nickte ihr zu, bevor er Florence antwortete.

»Ich muss Mr Keener sprechen.«

Der Ernst in seiner Stimme war nicht zu überhören.

»Ist etwas passiert?«

Florence war offenbar noch nicht gewillt, dem Sheriff Zugang ins Haus zu gewähren. Sie trat ein Stück vor und zog die Tür hinter sich zu, so, als wolle sie das Anwesen vor Ungemach schützen.

»Das würde ich gerne mit ihm selbst besprechen«, antwortete Baines bestimmt, aber nicht unfreundlich.

Florence blickte zu Liza, doch die wusste auf Anhieb auch nicht, wie sie aus der Sache herauskommen sollten. Sie zuckte mit den Achseln.

»Ich kann Ihnen nicht helfen?«, fragte Liza dennoch.

»Nein, Miss Keener«, antwortete der Sheriff. »Es geht um eine etwas heikle Angelegenheit.«

»Ich hole ihn«, sagte Florence und verschwand im Haus, nicht ohne Liza vorher einen beunruhigten Blick zuzuwerfen.

Normalerweise wäre dieser eine lockere Unterhaltung mit Baines leichtgefallen, während sie auf ihren Vater warteten, doch ihr kam absolut keine Idee, wie sie die Situation hätte entschärfen können. Daher wippte sie nervös auf den Zehenspitzen, während Baines die Geranien betrachtete, die ihn ungemein zu interessieren schienen. Es dauerte sicher nicht lang, bis Florence ihren Vater geholt hatte, aber es kam Liza vor wie Stunden.

»Baines, was kann ich für Sie tun?«, fragte Robert, als er auf der Veranda erschien.

»Auf Sie ist ein Tesla 3 angemeldet?«, fragte der, obwohl er die Antwort darauf ganz sicher wusste.

»Ja, das stimmt«, erwiderte Lizas Vater. »Er steht in Fairhaven in der Werkstatt. Irgendetwas mit dem Motor.«

»Er wurde gestern auf dem Parkplatz einer verlassenen Tankstelle im County gesehen.«

»Soweit ich weiß, ist das kein Verbrechen.«

»Natürlich nicht.« Baines lachte. Es klang wie Schnauben. »Nur – in dieser Zeit ist auf dem Anwesen der Porters ein Camaro gestohlen worden.«

»Und was habe ich damit zu tun?«

»In diese Gegend verirrt sich keiner so schnell. Nicht viel Durchgangsverkehr, wissen Sie. Wenn zur selben Zeit des Diebstahls ein verlassener Wagen in dieser Gegend gesehen wurde, muss ich der Sache nachgehen. Vor allen Dingen, wenn dieser noch einen Motorschaden hatte.«

»Wollen Sie damit sagen, ich hätte einen Camaro gestohlen?«, fragte Robert Keener drohend.

»Nein, natürlich nicht.« Baines hob abwehrend die Hände. »Vielleicht ist Ihnen dennoch etwas aufgefallen. Denn, wie gesagt, in diese Gegend verirrt sich nicht oft jemand.«

»Ich habe nichts gesehen«, erwiderte Lizas Vater kalt. »Das konnte ich auch gar nicht, denn ich habe den Wagen gar nicht gefahren. Meine Tochter war damit unterwegs.«

»Ich kann Ihnen leider auch nicht helfen«, sagte Liza schnell.

»Und wie sind Sie hierhergekommen?«, bohrte Baines nach.

»Per Anhalter.«

Diese Lüge flutschte Liza beunruhigend leicht über die Lippen.

KAPITEL 11

Robert Keener blickte seine Tochter unverwandt an. Etwas in seinem Blick sagte ihr, dass in seinem Kopf mehr vorging, als sie im Moment wissen wollte. Doch er schwieg. Liza reckte trotzig den Kopf nach oben und betrachtete den Sheriff überheblich durch die Schlitze ihrer Augen. Er würde ihr nicht das Gegenteil beweisen können.

»Nun gut«, sagte der Sheriff langsam und drehte die Krempe des Stetsons in seiner Hand, über die er geistesabwesend gestrichen hatte. »Dann werde ich dem Fall weiter nachgehen müssen. Danke für Ihre Kooperation.«

Er ging vorsichtig die Stufen der Veranda hinunter, als wären sie in irgendeiner Weise besonders steil und gefährlich. Robert schaute ihm hinterher und wartete, bis Baines den Motor angelassen hatte und davonfuhr.

»Was war mit dem Camaro?«, fragte er Liza.

Es lag keine Erwartungshaltung in seiner Stimme. Er hätte sie ebenso nach dem Wetter fragen können.

»Offenbar ein Missverständnis«, antwortete Liza kaltblütig und blickte ihm gerade ins Gesicht. Alles andere hätte sein Misstrauen geweckt. Trotzdem hatte sie das Gefühl, dass er ihr nicht glaubte, und sie dachte daran, wie er sie vorhin angeschaut hatte. Sie hatte ihm noch nie etwas vormachen können. Doch es schien ihn nicht weiter zu interessieren.

»Du bist erwachsen und selbstständig. Du wirst wissen, was du tust«, sagte er nur.

»Sicher«, antwortete Liza.

Insgeheim wünschte sie, ihr Vater würde die Angelegenheit regeln. Aber wahrscheinlich gehörte das zum Erwachsenwerden, über das er gesprochen hatte.

»Du willst weg?«, fragte er und deutete mit einer Kopfbewegung zu seinem Land Rover. Sie hatte vergessen, dass Charles drinsaß. Er hielt seinen Kopf aus der Scheibe, wahrscheinlich, um nichts von dem Gespräch zu verpassen.

»Ja. Professor Gillham wollte sich etwas Neues zum Anziehen kaufen. Und da der Tesla in der Werkstatt steht ...«

Sie beendete den Satz nicht.

»... und hier so wenige Autos vorbeikommen, in denen man per Anhalter mitfahren kann ...«

Ihr Vater sagte es ruhig, fast emotionslos, und es war unmöglich für Liza festzustellen, wie ironisch es wirklich klingen sollte.

»Genau«, antwortete sie.

»Geh pfleglich mit dem Auto um«, sagte ihr Vater, bevor er wieder im Haus verschwand.

»Hat doch ganz gut geklappt«, flüsterte Liza ihrer Ziehmutter zu.

»Wenn du meinst«, erwiderte Florence nur. »Wenn du Glück hast, kommst du mit einem blauen Auge davon. Aber ich glaube nicht, dass der Sheriff sich so leicht abwimmeln lässt. Er wird deine Aussage überprüfen.«

»Und nach einem Fahrer suchen, mit dem wir per Anhalter hierhergekommen sind«, entgegnete Liza. »Komm schon, es ist unmöglich, das festzustellen.«

»Ich weiß, du hältst ihn für einen Idioten«, sagte Florence milde. »Aber unterschätz ihn nicht. Er wird nicht zulassen, dass er den Diebstahl des Wagens nicht aufklärt. Dafür ist sein Ehrgefühl zu groß.«

Liza schnalzte mit der Zunge, fast so, als wolle sie Florence damit zeigen, wie sehr sie das Ehrgefühl des Sheriffs interessierte. Die seufzte nur, betrat das Haus und schloss die Tür hinter sich.

Liza ging zurück zum Wagen. Diesmal bemühte sie sich nicht, leise zu sein. Sie schlug die schwere Fahrertür lautstark zu, nachdem sie eingestiegen war.

»Ich wusste es«, wiederholte Charles seine Aussage von vorhin.

»Charles, warten Sie einen Moment, ich muss nachdenken.«

Liza spielte gedankenverloren mit dem Schlüssel im Zündschloss, ließ den Anhänger immer und immer wieder durch ihre Finger gleiten. Schließlich startete sie den Wagen und fuhr mit Vollgas los.

~

»Wohin fahren wir?«, fragte Charles und griff instinktiv nach dem Haltegriff über der Beifahrertür.

»Wir müssen den Camaro zurückbringen«, erwiderte Liza, während sie einem Baum auswich, der die Auffahrt zur Straße in zwei Hälften teilte. Charles wurde gegen den Holm gedrückt.

»Haben Sie etwas dagegen, das nicht so schnell zu tun? Sonst werden wir keine Gelegenheit mehr dazu haben.«

Er hätte gestern darauf bestehen sollen, nach seinem Sturz wieder nach Fine Falls zurückzukehren. Dann hätte er weder einen aufgebrachten Sponsor noch einen verbuddelten Brustbeinkamm am Hals. Geschweige denn einen Autodiebstahl, der ihn zwar nicht zum Drahtzieher, aber sicher zum Mittäter machte.

»Keine Zeit«, zerschlug Liza seine Hoffnung auf ihre Einsicht. »Mein Vater hält Baines zwar für einen typischen Kleinstadt-Sheriff, aber selbst der wird alles daransetzen, die Sache schnell aufzuklären. So viel zu tun hat er hier sonst nämlich nicht.«

Sie hatten das Ende der Auffahrt erreicht und Liza bog nach einem kurzen Stopp rasant auf den Highway ab. Charles hatte seinen Griff nur kurz gelockert. Das rächte sich jetzt. Er wurde auf die andere Seite geschleudert und stieß sich unsanft an der Gangschaltung. Liza beschleunigte den Land Rover auf der befestigten Straße noch mehr. Charles fühlte leichte Übelkeit aus der Tiefe seines Magens aufsteigen und war froh, nicht gefrühstückt zu haben.

»Und wie stellen Sie sich das vor?«, versuchte er sich von seinem Unwohlsein abzulenken.

»Wir bringen den Camaro nach Point Hill zurück, stellen ihn auf einem Waldweg in der Nähe des Hauses ab und fahren mit dem Land Rover zurück nach Hause. Ganz einfach.«

Charles fielen auf Anhieb bestimmt zehn Gründe ein, warum es garantiert nicht einfach sein würde, aber der Hauptgrund war der, dass Liza der Meinung war, es sei so. Reibungslose Abläufe und Liza Keener passten einfach nicht zusammen. Das hatte er in knapp 30 Stunden bereits gelernt. Trotzdem entschied er, darüber nicht zu diskutieren. Es wäre ihm nur lieber gewesen, wenn er nicht mit von der Partie hätte sein müssen.

»Vielleicht sollten Sie mich einfach in Fairhaven absetzen«, begann er vorsichtig. »Ich werde schon irgendwie wieder zurück nach Fine Falls kommen. Das gäbe Ihrem Vater Gelegenheit, sich zu beruhigen.«

»Wollen Sie Ihren Knochen zurückhaben oder nicht?«, fragte Liza, während sie in den Rückspiegel blickte, weil der Fahrer des Wagens, den sie gerade überholt hatte, seine Lichthupe betätigte.

»Natürlich. Das wissen Sie.«

»Dann kommen Sie gefälligst mit. Hören Sie auf, so feige zu sein.«

Charles fragte sich, ob man erst zum Verbrecher werden musste, um Tapferkeit zu beweisen. Wenn ja, dann wollte er gar nicht erst zum Helden werden.

Sie erreichten die Abzweigung, an der sie gestern abgebogen waren, aber diesmal fuhr Liza nach rechts in Richtung Fairhaven. *2 Meilen* zeigte das Schild. Zwei Meilen, bei denen Charles' Gedanken rotieren würden, weil er hoffte, ihm fiele etwas ein, um aus dieser Situation herauszukommen. Sein Verstand funktionierte normalerweise logisch einwandfrei, aber diesmal offenbarte sich ihm keine Lösung. Er war sich sicher, das lag in der Person Liza Keener begründet. Wenn ihre Handlungen nicht logisch waren, würde er keine Chance haben, diesen rational zu begegnen.

In Fairhaven war er noch nie gewesen, obwohl er bereits seit sieben Jahren in Fine Falls lebte. Um die geografische Lage hatte Charles sich noch nie gekümmert, wenn sie ihm keine wissenschaftlichen Erkenntnisse bescherte. Sie fuhren an einer Farm vorbei und er betrachtete interessiert die endlosen Felder mit Korn. Die Getreidesilos erinnerten ihn vage an Spaceshuttles. Plötzlich konnte er sich vorstellen, bei einem Wochenendausflug durch die Wälder des Umlands zu streifen und die Agrikultur der Gegend zu bewundern. Bis jetzt verbrachte er auch seine freien Tage fast ausschließlich im Institut. Er hätte gerne angehalten, um die Silos näher zu betrachten, aber Liza gab wieder Gas, als hätte sie seine Gedanken gelesen.

»Den Camaro habe ich am Wasserturm abgestellt«, sagte sie. »Ganz in der Nähe der Stadt. Er steht nahe genug an Petersons Taxiservice, aber weit genug von der Hauptstraße weg. Die Leute in solchen Kleinstädten sind ziemlich neugierig. In Santa Monica interessiert es keinen, ob man ein Auto abstellt oder klaut.«

»Reizend«, entgegnete Charles nur und nahm sich vor, nie nach Kalifornien zu reisen. Was für Autos galt, galt dort sicher auch für Menschenleben. Zumindest hatte er so etwas in der Art schon mal gehört.

Liza fuhr an, als die Ampel auf Grün sprang, und bog rechts in eine enge Seitenstraße ab. Sie fuhren zwischen den Häuserfluchten, die zur Straßenseite keinerlei Fenster hatten, über zwei Kreuzungen, bevor Liza nach links abbog. Unvermittelt fuhr sie rechts auf den Randstreifen und bremste scharf.

»Verfluchter Mist, der Wagen ist weg«, sagte sie.

»Wie kann der weg sein?«, fragte Charles.

Er wunderte sich nicht darüber, dass ihn das wenig schockierte. Inzwischen schien er sich an das Wochenende voller unerwarteter Wendungen gewöhnt zu haben. Obwohl er sich sagte, ihn könne nichts mehr überraschen, wollte er es nicht laut aussprechen, fast so, als befürchte er, das Leben würde ihm gerade dann das Gegenteil beweisen wollen.

»Das frage ich mich auch«, erwiderte Liza.

Sie hatte kurz scharf abgebremst und war zum Stehen gekommen, offenbar, um die Kulisse in sich aufzunehmen. Nun trat sie wieder aufs Gas und kurbelte gleichzeitig das Steuer scharf nach links.

»Haben Sie ihn wirklich genau hier abgestellt?«, fragte Charles.

Er hatte zwar mit Frauen nicht viel Erfahrung, aber über die Orientierungslosigkeit und mangelnde Logik mancher Frauen wusste er Bescheid. Zwar nicht aus erster Hand – Theresa verkörperte keines von beiden –, aber zumindest sagte man das. Er hätte gerne noch einmal nachgehakt, aber Lizas Blick brachte ihn zum Schweigen. Er schwieg, bis sie Fairhaven erreichten. Sie brausten über die Hauptstraße, die die Art von beschaulichem Charme ausstrahlte, den solche Kleinstädte immer hatten. In dem langen, schweren Geländewagen mussten sie wie Außerirdische in einem bereiften Ufo wirken.

»Wohin fahren wir nun?«, erkundigte sich Charles vorsichtig.

Lizas Miene sprach nicht von allzu guter Laune.

»Zu Barney«, antwortete sie dennoch. »Der Autowerkstatt«, ergänzte sie. Wahrscheinlich hatte sie seinen fragenden Blick bemerkt.

»Warum glauben Sie, dass der etwas über den Verbleib des Camaro weiß?«

»Er betreibt auch den einzigen Abschleppdienst vor Ort.«

Liza trat am Stoppschild auf die Bremse, um im nächsten Moment wieder mit quietschenden Reifen loszufahren. Diesmal war Charles besser vorbereitet. Er hatte rechtzeitig den Haltegriff gepackt. Sie bogen an der Town Hall ab, die mit ihrem Flachdach und der endlos langen Seitenfront wirkte wie eine Lagerhalle. Die Straße wurde hier enger und endete in einer Sackgasse. *Barney's Town Garage* stand in verwitterter Schrift auf einem blauen Schild. Der ehemals rote Backstein ließ sich unter einer Schicht von Schmutz und Ölschmiere kaum noch erkennen.

»Sehr vertrauenserweckend«, sagte Charles.

»Urteilen Sie nicht, bevor Sie ihn nicht kennen«, erwiderte Liza. »Barney ist eine Koryphäe und der Einzige in der Gegend, der sich an einen Tesla herantraut. Ich hätte ihn sonst nach Baltimore schleppen lassen müssen.«

Liza parkte auf dem Seitenstreifen und öffnete die Tür. Charles hatte keine Lust, ihr zu folgen. Eigentlich konnte nichts es ihm schmackhaft machen, mit dem verschwundenen Camaro in Verbindung gebracht zu werden. Doch seine Solidarität siegte. Liza alleine zu lassen, erschien ihm nicht richtig. Er konnte nicht genau sagen, warum.

Sie überquerten die verlassene Straße und gingen zwischen zwei Containern entlang hinter die Halle. Ein alter Toyota stand auf seinen Felgen neben einer Box mit ausrangierten Autoreifen. Sonst schien alles verlassen zu sein. Liza zog an der Klinke einer rostigen Eisentür und öffnete sie. Ein Geruch von Öl und Abgasdämpfen schlug ihnen entgegen. Der Tesla stand mit geöffneter Motorhaube in der hinteren rechten Ecke. Das Gesicht eines Mannes mit einem gewaltigen

Schnurrbart und roten Wangen tauchte hinter der Motorhaube eines Honda auf.

»Ihr Wagen ist noch nicht fertig, Miss Keener«, sagte er statt einer Begrüßung. »Das Ersatzteil kommt erst am Montagmorgen.«

»Nicht so schlimm, Barney.« Liza winkte ab. »Wir sind auf der Suche nach einem Camaro Z28. Freunde von uns haben ihn am Wasserturm geparkt, aber nun steht er dort nicht mehr. Wenn einer etwas darüber weiß, dann doch sicher Sie.«

Ihre Stimme klang schmeichelnd. Sie hatte ein ganz besonderes Lächeln aufgesetzt, das Charles noch nie an ihr gesehen hatte. So musste Liza sich anhören und aussehen, wenn sie etwas wollte.

»Den Camaro?« Barney nahm seine Kappe ab und kratzte sich am Kopf. »Den habe ich abgeschleppt. Ich meine, ein solches Auto alleine am Wasserturm, da kann nichts Gutes bei rauskommen.«

»Unverantwortlich, da gebe ich Ihnen recht«, stimmte Liza ihm zu. »Ich wusste doch, dass es richtig war, zu Ihnen zu kommen. Dann können wir ihn ja einfach wieder mitnehmen.«

»Das wird nicht so einfach sein, Miss Keener.« Barney schüttelte bedauernd mit dem Kopf. »Der steht auf dem Parkplatz hinter dem Sheriffbüro. Baines hat ihn dort hinschleppen lassen.«

»Was sollen wir jetzt machen?«, fragte Charles, als sie wieder ins Auto stiegen.

Liza wusste es nicht, aber sie registrierte sehr wohl, dass Charles von *wir* gesprochen hatte. Leider war keine Zeit, sich darüber zu freuen. Es war ein Problem, dass der Camaro auf dem Hof des Sheriffs stand.

»Wir fahren zum Sheriff«, antwortete sie, nachdem Charles seine Frage noch einmal wiederholt hatte.

»Um was zu tun? Ich hoffe nicht, dass Sie das Auto erneut stehlen wollen. Mit einem Bein stehen wir schon im Gefängnis.«

Wieder das *Wir*, dessen Bedeutung ihren Körper mit Wärme erfüllte.

»Natürlich nicht«, erwiderte sie. »So verrückt bin ich nun auch nicht. Aber haben Sie schon einmal darüber nachgedacht, was die Entdeckung unserer Fingerabdrücke im Wagen für uns bedeuten kann?«

Offenbar hatte Charles das nicht, denn er wurde tatsächlich bleich. Bis jetzt hatte Liza das immer für einen bildhaften Ausdruck gehalten.

»Haben Sie die denn nicht abgewischt?«

»Würde ich sonst in die Höhle des Löwen fahren?«, konterte sie.

Darauf gab es offenbar keine passende Antwort, denn Charles schwieg.

Das Büro des Sheriffs lag auf der anderen Seite von Fairhaven, direkt am Highway, der zurück nach Baltimore führte. Das Gebäude war bis 1985 von einer Spedition genutzt worden. Daher schloss an das Hauptgebäude ein Parkplatz an, der groß genug gewesen wäre, um sämtliche abgeschleppten Autos von Fairhaven zu beherbergen. Liza hielt circa 300 Fuß vorher unter einem Baum an, um die Lage zu analysieren.

»Es wird schwierig werden, ungesehen auf das Gelände zu kommen«, sagte sie.

»Sie wollen doch nicht ernsthaft da rein?«

»Haben Sie eine andere Idee?«

Charles schwieg erneut. Liza legte einen Gang ein und beschleunigte wieder. Die einzige Möglichkeit war, es von der Rückseite am Pearl River zu versuchen. Sie hoffte, dass die Sträucher dort sie verdecken würden und der Zaun eine offene Stelle hätte, durch die sie durchschlüpfen könnte. Wenn sie sich eng am Zaun nach vorne durchkämpfen würde, käme sie wahrscheinlich ungesehen in die Nähe des Camaro. Für das restliche Stück bräuchte sie ein Quäntchen Glück. Sie hoffte, dass das heute auf ihrer Seite war.

Der Pearl River war ein unbedeutender Fluss mit trübem Wasser, der aus dem Westen kam, Fairhaven an dieser Stelle streifte, um seinen Weg zur Chesapeake Bay fortzusetzen. Es verirrten sich nicht viele Menschen hierher, daher war sein Ufer dicht bewachsen. Es würde schwierig werden, sich dort durchzukämpfen.

Liza parkte den Geländewagen in einer Haltebucht hinter dichten Forsythien, wo er von der Straße aus nicht mehr gesehen werden konnte. Sie öffnete die Tür und stockte, als Charles dasselbe tat.

»Das müssen Sie nicht tun, Charles«, sagte sie. »Sie haben das nicht zu verantworten.«

»Ich werde Sie auf keinen Fall alleine gehen lassen. Nachher passiert Ihnen noch etwas.«

»Was sollte passieren? Ich glaube nicht, dass es hier Löwen oder Leoparden gibt.«

Charles schien dieses Argument nicht zu überzeugen, denn er stieg aus.

»Das, was wir hier vorhaben, verlangt Vorsicht und Fingerspitzengefühl. Zwei Eigenschaften, die ich bei Ihnen noch nicht entdeckt habe. Daher komme ich mit.«

Liza gab es auf, ihn umzustimmen. Sie kämpften sich schweigend in der Nähe des Ufers durch das Dickicht, bis sie auf einen Maschendrahtzaun stießen, der das Grundstück auf der Rückseite einzäunte. Liza seufzte erleichtert auf. Wahrscheinlich hatte man darauf vertraut, dass niemand versuchen würde, von dieser Seite aus auf das Grundstück zu kommen. Der Zaun war hier nur ungefähr einen Meter hoch und ließ sich leicht hinunterdrücken.

»Wie gut, dass Ihr Anzug bereits kaputt ist«, konnte sie sich nicht verkneifen, als Charles hinüberstieg.

Ab hier wurde es einfacher. Zwar waren die Sträucher ebenfalls durch den Zaun gewachsen, aber nicht mehr dicht genug, um ihnen den Weg zu erschweren. Sie wanderten schweigend an der Einfriedung entlang, bis sie das Hauptgebäude sehen konnten.

»Da ist er«, sagte Charles und zeigte auf den Camaro, der neben einer Transformatorenstation geparkt war. Liza registrierte zufrieden, dass er im toten Winkel der hinteren Fenster stand. Sie gingen weiter, bis sie sich dem Wagen auf etwa 100 Fuß genähert hatten. Liza kramte den Zündschlüssel aus der Tasche.

»Bleiben Sie hier stehen«, flüsterte sie Charles zu. »Wir sollten nicht beide gehen.«

»Warten Sie«, zischte Charles ihr hinterher. »Haben Sie nicht etwas vergessen? Oder womit wollen Sie die Fingerabdrücke abwischen?«

Sie drehte sich zu ihm um. Er wedelte ihr mit einem Taschentuch zu. Sie schlich zurück und stopfte das Tuch in ihre Tasche.

»Es war doch keine so schlechte Idee, Sie mitzunehmen.«

Sie huschte über das staubige Gelände auf die Beifahrerseite des Camaro, öffnete die Tür und glitt lautlos hinein. Was hatten sie alles angefasst? Konzentriert putzte sie Lenkrad, Gangschaltung und Armaturenbrett ab. Nach einer kurzen Pause wischte sie ebenfalls über die Ledersitze. Vielleicht hatten sich Charles oder sie daran abgestützt. Schließlich blickte sie sich zufrieden im Wageninneren um. Sie stieg wieder aus und polierte die Griffe sowie großzügig einen Teil der Beifahrertür. Dann schlich sie gebückt auf die andere Seite, um das ebenfalls an der Fahrertür zu tun. Geschafft.

Sie richtete sich ein wenig auf und machte das Victoryzeichen in Charles' Richtung. Der gestikulierte wild und zeigte auf etwas, das sie nicht deuten konnte.

»Was ist?«, raunte sie.

Er sagte etwas, aber sie verstand ihn nicht. Sie zuckte mit den Schultern. Wahrscheinlich machte er sich gerade wieder verrückt, weil es ihm zu lange dauerte.

»Ich komme«, sagte sie lautlos und überprüfte mit einem Blick, ob am Büro irgendetwas zu sehen war, doch alles schien ruhig.

Sie wollte sich gerade in Bewegung setzen, als Charles seinen Beobachtungsposten aufgab und auf sie zueilte.

»Bleiben Sie stehen«, wisperte sie verzweifelt.

Am liebsten hätte sie ihm das entgegengebrüllt. Sie beschränkte sich auf fuchtelnde Handbewegungen, aber es war schon zu spät. Charles stolperte gegen das Gestell mit Absperrschranken und schlug der Länge nach hin. Das Geräusch der umkippenden Schranken war ohrenbetäubend. Sie gab ihre Vorsicht auf.

»Charles, ist Ihnen etwas passiert?«, rief sie erschrocken.

Sie lief zu ihm hinüber und packte seinen Arm. Er stöhnte.

»Lassen Sie es. Sie kugeln mir ja die Schulter aus. Das ist das dritte Mal seit gestern, dass ich mich Ihretwegen verletzt habe.«

»Warum sind Sie auch nicht stehen geblieben?«

»Der Kofferraum. Sie haben den Kofferraum vergessen.«

»Dafür hätte ich doch noch einmal zurückgehen können.«

»Erst gehen Sie jetzt einmal in die Zelle«, ertönte eine Stimme hinter ihnen.

Liza drehte sich um und blickte Baines direkt ins Gesicht.

~

»Hören Sie auf, das bringt doch nichts«, sagte Charles, als Liza zum wiederholten Mal am Gitter rüttelte.

Baines musste nicht viel Autorität aufbieten, um Charles in die Zelle zu bekommen. Im Gegensatz zu Liza wusste er, wann er verloren hatte. Außerdem tat ihm fast jeder Knochen im Körper weh. Liza war schwieriger zu überzeugen. Erst als Baines den Hilfssheriff Cody zur Unterstützung gerufen hatte, gab sie ihren Widerstand auf.

»Ich lasse mich hier doch nicht einsperren wie eine Schwerkriminelle.«

Charles war versucht zu sagen, dass sie ihre Situation selbst verschuldet hatte, hielt es aber für besser, den Mund zu halten.

»Baines, kommen Sie sofort hierher«, rief Liza, während sie ihre Nase durch die Gitterstäbe drückte.

In der letzten halben Stunde waren sie vom Sheriff derart beeindruckend ignoriert worden, dass Charles seinen Augen nicht traute, als der Gerufene tatsächlich im Flur erschien, in dem drei Zellen nebeneinander auf Gäste warteten. Offenbar war Fairhaven ein gefährlicheres Pflaster, als es den Anschein machte.

»Ich bedauere das selbst, glauben Sie, Miss Keener«, sagte Baines väterlich-freundlich, zog sich einen Stuhl heran und setzte sich. »Aber schuld an Ihrer Situation sind ganz allein Sie selbst.«

»Ich verstehe nicht, was Sie meinen«, erwiderte Liza und warf den Kopf in den Nacken. »Ich stelle nur fest, dass Sie uns eingesperrt haben, obwohl Mr Gillham nichts anderes gemacht hat, als Ihre Absperrungen umzuwerfen.«

Charles öffnete kurz den Mund, um etwas zu sagen, schloss ihn dann aber wieder. Es wäre wenig hilfreich gewesen zu erzählen, warum sie sich überhaupt auf dem Hof aufgehalten hatten. Das war allerdings auch nicht nötig. Baines war sowieso auf der richtigen Fährte.

»Die Frage ist doch, was Sie überhaupt auf meinem Hof zu suchen hatten.«

»Ist es verboten, das Büro des Sheriffs aufzusuchen?«

»Durch den Vordereingang? Sicher nicht. Das ist nämlich der Weg, den rechtschaffene Besucher einschlagen. Sie schlagen sich selten durch das Gestrüpp des Pearl Rivers.«

»Mr Gillham und ich waren spazieren.«

»Natürlich«, sagte Baines mit steinerner Miene. »Das Grundstück Ihres Vaters ist – wie groß?« Er kratzte sich übertrieben am Kopf. »Es hat den schönsten Park in dieser Gegend. Man kann dort sicher wunderbar spazieren gehen. Aber Sie ziehen es vor, sich im zugewachsenen Dickicht des Flusses herumzutreiben.«

»Das ist eine Frage des Geschmacks.«

»Und hat natürlich nichts mit dem gestohlenen Camaro zu tun«, stellte Baines ironisch fest.

»Ist es ein Verbrechen, sich für Oldtimer zu interessieren?«

»Stimmt«, erwiderte Baines und lehnte sich zurück. Er sah äußerst selbstgefällig aus. »Diese Leidenschaft teilen Sie sich doch mit Ihrem Vater.«

»Lassen Sie meinen Vater aus dem Spiel.«

»Ich wünschte, das könnte ich, Miss Keener. Er befindet sich übrigens bereits auf dem Weg hierher.«

Charles wurde übel. Er hätte sich gerne eingeredet, dass es daran lag, heute noch nichts gegessen zu haben. Robert Keener hatte ihm gerade noch gefehlt. Liza sah das anscheinend ähnlich.

»Was fällt Ihnen ein, ihn anzurufen?«

»Sagen wir mal, ich habe da noch ein paar Fragen«, sagte Baines.

Er und Liza starrten sich einen Augenblick an wie zwei wild gewordene Hunde. Charles hoffte, jetzt nicht angesprochen zu werden. Er hätte sich nicht darauf verlassen können, nichts Dummes zu tun. Alles zuzugeben, zum Beispiel, und darauf zu hoffen, dass der Sheriff Gnade vor Recht walten lassen würde. Er sah nicht, wie sie anders hier herauskommen sollten.

»Sparen Sie sich das«, sagte Liza. »Ihre Fragen habe ich bereits alle beantwortet.«

Sie trat zurück, setzte sich auf die Pritsche und verschränkte die Arme vor ihrer Brust. Doch das Blitzen in ihren Augen zeigte Charles, dass ihre Kampfeslust noch nicht gebrochen war. Er hoffte, es wäre nur eine strategische Pause, und merkte, wie sehr er sich darauf verließ, dass Liza eine Lösung für ihr

Dilemma haben würde. Er hatte sie nicht. Cody kam in den Flur.

»Mr Keener ist hier«, sagte der Hilfssheriff.

»Bringen Sie ihn rein.«

Baines erhob sich schwerfällig von seinem Stuhl. Offenbar flößte ihm Lizas Vater doch so viel Respekt ein, dass er mit ihm auf Augenhöhe diskutieren wollte. Keener trat ein und sein Blick schweifte wortlos von Baines zu seiner Tochter, weiter zu Charles und wieder zurück zu Baines.

»Bleiben Sie hier«, befahl der, als Cody sich zurückziehen wollte. Dieser postierte sich daraufhin an der Tür.

»Warum, zum Teufel, haben Sie meine Tochter eingesperrt, Baines?«, fragte Keener.

Es kränkte Charles ein wenig, dass es seinen Gönner wenig interessierte, ihn ebenfalls hinter Gittern zu sehen.

»Das passiert halt mit Leuten, die ein Auto gestohlen haben.«

»Das haben Sie heute Morgen bereits angedeutet. Diese Unterstellung hat mir da schon nicht gefallen.«

»Sehen Sie, Mr Keener, heute Morgen hatte ich nur einen vagen Verdacht. Jetzt habe ich die Gewissheit.«

»Gewissheit worüber?«

»Dass Ihre Tochter etwas mit dem Verschwinden des Camaro zu tun hat. Oder wie können Sie es sonst erklären, dass sie ihn vorhin vom Gelände stehlen wollte?«

Keener drehte sich zu seiner Tochter um.

»Ich - wollte - ihn - nicht - vom - Gelände - stehlen.«

Liza betonte jedes Wort. Das war gar nicht so dumm, fand Charles. Damit hatte sie schließlich nicht gelogen. Auch ihrem Vater schien die Antwort zu gefallen.

»Da haben Sie ihre Aussage«, sagte er zu Baines. »Oder wollen Sie meine Tochter der Lüge bezichtigen?«

Baines hob abwehrend die Hände.

»Natürlich nicht«, sagte er. »Ihre Tochter ist eine reizende Dame, die mir in all diesen Jahren noch nie negativ aufgefallen ist. Von ihrem Fahrstil einmal abgesehen.«

»Der steht jetzt wohl nicht zur Debatte.«

»Nein, natürlich nicht. Ich wollte damit auch nur ausdrücken, dass ich Ihre Tochter nicht für fähig halte, sich so etwas alleine auszudenken.«

»Was soll das denn bedeuten?«, fragte Liza und sprang auf.

Charles betete, sie würde sich wieder hinsetzen und den Mund halten. Für dumm gehalten zu werden war allemal besser, als die Nacht hier zu verbringen. Ihr Vater sah das offenbar ähnlich.

»Sei still, Liza«, sagte er scharf. »Wir werden sehen, was Glenn dazu sagt, wenn er kommt.«

»Ihr Anwalt Mr Bullock?«, fragte Baines. »Ich sehe noch nicht, wie er Sie hier heraushauen soll.«

»Lassen Sie das seine Sorge sein«, erwiderte Keener.

Baines nickte Cody zu, der daraufhin nach vorne trat.

»Während Sie auf ihn warten, möchte ich Sie bitten,

Ihrer Tochter und Ihrem Freund Gesellschaft zu leisten.«

»Dad?«, fragte Liza. »Sag doch was.«

Ihr Vater schwieg. Das tat er mittlerweile schon seit zehn Minuten. Sie hatte das eine Zeit lang akzeptiert, aber nun war sie der Meinung, die Stille hatte lange genug gedauert.

Robert stand an dem schmalen Fenster, das einen Blick über den Hof auf den Camaro ermöglichte. Er hatte die Hände tief in den Hosentaschen vergraben. Selbst von hinten sah er wütend aus. Ein Eindruck, der auch nicht verflog, als er sich endlich umdrehte.

»Du hast das Auto also doch gestohlen«, stellte er fest. Er hatte seine Stimme gesenkt, als wäre er sich nicht sicher, abgehört zu werden. »Bis zum Schluss habe ich gehofft, dass es nur ein Irrtum war.«

»Ich habe ihn nicht gestohlen«, sagte sie. »Na ja, auf jeden Fall nicht wirklich. Ich wollte ihn so schnell wie möglich zurückbringen. Spätestens am Montag, wenn ich mit Charles zurück nach Fine Falls gefahren wäre.«

»Haben Sie ihr das eingeredet«, wandte Robert Charles seine Aufmerksamkeit zu.

Er hätte es leugnen können. Ihm versichern, dass er nichts davon gewusst hatte, was schließlich auch stimmte. Aber er sagte nichts davon.

»Sie wissen doch, wie Ihre Tochter ist, wenn sie sich

etwas in den Kopf gesetzt hat«, erwiderte er nur. Liza hätte ihn küssen können.

»Ich wollte ihn wirklich zurückbringen«, wiederholte sie. »Eigentlich wollte ich fragen, ob ich ihn mir ausleihen kann. Aber wenn du diese Leute gesehen hättest ...«

Robert winkte ab und wandte sich Charles zu.

»Nun zu Ihnen«, sagte er. Es klang alles andere als versöhnlich. »Es hat offenbar nicht gereicht, mich in meinem eigenen Haus vorzuführen. Nach unserem Gespräch hätte ich erwartet, dass Sie sich zurückziehen und das Anwesen verlassen. Stattdessen fahren Sie mit meiner Tochter hierher und begehen direkt die nächste Dummheit.«

»Charles kann nichts dafür, Dad.«

»Aber er ist doch wohl erwachsen? Er kann seine eigenen Entscheidungen treffen.«

Sie wurden von Baines unterbrochen, der hereinkam und einen Stapel Papiere in der Hand hielt.

»Ist mein Anwalt endlich da?«, fragte Robert.

»Noch nicht, Mr Keener.«

Baines wirkte, als würde ihm die Angelegenheit Spaß machen. Sicher hatte er nicht oft das Vergnügen, einen Millionär in der Arrestzelle seines Büros zu sehen.

»Sie haben im letzten Jahr vier Oldtimer verkauft?«

Baines durchsuchte seine Notizen. Liza hielt das für eine theatralische Geste. Er wusste sicher genau, was in ihnen stand.

»Das ist bestimmt nicht verboten«, erwiderte ihr Vater.

»Nein. Obwohl ich bei zweien nicht in der Lage war, ihre Herkunft festzustellen.«

»Das wird Ihnen mit Ihren beschränkten Möglichkeiten hier in Fairhaven auch nicht möglich sein. Ich habe sie aus dem Ausland importiert.«

»Das wird sich dann sicher beweisen lassen.«

»Hören Sie, Baines«, sagte Robert ruhig, aber Liza konnte den Zorn in seiner Stimme hören. »Ich habe nicht vor, Sie über meine privaten Geschäfte aufzuklären. Dazu wird Ihnen Bullock sicher gerne Auskunft geben.«

Sie hörten das Geräusch eines herannahenden Wagens, der vor dem Haus stehen blieb. Baines sah enttäuscht aus.

»Aufs Stichwort«, sagte Robert zufrieden. Er drehte sich wieder um zum Fenster und schaute hinaus.

Glenn Bullock war ein kleiner drahtiger Mann mit einem mächtigen Schnurrbart und einem mindestens ebenso gewaltigen Ego.

»Ich war doch nur eben in Fairhaven«, sagte er, als er allen dreien hinter Gittern gewahr wurde. »Was ist in dieser kurzen Zeit denn bloß passiert?«

»Mr Baines ist der Meinung, ich handle mit gestohlenen Oldtimern«, sagte Keener so emotionslos, dass Charles es ihm beinahe abgenommen hätte.

»Bitte was?«, fragte Bullock, sichtlich irritiert. »Wie solltest du an die drankommen?«

»Das ist kein Problem, schließlich stehle ich sie für ihn. Zumindest ist das die Meinung von unserem Sheriff.«

Wenn Liza mittlerweile wieder Oberwasser hatte, konnte man es ganz deutlich merken. Charles wünschte sich, die Geschehnisse der letzten zwei Tage hätten sie nur ein wenig Demut gelehrt. Das sollte wohl ein frommer Wunsch bleiben.

»Worauf immerhin alles hindeutet«, verteidigte sich Baines.

Er tat Charles fast ein wenig leid. Schließlich hatte er den absolut richtigen Riecher gehabt, was Lizas Beteiligung betraf. Der würde ihm jedoch nichts nützen. Charles kannte sich mit den Finessen der Gesetzgebung zwar nicht aus, aber er war sich sicher, dass Bullock alle beherrschte. Der indessen hob abwehrend die Hand.

»Eins nach dem anderen«, sagte er. »Was werfen Sie wem in diesem Raum vor? Der Reihe nach bitte.«

Baines gab ihm eine kurze Zusammenfassung der Ereignisse, die von Liza immer wieder mit Zwischenrufen unterbrochen wurde.

»Das heißt also, Sie haben das vermeintlich gestohlene Auto am Wasserturm gefunden und verdächtigen nun die Tochter meines Mandanten, es ihrerseits von diesem Hof stehlen zu wollen?«

»Warum sollten sie und Mr Gillham sonst hier sein?«

»Weil sie am Flussufer spazieren gegangen sind und sich den Camaro aus der Nähe anschauen wollten?«

»Ach, hören Sie auf, Bullock. Das ist mehr als dünn, das wissen Sie doch selbst.«

»Mag sein«, sagte Glenn Bullock. »Aber ausreichend. Kommen wir doch noch mal zu dem Tesla. Ihr Verdacht basiert auf einem defekten Tesla, der in der Nähe des Ortes steht, an dem der Camaro gestohlen wurde, und zufällig Liza Keener gehört?«

»Es ist zumindest ein merkwürdiger Zufall«, verteidigte Baines seine Theorie.

»Zufälle gibt es halt«, erwiderte Bullock lapidar. »Beweise wären angebrachter, zum Beispiel dass die Bestohlenen Ms Keener erkannt hätten. Haben sie das?«

»Nein«, musste Baines zugeben.

»Also haben Sie nichts. Keine Zeugen, keinen Beweis. Nur einen kaputten Tesla und eine – zugegeben – ziemlich neugierige Ms Keener, die sich Zutritt auf das Polizeigelände verschafft hat.«

Darauf erwiderte Baines nichts. Selbst über seine Vermutung, dass Keener ebenfalls am Handel mit gestohlenen Oldtimern beteiligt war, schwieg er sich nun aus. Er war anscheinend ein Mann, der wusste, wann er sich geschlagen geben musste. Das beeindruckte Charles. Er wünschte sich, er wäre bereits selbst an diesem Punkt angelangt. Doch diese Entscheidung würde ihm heute sicher noch abgenommen werden.

»Lassen Sie meine Mandanten heraus«, sagte

Bullock und trat zurück, damit Baines aufschließen konnte.

Liza und Charles warteten, bis Keener an ihnen vorbeigegangen war. Dann folgten sie ihm.

»Nimm mich mit nach Hillside Manor«, sagte Keener zu seinem Anwalt. »Ich werde nicht schon wieder ein Taxi bestellen.«

Ohne sich von ihnen zu verabschieden, verließ er mit Bullock das Office.

Die Fahrt zurück nach Hillside Manor war wahrscheinlich die schwerste, die Charles je gemacht hatte.

Er hatte als Letzter die Zelle verlassen und war Liza zum Land Rover gefolgt. Diese schwieg, was Charles als schlechtes Zeichen wertete. Er hatte seit gestern nicht viele Situationen erlebt, in denen Liza Keener freiwillig den Mund hielt. Wenn das ein Gradmesser für die Lage war, in der er steckte, musste sie äußerst desolat sein. Er hatte mehrmals versucht, Liza anzusprechen, was diese jedes Mal mit einem *Jetzt nicht, Charles* quittierte.

Vor dem Anwesen parkte immer noch Robbins' Wagen, was Charles noch mehr daran erinnerte, verloren zu haben. Wenn er sich noch etwas wünschen könnte, wäre es, Robbins und seiner Selbstgefälligkeit nicht mehr begegnen zu müssen.

»Liza, in mein Arbeitszimmer«, hörte er Keeners Stimme, sobald sie das Haus betreten hatten.

Charles gefiel die Vorstellung nicht, dass ihr Vater

offenbar nur darauf gewartet hatte, dass sie endlich nach Hause kamen. Er stellte sich vor, wie Keener in seinem Arbeitszimmer auf und ab gegangen war, immer aufhorchend, sobald er ein Geräusch von draußen hörte, bis der Geländewagen endlich vorfuhr.

Die Einrichtung des Arbeitszimmers war in einem Haus voller Kontraste letztlich so, wie Charles sie sich vorgestellt hatte. Ein monströser Schreibtisch aus dunkler Eiche, dessen Farbe mit den Deckenpaneelen und den Bücherregalen korrespondierte, beherrschte den größten Teil des Raumes. Alles in allem war es eine bedrückende Atmosphäre.

»Mr Gillham, Sie verlassen heute noch mein Haus«, sagte Keener, als dieser vorsichtig die schwere Tür hinter sich geschlossen hatte.

»Dad, bitte überstürz das nicht«, bat Liza.

Ihr Vater brachte sie mit einer Handbewegung zum Schweigen.

»Ich weiß, dass Mr Gillham den Wagen nicht gestohlen hat«, sagte er. »Ebenfalls ist mir klar, dass du für die Geschehnisse hier seit gestern verantwortlich bist. Darum geht es aber auch nicht. Mr Gillham hätte jederzeit die Möglichkeit gehabt, Nein dazu zu sagen.«

Charles gefiel die Vorstellung, dass es einen Menschen geben könnte, der Nein zu Lizas Ideen sagen konnte. Dennoch bezweifelte er das.

»Es tut mir leid, Mr Keener«, sagte er. Nicht, weil er annahm, er könnte damit noch etwas retten, sondern weil er es so meinte.

»Das glaube ich Ihnen sogar, junger Mann«, erwiderte Keener. »Aber es ändert nichts an meinem Entschluss. Trotzdem möchte ich, dass Sie die Gründe für meine Entscheidung verstehen.«

»Ich denke, das tue ich«, sagte Charles.

»Ich kann nicht einem Menschen ein Vermögen geben, der nicht in der Lage ist, sich durchzusetzen«, fuhr Keener dennoch fort. »Das verstehen Sie doch hoffentlich?«

Er klang wieder wesentlich friedlicher als zu Beginn ihres Gesprächs, aber ebenso unnachgiebig.

»Ja«, antwortete Charles schlicht.

»Ich habe Ihnen ein Taxi bestellt, das Sie nach Fine Falls bringt.«

Keener wandte sich wieder einigen Papieren auf seinem Schreibtisch zu und sie verließen das Zimmer.

»Es tut mir so leid, Charles«, sagte Liza, nachdem die Tür hinter ihnen ins Schloss gefallen war.

Das glaubte Charles ihr. Ihr Problem war nur, dass sie zwar die besten Absichten hatte, aber alles, was sie anpackte, anscheinend immer in einer Katastrophe endete. Auch dass sie mit ihrer unbedachten Art Gelegenheiten zerstörte, die anderen wichtig waren. All das hätte er ihr sagen können. Er schaute in ihre besorgt blickenden Augen, die ihn merkwürdig berührten, und schwieg.

»Schon gut«, sagte er nur und ging hoch ins Gästezimmer, um seine Sachen zu packen. Liza folgte ihm nicht.

Charles hatte nicht die Angewohnheit, seine wenigen Habseligkeiten überall im Zimmer zu verstreuen. Trotzdem wurde er nicht so schnell fertig, wie er es erwartet hatte. Er redete sich ein, dass er nicht wusste, weshalb. Bevor die Wahrheit sich in sein Bewusstsein drängen wollte, klopfte es und Florence trat ein. Sie blieb an der Tür stehen und beobachtete ihn einen Moment.

»Sie wollen uns also verlassen, Professor Gillham?«, fragte sie dann.

»Ich muss, Florence«, sagte er. »Dass Bullock Ihren Boss aus dem Gefängnis holen musste, war sicher nicht hilfreich für mein Anliegen.«

»Es ist trotzdem kein Grund zu gehen«, erwiderte die Haushälterin. »Menschen wie Robert Keener werden von Durchsetzungsvermögen und festem Willen beeindruckt.«

»Was ich beides nicht habe«, ergänzte Charles. »Das bin ich einfach nicht.«

»Beides kann man lernen«, sagte Florence. »Man sollte sich auch bewusst sein, was man zurücklässt.«

»Demütigung und einen Berg geplatzter Träume.«

»Und vielleicht noch etwas anderes?«

Charles faltete seinen Schlafanzug sorgfältig zusammen, bevor er ihn in die Tasche legte. Er hob den Kopf.

»Was meinen Sie?«, fragte er.

»Ich denke, das wissen Sie.«

Er dachte an Liza und ihm wurde plötzlich bewusst, was sie meinte und warum er sich so schwertat, seine Sachen zusammenzupacken und zu verschwinden.

»Ich brauche Ruhe und Frieden«, sagte er. »Nicht das, was ich in den letzten zwei Tagen erlebt habe.«

»Denken Sie noch einmal darüber nach«, erwiderte Florence und verschwand.

Er hörte das Taxi bereits hupen, als er gerade den Reißverschluss seiner Reisetasche zuzog.

～

»Komm rein«, sagte Robert Keener, als Liza bei ihm anklopfte. Er hatte sie wohl erwartet.

Liza schlüpfte durch die Tür und drückte sie behutsam wieder zu, fast so, als fürchtete sie, das Geräusch würde etwas aufwecken, was besser weiterschlief.

»Du hältst mich jetzt sicher für sehr ungerecht«, sagte ihr Vater.

»Nein ... oder doch. Vielleicht ein wenig.«

»Du weißt, dass du Mr Gillham keinen Gefallen getan hast. Was wolltest du überhaupt damit bezwecken, ihn dieses Wochenende hierherzubringen?«

»Ich wollte ihm helfen.«

Selbst in Lizas Ohren klang das wenig glaubwürdig. Ihr Vater schien das ähnlich zu sehen.

»Weshalb? Gestern Morgen schien es dich nicht besonders zu interessieren, wer das Geld letztendlich bekommt.«

Liza überdachte ihre Antwort. Das war nicht so einfach, da sie diese selbst nicht so genau wusste, oder besser sich nicht eingestehen wollte. Wenn ihrem Vater das auffiel, ließ er es sich jedenfalls nicht anmerken.

»Du weißt noch, worüber wir gestern gesprochen haben?«

Das war wieder ungefährlicheres Terrain. Nicht angenehm, aber wenigstens weit weg von ihren tatsächlichen Gefühlen.

»Ich soll erwachsen werden«, sagte sie.

»So in der Art«, erwiderte ihr Vater milde. »Ich möchte, dass du Verantwortung für dich und dein Handeln übernimmst. Wenn du Gillham nicht hierhergebracht hättest, hätte er seine Chance auf das Stiftungsgeld nicht verloren.«

»Das ist nicht fair«, sagte Liza, obwohl sie nicht genau benennen konnte, warum das so war. Irgendwo hatte die Argumentation ihres Vaters einen Haken, doch sie konnte ihn nicht greifen.

»Genau das ist der Punkt. Das musst du lernen. Ich habe nicht gewollt, dass es auf diese harte Tour sein muss. Aber oft kann man einen begangenen Fehler auch wiedergutmachen.«

Liza hatte das Gefühl, dass ihr Vater etwas von ihr erwartete. Wenn er nur sagen würde, was es war. Dann könnte sie es auch tun. Doch er sagte nichts.

»Und jetzt bekommt also dieser Robbins deine fünf Millionen?«, fragte sie.

»Wenn er mich bis morgen Abend nicht auch noch ins Gefängnis bringt oder sich ähnlich idiotisch verhält wie Mr Gillham, sieht es wohl danach aus.«

Er kam auf Liza zu und nahm sie in den Arm. Das war eine solch seltene Geste, dass sie beinahe erschrak. Sie merkte, wie ihr Tränen in die Augen schossen. Sie öffnete und schloss sie schnell mehrmals hintereinander, damit sie keine Gelegenheit hatten, auch zu fließen.

»Du hast dich in Mr Gillham verliebt, nicht wahr?«, fragte ihr Vater.

Gerne hätte sie *Ja* gesagt, zuckte jedoch nur mit den Achseln. Das reichte ihm offenbar als Bestätigung.

»Dann wirst du darauf kommen, was zu tun das Richtige ist. Da bin ich mir sicher.«

Robert schob sie sanft ein Stück von sich weg und küsste sie liebevoll auf die Stirn.

KAPITEL 12

Charles wusste nicht, dass Liza am Fenster ihres Zimmers stand und ihm nachsah, als er ins Taxi stieg. Er hatte sich nicht mehr umgedreht. Wenn es ein Sinnbild für das war, was er fühlte, musste sie sich mit dem Gedanken vertraut machen, dass sie ihn wahrscheinlich verloren hatte.

Liza seufzte. Sie wäre selbst gerne nach Fine Falls zurückgekehrt, aber ihr Wagen würde nicht vor morgen fertig werden. Sie hatte keine Lust, sich zu ihrem Vater und seinem Besuch zu gesellen und beschloss, sich mit einem Buch in den Wintergarten zurückzuziehen.

Als sie über das glänzende Parkett des Flurs zur Treppe ging, stieß sie fast mit Robbins zusammen, der gerade sein Zimmer verlassen wollte.

»Mr Gillham ist weggefahren?«, fragte er und obwohl sie aus seiner Stimme so etwas wie Anteilnahme heraushörte, blieben seine Augen kalt.

»Er musste zurück in sein Institut«, erwiderte sie nur. Sie wusste nicht, wie viel ihr Vater von der ganzen Angelegenheit erzählt hatte oder noch erzählen würde. Auf jeden Fall würde sie Robbins nichts davon sagen.

»Wie schade«, meinte Robbins und klang nun unverhohlen gehässig.

Liza blickte ihm nach, als er die Treppe hinunterging, und ärgerte sich, dass ihr nicht bereits vorher etwas klar geworden war. Sie wartete, bis Robbins in der Bibliothek verschwunden war und eilte dann ebenfalls die Stufen hinunter bis zum Telefon an der Ecke der Garderobe.

»Wahlwiederholung«, murmelte sie und suchte im Menü nach den letzten Einträgen, bis sie die Nummer gefunden hatte, die von der Uhrzeit her passte. Sie drückte *OK* und stellte eine Verbindung her.

»Sheila Gillham«, meldete sich die Stimme am anderen Ende.

»Ich bin es, Liza«, sagte diese und drückte mit dem Rücken die Schwingtür der Wäschekammer auf.

»Liza, wie schön, von Ihnen zu hören. Hat sich Ihr Vater wieder beruhigt?«

»So ungefähr«, sagte Liza vage und schlüpfte in die Kammer. Die Tür schwang ein paarmal hektisch hin und her und beruhigte sich dann wieder. »Das sollte Ihnen Ihr Bruder besser erzählen. Mir geht es um etwas anderes. Sie sind doch Journalistin?«

»Ja. Wie kann ich Ihnen helfen?«, fragte Sheila. Auf einmal klang sie sehr professionell.

»Sie müssen etwas für mich herausfinden. Bryan

Robbins. Er kommt wahrscheinlich aus Baltimore und betreibt irgendwelche Forschungen zu alter Musik.«

»Klassischer Musik?«, fragte Sheila.

»Noch älter vermutlich. Vielleicht Musik von Höhlenmenschen. Ich weiß es nicht genau. Ich habe auch nicht alles verstanden, was er erzählt hat. Er sagte irgendetwas von Skalenmodellen.«

»Robbins? Ist das nicht dieser andere Bewerber um das Geld?«

»Genau. Der, mit dem Sie heute Morgen auf dem Golfplatz waren.«

»Ein unangenehmer Mensch.«

Liza stellte sich vor, wie Sheila am anderen Ende schauderte.

»Daher ist das hier auch so wichtig. Ich muss wissen, ob er Dreck am Stecken hat.«

Sheila lachte. Liza konnte sie förmlich vor sich sehen mit ihren pinkfarbenen Haaren, der Jeans in Lila und der Batikbluse. Es war gut, eine Verbündete zu haben.

»Lassen Sie mich raten«, sagte Sheila dann. »Sie möchten diesen Robbins auffliegen lassen, um die Chancen von Charles zu erhöhen?«

»Sind Sie dabei?«, entgegnete Liza.

»Natürlich. Was glauben denn Sie? Dieser Robbins hat mir heute Morgen fast ständig in den Ausschnitt geglotzt. Am liebsten hätte ich ihm mit dem 9er-Eisen eins übergezogen.«

»Ich wünschte, Sie hätten es getan.«

Die Vorstellung amüsierte Liza. Sie wünschte,

Robbins hätte Ähnliches bei ihr versucht, aber offenbar war sein Respekt vor ihrem Vater doch zu groß. Vielleicht konnten sie ihm jetzt auf diese Weise eins auswischen.

»Wie lange dauert so eine Durchleuchtung?«, fragte Liza und schaute prüfend auf ihre Uhr. Wenn sie Glück hatte, schaffte Sheila es noch vor dem Abendessen.

»Schwer zu sagen. Ein bis zwei Tage«, zerstörte Sheila ihre Hoffnung. »Es kommt darauf an, wen ich heute an die Strippe kriege. Es ist Samstagnachmittag, da werde ich nicht jeden erreichen. Vielleicht bekomme ich die Informationen erst am Montag.«

»Das ist zu spät«, unterbrach Liza sie. »Robbins reist morgen ab. Was sollen wir machen, wenn mein Vater ihm zuvor noch das Geld verspricht? Wenn Robbins etwas zu verbergen hat, wird er versuchen, es so schnell wie möglich zu bekommen.«

»Steht es so schlecht um Charles?«, fragte Sheila.

»Im Moment steht es gar nicht«, gab Liza kleinlaut zu. »Charles musste abreisen.«

»Musste?«

»Lange Geschichte. Die kann ich Ihnen jetzt unmöglich erzählen.«

Liza hätte sicher Zeit gehabt, Sheila lang und breit über die Vorkommnisse in Kenntnis zu setzen, aber sie schämte sich zu sehr. Immerhin war sie nicht ganz unschuldig an Charles' Misere.

»Aber selbst wenn Ihr Vater ihm das Geld geben will, geht das auf keinen Fall so schnell«, sagte Sheila. »Ich bin sicher, dass Ihr Vater das nicht ohne Notar machen wird. Trotzdem, ich gebe mir Mühe und melde mich.«

Sie ließ sich von Liza deren Handynummer geben und legte auf.

»Robbins, ich krieg dich«, sagte Liza zu sich selbst, als sie die Waschküche verließ.

Zum Abendessen wäre Liza am liebsten nicht erschienen, aber ihr Vater legte Wert auf gute Umgangsformen, wenn Besuch da war. Das bedeutete, dass sie als Tochter des Hauses auf jeden Fall daran teilnehmen musste.

Glenn Bullock hatte das Anwesen bereits am frühen Abend verlassen, sodass sie alleine mit ihrem Vater und Robbins am Tisch sitzen musste. Sie wünschte sich, Glenn wäre noch da gewesen, der ihre Runde mit seinen zahlreichen lustigen Anekdoten immer glänzend zu unterhalten verstand.

Ihrem Vater stand ganz offensichtlich nicht der Sinn nach Konversation. Er schwieg die meiste Zeit und brummte nur hin und wieder etwas Unverständliches, wenn Robbins seine Tiraden unterbrach und nach seiner Zustimmung fragte. Mehrmals verdrehte Liza die Augen, was von Robbins zumindest einmal nicht unbemerkt blieb.

»Sie sind anderer Meinung, Ms Keener?«, fragte er leutselig.

Liza konnte sich beim besten Willen nicht erinnern, worüber er gerade gesprochen hatte.

»Nein, es interessiert mich nur nicht«, antwortete sie, was ihr einen scharfen Seitenblick ihres Vaters einbrachte. Doch er wies sie nicht zurecht. Wahrscheinlich war er von Robbins' Ausführungen ebenso gelangweilt wie sie.

Es war wie eine Erlösung, als ihr Vater die Tafel aufhob und mit Robbins in der Bibliothek verschwand, nicht ohne sich noch einmal nach ihr umzudrehen.

»Du kommst auch?«, fragte er.

Sie wusste, dass das keine Bitte war.

»Gleich«, erwiderte sie. »Ich muss nur eben auf mein Zimmer.«

Sie hatte das dringende Bedürfnis, eine Zigarette zu rauchen. Sie holte sich das Päckchen von oben und verschwand zu Florence in die Küche, die die Reste des Abendessens wegpackte.

»Wenn du rauchen willst, stell dich ans offene Fenster«, tadelte sie Liza sanft. »Dein Handy hat übrigens vorhin geklingelt.«

Liza hatte es in der Küche liegen gelassen, weil ihr Vater keine Handys bei Tisch duldete. Sie huschte mit ihrer Zigarette schnell zur Esstheke und ebenso schnell wieder zurück, entsperrte den Bildschirm und öffnete die Anrufliste. Sheila. Schnell drückte sie auf Wahlwiederholung.

»Ich dachte, ich sollte direkt anrufen«, hörte sie ihre Stimme. »Denn das ging schneller, als ich vermutet hatte.«

»Es gibt wirklich etwas?«, fragte Liza. Ihr Gespür war also richtig gewesen.

»Und ob. Der feine Herr hat noch nicht einmal versucht, falsche Fährten zu legen. Tatsächlich findet man es sogar ziemlich schnell, wenn man am richtigen Ende anfängt zu suchen.«

Liza zündete sich die zweite Zigarette an. Florence zog die Augenbrauen hoch. Liza drehte sich von ihr weg zum offenen Fenster und pustete den Rauch nach draußen.

»Ich bin ganz Ohr«, sagte sie.

Sie hörte Sheila ohne Zwischenfragen zu, bis sie die mittlerweile dritte Zigarette auf der Fensterbank ausdrückte und auflegte.

»Da bist du ja endlich«, sagte ihr Vater.

»Ich hatte noch etwas zu erledigen«, erwiderte Liza.

Sie nahm auf dem Sessel gegenüber Robbins Platz und griff nach dem Glas Scotch, das ihr ihr Vater reichte.

»Wir sprechen gerade über Mr Robbins' Arbeit«, sagte Robert.

»Worüber wohl sonst. Darüber würde ich auch gerne sprechen.« Liza nahm einen tiefen Schluck. »Mich interessiert, wann Sie Ihre Theorie dieser Skalenmodelle aufgestellt haben, Mr Robbins.«

»Vor ungefähr einem Jahr, Ms Keener. Ich beschäftige mich schon lange mit der Erforschung frühzeitlicher Musik. Das hatte ich beim Abendessen doch bereits ausführlich erklärt.«

»Vielleicht habe ich da nicht richtig zugehört«, sagte Liza und nahm noch einen Schluck. Sie drehte das leere Glas in ihren Fingern und erfreute sich daran, wie sich das Licht der Stehlampe in dem dicken Kristallglas brach. »Das ist also Ihre Theorie?«

»Wie bereits gesagt.« Robbins hob resigniert die Hände.

»Das wird ein schöner Schock für Professor Liebhauer sein«, sagte Liza.

»Den kenne ich nicht.«

»Doch. Das tun Sie sehr wohl.«

»Liza, was ist hier los?«, mischte sich ihr Vater ein.

»Professor Josef Liebhauer lehrte von 1922 bis 1927 Musikgeschichte an der Universität in Heidelberg. Er versuchte in dieser Zeit, eine Theorie zu etablieren, dass Völker Skalen für ihre Kompositionen benutzten, ohne jedoch zu wissen, dass sich in einem anderen Land genau dieselben entwickelt hatten. Diese Theorie wurde jedoch 1926 widerlegt.«

Liza versuchte, Robbins' Blick einzufangen, der aber fand das Muster der Tapete wesentlich interessanter.

»Die Theorie der Skalenmodelle gibt es bereits?«, fragte Robert. »Warum habe ich nichts davon gewusst?«

»Ich habe eine gute Freundin, die mich darüber aufgeklärt hat.«

Sie dachte an Sheila und merkte, wie wichtig es ihr war, dass diese wirklich ihre Freundin werden würde.

»Weil es in Deutschland war und schon verdammt

lange her ist«, tröstete Liza ihn. »Ich weiß es auch erst seit vorhin.«

Ihr Vater stand auf und ging ruhig, aber zielstrebig im Raum auf und ab. Liza konnte es hinter seiner Stirn arbeiten sehen. Er hasste persönliche Niederlagen, musste in seinem Leben aber auch noch nicht viele einstecken.

»Robbins, ich will, dass Sie sofort mein Haus verlassen«, sagte er dann.

»Ich fahre morgen früh«, erwiderte Robbins. Nichts war von seiner Selbstgefälligkeit übrig geblieben.

»Heute Abend noch«, bekräftigte Robert.

Er klang bewundernswert gefasst. Liza hätte nichts dagegen gehabt, Robbins mit Stöcken und Fackeln aus Hillside Manor zu vertreiben.

Liza hatte von Robbins weitreichende Erklärungen und Rechtfertigungen erwartet, aber im Gegensatz zu seiner Mitteilungsfreude beim Abendessen schwieg er, stand auf und verließ wortlos den Raum.

»Da geht er hin«, sagte sie zufrieden. »Kann ich noch ein Glas Scotch haben?«

Es war bereits Montagnachmittag, als Liza mit ihrem Tesla und dem Brustbeinkamm, der sorgfältig verpackt in einer Schachtel lag, wieder zurück nach Fine Falls brauste.

Ihr Vater hatte Hillside Manor bereits Sonntagmorgen verlassen, weil er sich in Shadyacre zum Golf verabredet hatte. Er sprach zwar nicht davon, aber Liza wusste, dass ihn seine Niederlage mit Robbins immer noch wurmte. Dennoch ging er nicht auf Lizas Vorschlag ein, nun doch Charles das Geld zu geben.

»Dann würde ich von meinen Prinzipien abweichen. Das halte ich für falsch«, hatte er gesagt. »Aber vielleicht kommst du noch darauf, was richtig ist.«

Nach dieser kryptischen Botschaft fuhr er weg, nachdem er sie liebevoll auf die Stirn geküsst hatte. Liza stand mit Florence und Sammy auf der Veranda und blickte dem immer kleiner werdenden Mercedes hinterher.

»Was hat er damit gemeint?«, fragte sie Florence.

»Dein Vater hat recht, vielleicht kommst du selbst darauf«, erwiderte die Haushälterin nur und verschwand zurück ins Haus.

Nun war Liza auf dem Weg nach Fine Falls, nachdem sie einen Tag lang mit Sammy im Garten Löcher gegraben hatte, bis der Jack Russell ihr den Knochen – zum Glück völlig unversehrt – heute Morgen beim Frühstück vor die Füße legte. In diesem Moment wusste Liza, was ihr Vater gemeint hatte. Sie würde das Richtige tun.

Vor Fine Falls bog sie ab nach Rose Haven. Obwohl sie erst einmal hier entlanggefahren war, brauchte sie das Navi nicht mehr. Sie würde das Institut zu jeder Zeit wiederfinden. So, wie sie Charles immer wiederfinden würde, ganz egal, wo er sich aufhielt. Dennoch hoffte sie, dass er hier sein würde. Sie hatte sich nicht getäuscht. Auf dem Parkplatz stand ein Wagen und Liza registrierte zufrieden, dass es nicht Theresas Auto war.

Die Tür des Instituts war nicht verschlossen und von drinnen kam kein Laut. Liza blieb stehen und horchte in die offenen Räume hinein, bis sie weiter hinten ein Rascheln hörte. Sie ging durch einen schmalen Flur auf dieses Geräusch zu. Charles stand mit dem Rücken zu ihr und schlug etwas in Packpapier ein, um es dann in den Karton zu legen, der vor ihm stand.

»Charles?«, sagte Liza vorsichtig, damit er sich nicht erschreckte.

»Ach, Sie sind es«, erwiderte er nur und wandte sich wieder seiner Tätigkeit zu.

»Charles, drehen Sie sich bitte zu mir um?«

Das tat er schließlich, nicht ohne vorher mit äußerster Sorgfalt ein weiteres Teil einzupacken und in der Kiste zu verstauen.

»Ich packe schon mal«, sagte er, als würde Liza nicht darauf kommen, was er da tat. »Es hat sich einiges angesammelt.«

»Das sehe ich«, entgegnete Liza und wischte den Staub von einem wackeligen Holzstuhl, bevor sie sich setzte.

»Ich habe Ihnen etwas mitgebracht«, sagte sie dann und hielt ihm die Schachtel hin. Charles griff nach ihr und öffnete den Deckel.

»Der Brustbeinkamm«, sagte er völlig fassungslos.

»Ich habe mit Sammy Löcher und immer wieder

Löcher gegraben. Heute Morgen kam er einfach damit in die Küche.«

Charles nahm den Knochen heraus und verstaute ihn behutsam in einem Karton mit Holzwolle auf dem Schreibtisch.

»Sind Sie mir noch böse?«, fragte Liza.

Er schwieg einen Moment, als müsse er darüber nachdenken.

»Nein«, sagte er dann.

»Sie müssen verstehen, ich habe das doch alles nur getan, weil ich in Ihrer Nähe sein wollte.«

»Ich weiß.« Seine Stimme klang wesentlich wärmer als eben noch. »Das habe ich gemerkt. Na ja, nicht sofort. Ehrlich gesagt ist es mir erst klar geworden, seit ich wieder hier bin und Ruhe hatte, darüber nachzudenken.«

»Ich weiß, dass Sie nichts von mir halten«, sagte Liza. »Ich habe Ihre Pläne ziemlich durcheinandergebracht, nicht wahr? Das Wochenende muss die Hölle für Sie gewesen sein.«

»Genau genommen stimmt das nicht, Liza. Ich glaube, ich habe noch nie so viel Spaß in meinem Leben gehabt wie an diesen zwei Tagen.«

»Das heißt, Sie hassen mich nicht?«

»Hassen? Wie kommen Sie darauf? Im Gegenteil. Ich glaube, ich liebe Sie.«

»Charles, Sie lieben mich?«

Lizas Stuhl kippte polternd nach hinten um, so schnell war sie aufgestanden. Sie trat an Charles heran und blickte ihm in die Augen, damit sie seine letzte Aussage bestätigten.

»Du liebst mich«, sagte sie dann und seufzte. Das Leben fühlte sich auf einmal so leicht an.

»Ja, das tue ich«, bestätigte Charles ernst, als hätte er ein wissenschaftliches Experiment von enormer Wichtigkeit beendet. »Ich habe mich so frei gefühlt, trotz der ganzen Katastrophen, und davon gab es immerhin einige.«

Liza streckte die Hände aus und streichelte vorsichtig über die Ärmel seines Kittels. Gerne hätte sie ihn geküsst, wusste aber nicht, wie er darauf reagieren würde. Aber es machte nichts. Sie hatten alle Zeit der Welt. Charles griff eine ihrer Hände und drückte sie an seine Brust. Seine Bewegung war linkisch, als wäre er solche Gesten nicht gewohnt. Liza dachte kurz an Theresa. Sie hatte ihn sicher nicht mit Zärtlichkeiten überhäuft.

»Und jetzt packe ich und weiß nicht wohin. Vielleicht fällt mir bis Ende des Monats noch etwas ein.«

»Du musst nicht gehen«, sagte Liza.

»Ich bin sicher, ich muss. Nächsten Monat kann ich nämlich die Miete nicht mehr bezahlen.«

»Mach dir keine Sorgen um die Miete. Bei fünf Millionen wird die sicher noch drin sein.«

Er zog so plötzlich an ihrem Arm, dass sie an seine Brust gedrückt wurde. Sie bemerkte den Geruch von Sandelholz und Seife.

»Hat dein Vater sich doch nicht für Robbins entschieden?«

»Sagen wir mal so, Robbins hat sich selbst aus dem Rennen geworfen.«

»Er hat auf das Geld verzichtet?«

»Nicht ganz. Hast du schon mal etwas von Professor Josef Liebhauer gehört?«

»Nein. Hört sich deutsch an.«

»Ganz recht. Vielleicht sollten wir mal nach Deutschland fliegen und ihm ein paar Blumen aufs Grab legen.«

»Du sprichst in Rätseln. Wie immer«, bekräftigte Charles. »Aber du wirst es mir sicher noch erklären. Im Moment freue ich mich einfach nur, dass du hier bist und ich doch das Geld von deinem Vater bekomme.«

»Du hast dir die fünf Millionen wirklich verdient«, sagte Liza.

Obwohl Charles seinen Griff gelockert hatte, war sie nicht wieder von ihm abgerückt. Er neigte ein wenig den Kopf und küsste sie endlich.

»Ich möchte, dass du immer bei mir bist«, raunte er.

»Das werde ich«, erwiderte sie mit fester Stimme.

Wo sollte sie ohne ihre fünf Millionen auch sonst hin?

NACHWORT

Vielen Dank

Vielen Dank, dass Sie mein Buch gekauft haben.

In einer Welt, in der jeden Tag so viele Bücher publiziert werden, ist es für mich etwas Besonderes, wenn Leser mein Buch kaufen.

Über ein paar nette Worte in einer Rezension, den sozialen Medien oder einfach im Gespräch mit einem Freund, würde ich mich sehr freuen.